VOL. III

GIRL HOLDING THE SUN

태양을 품은 소녀

두 개의 태양

WRITTEN BY NANASAWA MATARI
ILLUSTRATED BY RUKEICHI ANDROMEDA

나나사와 마타리 지음 / 루케이치 안드로메다 일러스트

A GIRL HOLDING THE SUN III

INDEX

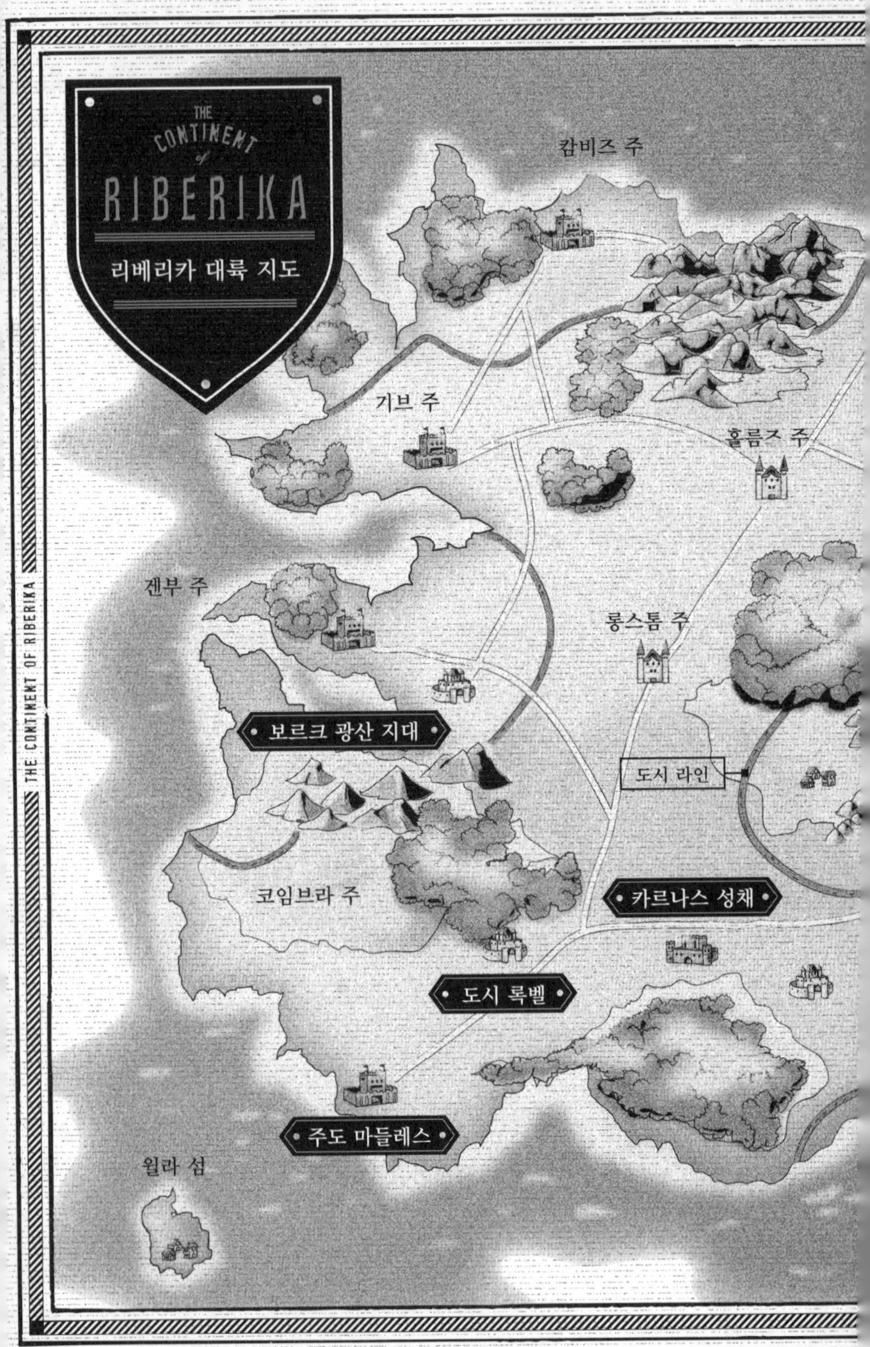
THE CONTINENT of RIBERIKA
리베리카 대륙 지도
캄비즈 주
기브 주
홀름즈 주
겐부 주
롱스톰 주
보르크 광산 지대
도시 라인
코임브라 주
카르나스 성채
도시 록벨
주도 마들레스
윌라 섬
THE CONTINENT OF RIBERIKA

엘 시라인 주
바트레프 주
라 힐다 주
주도 베스타
제국 직할령
바하르 주
도시 토르드
제도 필즈
리벨덤 주
THE CONTINENT OF RIBERIKA

CORRELATION DIAGRAM

상관도

CORRELA TIONDIAGRAM

문도노보 대륙

성교회

원정을 통해 신영토 획득을 목적한다

특별한 감정을 품고 제국으로 귀순

윌라 섬(유형지)

노엘 보스하이트

리그렛 그란블

복수의 기회를 노린다

제국 속주 독립파

제국으로부터 독립을 목적한다

엘가 루트윙

신시아 에드리히

캄비즈 주

기브 주

[흰개미당]

흰개미당 수령 도르커스

대립

겐부 주

겐부 주 태수 시덴 겐부

카이

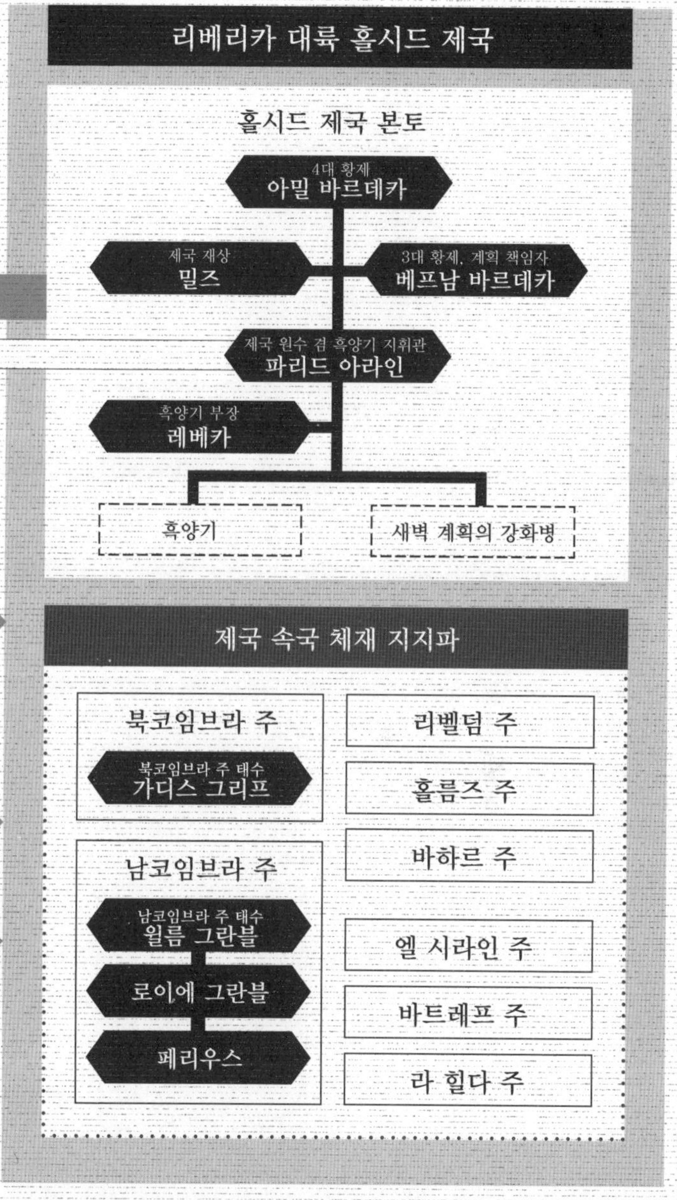

CORRELA TIONDIAGRAM

CHAPTER 1 어느 섬에 유배된 장난꾸러기 고양이

닷새간의 항해를 마친 뒤 노엘과 리그렛은 윌라 섬에 도착했다. 섬의 항구에는 소형 어선이 정박 중이다. 바닷바람은 기분이 좋고 물새들의 울음소리가 무척 활기차다. 날씨도 정말이지 멋졌다.

"와아~ 윌라 섬에 1등으로 도착!"

"……일일이 소리 좀 지르지 마. 읏, 지, 진짜 토하겠네."

노엘은 두 손을 들고 기운차게 섬에 상륙했다. 곧장 섬 안을 뛰어다닐 것 같은 기세였다.

리그렛은 많이 고단한 듯 관자놀이를 꾹꾹 누르며 걸어왔다. 뱃멀미를 겨우겨우 견뎠던 터라 기진맥진했었다. 상륙 때 파도가 쳐서 물보라 세례를 받은 데다가 신발에는 모래가 들어가버려서 더더욱 기분이 언짢은가 보다.

"리그렛 님, 그리고, 아, 악귀 노엘 공! 저희 윌라 섬의 주민은 귀인분들의 방문을 진심으로 환영합니다!!"

『악귀 노엘 공에게 경례!』

늙은 도감(島監)이 한껏 긴장한 모습으로 경례하자 쭉 늘어서 있던 병사들도 몸을 부들부들 떨면서 따라 했다.

"저기, 음. 인사는 기쁘지만, 악귀는 내 이름이 아닌

데 말야."

"기, 기분이 상하셨다면 사죄드리겠습니다! 모쪼록 노여움을 가라앉혀주십시오! 섬사람들의 목숨만큼은 부디 자비를!!"

"아니, 별로 화내는 게 아니라……."

"송구합니다!!"

"……일단 좀 걸을까? 이러다가는 해가 다 저물겠어."

노엘은 귀찮아져서 얼른 앞장서 나아갔다. 뒤쪽에서는 병사들이 직립 부동의 자세로 경례를 계속하고 있다.

섬의 낡은 저택으로 안내받은 뒤 도감에게서 추후의 생활에 대해 설명을 들었다.

저택에는 노엘과 감시를 맡게 된 리그렛이 체류하며, 여성 고용인이 시중을 들어준다는 것. 그리고 위병이 항상 감시병으로 입구에 배치된다. 노엘의 행동은 언제나 감시하에 놓아두라고 본토에서 명령이 떨어졌다고 한다. 굳이 명령서까지 보여줬다.

"그러면 나는 이 집에서 못 나가는 거야?"

"아뇨, 감시병…… 그게 아니라, 위병에게 행선지만 알려주신다면 이동에는 제한이 없습니다."

"정말 괜찮아?"

"예, 외출 시에는 위병도 동행할 테니까요. 한데 섬사람들이 무례를 저지를지도 모릅니다. 뭔가 실수를 목격하신다면 곧바로 제게 말씀을 주십시오. 충동적인 행동만큼은 모쪼록 삼가주시기를 간청드리겠습니다. ……아무쪼록 부탁드립니다."

두려움에 휩싸인 채 도감이 핼쑥한 얼굴로 다짐을 놓는다.

노엘은 눈살을 찌푸렸다. 뭐랄까, 진짜 요괴인 줄 아는가 보다. 화를 돋우면 사람을 잡아먹는 요괴. 도대체 어떤 소문이 퍼진 것인가 알고 싶어졌다.

"저기, 내가 말이야, 여기에서도 많이 유명한가 봐?"

"……바하르 사람 1만을 베어 죽였고, 1백 지휘관의 수급을 거두었을 뿐 아니라 코임브라의 배반자를 전원 불살라 씹어 먹었다고 들었습니다. 아밀 님께서 귀하를 처벌하지 않은 까닭은 죽인 뒤 받게 될 저주가 두려웠기 때문에, 그런 까닭에 멀리 떨어져 있는 이 섬까지 유배 보냈다고 사람들이 수군거리고 있습니다."

"하, 웃기지도 않아. 웬 얼토당토않은 소리야? 혼자서 만 명을 죽일 수 있다면 세상에 힘든 일이 뭐가 있겠어."

완전히 남의 일처럼 리그렛이 도감을 비웃는다. 소문을 퍼뜨린 장본인이라는 자각은 없는 걸까.

"그렇구나. 응, 아무튼 말해준 대로 지낼게."

"가, 감사합니다."

어떻게 할까 아주 잠깐 망설였지만, 살짝 재미있는 소문이었기에 노엘은 굳이 정정하지 않고 넘어갔다. 조만간 저주받아라~ 하얀 귀신 가면을 쓰고 온 섬을 뛰어다니겠다고 다짐하며. 소문에 더욱 살이 붙어서 악귀를 넘어 다른 무엇으로 또 진화한다면 더 많이 재밌겠다. 게다가 리그렛도 깜짝 놀래줄 수 있겠지.

"……왜 나를 보면서 히죽거리는 거죠? 불쾌합니다."

"으응? 아무것도 아니야."

노엘은 시치미를 뗐다. 즐거운 장난질은 꼭 감춰 놓았다가 저질러야 한다.

"악귀 님께 이러한 말씀을 드리는 게 실례인 줄은 압니다만. ……결코 혼자서 섬 바깥으로 나가려 하지 마십시오. 이곳은 대륙과 멀리 떨어져 있는 외딴섬입니다. 문외한이 혼자 도망치려고 한들 절대로 순탄하지는 못할 것입니다."

"응, 알았어. 그럼 시험 삼아서 잠깐 헤엄치고 올게. 바다에서 느긋하게 놀고 싶거든!"

"노엘 보스하이트 공. 지금 당신은 죄인입니다. 놀기 전에 먼저 교회에 가서 죄를 뉘우치는 것이 올바른 처신이겠죠. 첫날에 벌써부터 꾀만 부리면 내가 곤란합니다."

리그렛이 제지하자 노엘은 재빨리 고개를 끄덕거렸다.

"그렇게 하자. 마침 좀 졸렸어."

"졸리면 안 되죠, 당신은 자신의 죄를 뉘우치고자 기도해야 합니다. 교회는 자는 곳이 아니라고요."

"아하하, 맞은 말이네. 그러면 빨리 기도를 해치우러 가자!"

한잠 푹 잘 생각이 가득이었던 노엘은 하품을 눌러 참으며 일어섰다. 기도하려면 아무튼 눈을 감아야 한다. 눈을 감으면 졸음이 온다. 섬 생활은 제법 길어질 것 같다. 괜히 티격태격하면 금방 지친다.

한편 긴장이 풀린 도감은 후유, 안도의 한숨을 내쉬었다.

1주일이 지나도록 노엘은 다른 섬사람들과 제대로 대화도 나눠보지 못했다. 심심함을 달래고자 말을 건네봤지만, 다들 비명을 지르며 도망친다. 가장 재미있는 사람은 저택에 있는 이 여성 고용인이다. 편하게 이름으로 불러달래도 도무지 말을 들어주지 않는다. 감히 실례를 저지를 수 없다면서 엄청난 기세로 고개를 확확 가로저었더랬다.

"아, 악귀 님. 점심 식사 준비가 끝났습니다."

"응, 고마워. 있지, 오늘 식단은 뭐야?"

"윌라 피라라는 생선의, 찌, 찜, 찜 요리와 옥수수 수프, 그리고 빵입니다."

"와, 맛있겠다. 있잖아, 같이 먹을래? 응, 너도 배고픈 것 같은데. 어때? 괜찮지? 사양할 필요 없다니까."

노엘이 빵긋 웃으며 다가가자 결국 여성 고용인의 얼굴은 새파랗게 물들어 갔다. 무서움을 잘 타는 이 여성 고용인은 노엘이 다가가면 몸이 막 떨린다. 놀리기 좀 미안하다 싶기도 한데 재미있어서 자꾸 다가가게 된다.

"요, 요, 용서하세요!! 제발 저를 잡아먹지 마세요, 제발요!!"

오늘도 꺅꺅 소리치면서 여성 고용인은 저택 밖으로 뛰쳐나갔다. 그래도 한 시간쯤 지나면 뒷정리를 하러 돌아오는 참 성실한 사람이다.

"또 장난질입니까? 저 여성분을 대체 몇 번 놀려야 직성이 풀리는 거죠, 당신은. 이제 적당히 좀 하고 어른답게 굴어요."

"맨 처음에 배를 붙잡고 웃었던 사람이 할 말은 아니잖아."

"후훗, 그 꼴을 보고도 웃음을 참을 대단한 재주가 내게 없어서 말이죠."

리그렛이 코웃음을 친다. 여성 고용인이 울고불고하며 도망치고 노엘은 어안이 벙벙해서 가만있을 때 리그렛은 숫제 호흡 곤란을 일으킬 만큼 자지러지게 웃었다. 뭐가 그리도 우스운지 아픈 배를 부여잡고 꺽꺽거렸었다.

"아, 맞다. 리그렛은 섬사람들이랑 사이 좀 좋아졌어?"

"아뇨. 나는 섬사람들과 수다나 떨 필요성을 전혀 못 느끼는지라. 애당초 친분을 맺는다고 뭔가 이득이 돌아올 것 같지도 않군요."

"그럼 밥 먹고 나서 또 놀까?"

"……뭐, 시간만 나면 못 놀아줄 이유도 딱히 없겠죠."

새침데기라니까, 한마디 말하려다가 꾹 참았다. 괜히 놀리면 분명 얼굴을 새빨갛게 붉힌 채 버럭버럭할 테니까. 그러면 같이 못 논다. 따라서 일단 인내심을 발휘하도록 하자. 인간관계에는 인내도 중요하다고 일전에 신시아 역시 말했던 적이 있다.

섬에 온 지 2주가 훌쩍 지나자 과연 섬사람들도 두려움에 앞서 흥미가 더욱 솟아올랐나 보다. 저택의 창문 너머로 힐끔힐끔 이쪽을 살펴보는 어민 부부, 말을 붙이려다가 허둥지둥 도망치는 아이들, 무엇인가 들고 오려다가 결국 도중에 되돌아가는 노파, 그래서 더욱 깊숙이 허리를 굽힐 수밖에 없는 도감.

'날씨도 좋고 바깥에서 마음껏 놀고 싶어라. 리그렛이랑 놀아도 재미있지만, 가끔은 몸을 움직이고 싶은걸.'

리그렛과 하는 오셀로 게임 대결은 노엘의 235승 30패. 성적은 노엘이 기록하고 있지만, 리그렛은 전혀 확인하려고 들지 않는다. 이겼을 때는 여봐란듯이 의기양양한 표정을 짓는 주제에 지면 혀를 차면서 외면한다. 죽을 만큼 분해하다는 것을 한눈에 알아볼 수 있었다. 우세, 열세에 따른 얼굴 변화도 재미있다. 아직껏 싫증이 나지 않았기에 이대로 1천 판 정도는 대결할 수 있을 듯하다.

그렇다 해도 이제는 슬슬 섬사람들과 이야기를 나눠보고 싶다. 바다에서 헤엄치고 싶다. 생선을 낚고 싶다. 배에 타보고 싶다. 해님의 빛살을 질리도록 쬐고 싶다. 이토록 화창한 날에 집 안 가만히 틀어박히라는 것은 어떤 의미에서 고문과 다름없었다.

"좋아, 오늘은 바다에 가자. 응, 반드시 갈 테야!"

"나는 사양하죠. 마들레스에 보낼 보고서를 정리해야 됩니다. 대충 거짓말을 쓰는 작업도 제법 피곤하군요."

"그렇구나. 신입 헌병님이라 많이 힘들겠네."

"당신은 죄인 주제에 전혀 안 힘들고요. 그 태평한 정신머리가 아주 부러워요."

"헤헤!"

리그렛의 야유를 가볍게 받아넘긴 노엘은 얇은 옷으로 갈아입고 밀짚모자를 눌러쓴 뒤 바다로 나갔다. 외출할 때 감시병과 눈을 마주쳐서 행선지를 말해줬다. 병사는 가볍게 고개를 끄덕거릴 뿐 아무 말도 하지 않았다. 조금 경계심이 풀어진 모양이다. 마음만 먹는다면 지금 당장에 섬을 정복할 수도 있을 듯싶었으나 안달 부린다고 정세가 바뀌지는 않는다. 지금은 바다에서 노는 게 훨씬 중요했다.

전력으로 쭉쭉 달려서 널찍한 모래사장에 도착했다. 누군가 있는 기척이 느껴지지만, 주위에는 아무도 보이지 않는다.

'뭐, 어때. 오늘은 햇살을 쬐면서 느긋하게 지내자. 돌아갈 때 조

개도 주워다가 리그렛한테 줘야지.'

그런 생각을 하며 모래사장에 벌러덩 드러누운 뒤 온몸으로 햇살을 받아 쬐었다.

한동안 멍하니 누워 있었는데 크고 작은 여러 그림자가 다가들었다. 실눈을 뜨고 확인했더니 검게 피부가 탄 섬의 아이들이었다. 아직 한 번도 이야기한 적이 없었다.

노엘은 벌떡 일어서서 친근감 있는 미소를 지어 보였다.

『……귀, 귀신이 깨어났다!』

『자, 잡아먹히겠어.』

『큰일 났다! 어떡해!』

이래저래 겁먹은 목소리가 들려온다. 개중에는 울먹거리는 아이마저 있었다. 노엘은 가능한 한 경계심을 자극하지 않도록 조심스럽게 말을 건넸다.

"있잖아, 혹시 괜찮으면 나도 너희랑 같이 놀고 싶은데. 같이 이야기도 나누고 싶어."

아이들은 화들짝 놀랐다가 자기들끼리 빙 둘러 모여서 고민한 끝에 이쪽을 보고 끄떡끄떡 고개를 움직였다.

처음 잠깐은 어색했던 분위기도 한 시간쯤 지나자 완전히 누그러졌고, 바닷가에서 모두가 다 같이 떠들어 댔다. 본래 노엘은 정신 연령이 아이에 가까웠던 이유도 있어, 흔히 말하는 부끄러움이나 마음의 벽이라는 개념이 거의 존재하지 않았다.

많은 이야기를 알고 있고, 헤엄도 가장 빠르고, 물속에서 휙휙 쏘다니는 생선을 간단하게 낚아챈 노엘은 눈 깜짝할 사이에 아이들의 영웅이 됐다. 어린아이들은 저택까지 놀러 와서 노엘에게 이야기를 졸랐다. 작은 섬에서 즐길 놀잇거리는 한정되어 있다. 노엘의 이야기는 아이들을 한껏 끌어당겼다.

"……당신은 대체 뭘 하는 겁니까. 애들 두목이 돼서 섬의 패권이라도 잡아보려고요?"

"진짜로 하면 재미있겠다! 여기에서 독립을 선언해버릴까? 아, 리그렛도 같이 놀래?"

"죽어도 싫습니다. 나는 아이가 질색이에요. 웃기지도 않아."

세차게 혀를 차는 리그렛. 아이라는 말에는 아마 노엘도 포함될 텐데 본인은 전혀 눈치채지 못했다.

"내일은 낚시질을 할 거야. 비밀 낚시터가 있대. 리그렛도 낚을 수 있을걸?"

"……구태여 『도』를 붙이는 말투는 좀 거슬립니다만, 어쨌든 지금은 낚시나 할 때가 아니에요. 본토에서 큰일이 벌어졌습니다."

"큰일?"

"네. 바하르 공이 제위를 계승하는 동시에 문도노보 대륙으로 원정을 떠나겠다고 발표했습니다. 또 세상이 요동치겠군요."

"흐음."

서쪽 대륙으로 지금은 가고 싶지 않았고, 아밀의 황제 취임을 축하하는 마음도 물론 없었다. 언젠가 돌아갈 때를 위해서 정보는 필히 수집해야겠으나 아직은 시기상조였다.

"당신도 코임브라의 천인장이었으니까 조금은 흥미를 가지는 게 어때요. 소중한 친구 신시아 님이 휘말리게 될지도 모르잖아요?

뭐, 그 사람은 굳이 북코임브라로 갔다니까 아마도 괜찮겠지만요."

엘가를 수행하기 위하여 신시아는 몹시 황폐한 북코임브라에 부임했다. 리그렛의 이야기에 따르면 태수 가디스는 속아 넘어갔다면서 꽥꽥 소리를 질러 대고 있다던가. 게다가 그롤이 단념했던 금광 채굴을 계획 중이란다.

"진짜로 위험해지면 구하러 갈 테니까."

"뭐라고요? 어떻게 가려고요."

"물론 배 타고 가야지. 맘만 먹으면 언제든 빼앗을 수 있고."

노엘이 가볍게 손가락을 튕겨서 소리를 내자 리그렛은 눈을 흘기며 못을 박았다.

"뭐든 행동을 벌일 때는 반드시 나한테 말해주세요. 제멋대로 사라지기라도 하면……."

"아하하, 두고 갈 리가 없잖아!"

짧게 대답한 뒤 노엘은 아이들에게서 빌린 낚싯대를 챙겨서 준비를 시작했다.

배를 빼앗아 본토에 돌아가는 것은 최후의 수단이다. 그래서는 상황이 불리해진다. 기왕에 해치우려면 여러 악조건을 단박에 뒤집어엎고 싶다. 그래야 분명히 더욱 재미있을 테니까.

다시 1개월이 지났다. 아이들이 먼저 마음을 터놓자 뒤따라서 어른들도 노엘에게 슬슬 말을 붙이게 됐다.

자기 아이가 노엘과 놀러 다닌다는 사실을 안 부모들은 처음에는 몹시 허둥지둥했지만, 노엘이 무턱대고 난폭하게 구는 귀신은 아님을 겨우 이해해줬다. 다소 얼굴을 실룩거리면서도 부스럼을 건드리는 듯한 조심스러운 교류가 시작됐다.

"으음."

"여기 좀 봐달라는 듯이 뭘 고민하는 겁니까. 진심으로 거슬립니다만."

"고민이랄까, 뭐랄까. 사이가 꽤 좋아졌는데도 변함없이 내 이름이 악귀 님에서 안 바뀐단 말이야. 아이들도, 어른들도."

웃음 짓는 사람들에게 악귀 님이라고 불리는 처지는 뭔가 석연치 않은 구석이 있다. 노엘의 소소한 불만이었다.

"싫어요?"

"좀, 노엘이라는 예쁜 이름이 있는걸."

"그러면 좋은 방법을 알려드리죠."

"뭔데?"

어차피 터무니없는 말이나 꺼낼 테니까 기대는 안 하고 되물었다. 다소의 효과는 발휘할지언정 리그렛은 대부분 노엘의 평판이 떨어질 만한 제안을 한다. 아마도 일부러였다.

"이름을 안 부르면 전원 죽이겠다고 말하세요. 모두들 금방 고칠걸요. 예를 들어서 한 번 틀릴 때마다 한 명을 죽이면 되는 거죠."

"아하하, 역시 리그렛이야. 발상이 음험하고 사악하구나! 그야말로 악귀도 얼굴을 못 드는 악당이네."

"진짜 악귀가 뭐라는 거야."

언짢다는 듯이 쏘아붙이는 리그렛. 이 섬에 온 이후 혀 차기의 위세가 더욱 거세졌다. 어쨌든 거의 온종일 노엘의 곁에 붙어 있으니 그런걸까. 그래도 스트레스는 별로 쌓이지 않은 듯했다. 안색이 무척이나 좋다. 눈 밑의 거뭇한 자국이 점점 옅어지고 있다. 그러나 흰 피부는 변함없었다. 왜냐하면 전혀 바깥출입을 안 하니까.

연금 생활을 하는 사람은 사실 리그렛이 아닐까 노엘은 생각했다. 그 말을 꺼내면 얼굴이 데친 낙지처럼 벌게질 것 같아서 자중했다. 덧붙이자면 이 섬의 낙지 요리는 아주 일품이다.

"그래서, 그런 꼴로 오늘은 도대체 뭘 하러 갑니까?"

노엘의 차림새는 머리에 밴대너, 옷은 섬 전통의 어부 복장이다. 손에는 작살까지 든 모습이 몹시 의욕적이었다.

"오늘은 고기잡이 사람들이랑 생선을 잡으러 갈 거야. 목표는 윌라 다랑어. 뼈까지 맛있게 먹을 수 있고, 본토로 가지고 가면 비싼 값에 팔린대!"

"네, 네에. 잘 다녀오십시오. 깜빡 가라앉아서 물고기 밥이 안 되게 조심하고요."

리그렛은 가볍게 흘려들은 뒤 서류에 시선을 떨어뜨렸다. 바빠서 상대해줄 짬이 없는가 보다. 노엘은 조금 재미없어져서 놀리겠다고 결심했다.

"어라, 안 말리려고?"

"당신이 뭘 하든 괜히 신경 안 쓰려고요. 어딘가의 원숭이처럼 새치투성이가 되고 싶지는 않습니다."

"그렇구나. 그럼 고기잡이배를 탄 다음 곧장 코임브라로 가버려야지!"

"……무, 무슨 바보 같은 소리야! 야, 자기 입장을 알기는 아는 거야?!"

리그렛이 눈을 부릅뜨고 일어섰을 때 보인 것은 한 방 먹여줬다는 표정의 노엘. 리그렛은 당했다는 분함에 혀를 찼으나 때는 이미 늦었을지니.

"아하하, 물론 거짓말이야. 어라라, 신경 안 쓴다면서?"

"이, 이 망할 꼬맹이가! 빨리 나가버려!"

"아하하, 다녀오겠습니다!"

근년에 보기 드문 대어였다. 노엘은 마음껏 맛있는 생선 요리를 맛봤다.

그로부터 반년쯤 지났을 때 노엘은 섬사람들과 완전히 허물없이 지내게 됐다. 겁에 질렸던 도감도 지금은 술과 안주를 들고 느긋하게 놀러 올 정도로. 손주를 상대하는 것처럼 대해줄뿐더러 이제 말투도 평범하게 돌아갔다. 한껏 긴장해서 저택 앞쪽을 지키던 감시병도 사라졌고 여성 고용인도 생글거리며 수발을 들어준다. 지금은 놀려도 가볍게 받아넘긴다.

가끔 코임브라 본토에서 노엘의 상황을 살피고자 헌병이 찾아왔다. 윌름은 아직 노엘에게 경계심을 풀지 않았을 것이다. 리그렛을 단속하겠다는 의미도 있지 싶었다. 그러니까 그때만 노엘은 교회에서 기도를 올리거나 반성하는 시늉을 한다.

아주 진지한 얼굴로 뉘우치고 회개한다는 흉내를 내는 터라 섬사람들은 웃음을 참는 게 고역이었다. 리그렛은 얼굴을 잔뜩 구긴 채

폭소를 꾹꾹 견뎠다. 헌병이 만족스럽게 흠흠, 고개를 끄덕거렸을 때가 가장 위험했다고 리그렛은 말했다.

결국 악귀 님이라는 호칭은 안 바뀌었어도 더는 신경이 안 쓰였다. 주위 사람들과 함께 웃고 놀고 일하는 중에 노엘은 한 사람의 이웃으로 받아들여졌으니까.

리그렛은 여전히 저택에 틀어박힌 채 어둠침침한 나날을 보냈다만. 그럼에도 가끔 술자리에 따라오는 등등 본인은 다소 둥글둥글해졌다는 자각을 갖고 있었다. —본인만.

월라 섬에 오고 1년이 지났을 때 리베리카 대륙에는 암운이 드리워지고 있었다. 곳곳에서 반란이 일어났다는 둥 정체불명의 역병이 발생했다는 둥 세금이 무거워져서 몸을 팔거나 자식을 죽이는 사태가 횡행한다는 둥 광산에서는 가혹한 노동 때문에 사망자가 속출한다는 둥 지독한 소문이 섬까지 전해졌다. 어디까지가 진실인지 알 수는 없지만, 물고기를 팔러 나갔던 섬사람의 몹시 침울했던 얼굴이 인상에 남아 있다.

그리고 육지뿐 아니라 바다의 치안도 점점 악화됐다. 해적이 출몰하여 교역선 및 어선을 다짜고짜 습격하는 형편이었다. 그 검은 파도는 평온했던 월라 섬까지 밀어닥쳤다.

어느 날, 섬에 해적선이 나타났다. 월라 섬 점령을 위해 상륙한 해적들이었다. 저항에 나선 수비병과 섬사람들은 속절없이 격퇴당했고 식량과 돈을 빼앗겼다. 그뿐 아니라 섬의 여인네, 아이들, 그리고 리그렛까지 끌려갈 뻔했을 때 그제야 노엘이 나타났다. 모래사장에서 낮잠을 자다가 늦게 왔다던가.

"빼앗은 물건과 돈을 모두 놓고 간다면 살려 보내줄게. 아니면 전부 다 죽이겠어."

격앙한 해적들이 노엘에게 덮쳐들었지만, 전원이 헛손질만 했을 뿐 철퇴에 맞은 급소가 박살 나버렸다. 서른 명에도 미치지 못하는 소수 해적은 도저히 노엘의 상대가 못 됐다.

노엘은 해적선에 홀로 뛰어들어서 점거한 뒤 자신의 배인 양 손수 만든 두 철퇴의 깃발을 제멋대로 걸어 올렸다.

이날 노엘은 섬사람들의 신뢰를 완전하게 얻었다.

그 이후 섬사람들은 자신들의 몸을 지키기 위해 노엘에게 부탁하여 훈련을 개시했다. 월라 섬에 주재하는 코임브라의 수비병까지 함께 참가했다. 자신들의 무력함을 절감했다던가. 젊은이들, 게다가 여자와 아이, 노인들이 자발적으로 신체를 단련하고 무기술 및 전술을 배워 익힌다.

누군가가 지켜 주리라고 믿는 사람은 더 이상 이 섬에는 없었다. 코임브라 본토에서 멀리 떨어져 있는 이 섬에서 남을 의지한 채 살아갈 수는 없음을 해적 습격 때 깨달았기 때문이다. 본토는 본토대로 혹독한 상황에 있다. 이런 외딴섬을 지켜줄 리 없었다.

"월라 섬의 상징이라면 작은 물고기를 문장으로 쓰는 게 좋지 않을까? 그래야 더 귀여울 테고."

노엘이 천에 작은 물고기를 그려서 팔랑팔랑 흔들었다. 물고기의 눈은 ×표시. 몸은 어째서인지 뼈다귀다.

"해적을 위협하려는 게 목적인데 귀여워서 뭘 어쩌자고요. 그 가벼운 머리로 생각 좀 해주시죠?"

"중요한 건 상대의 기억에 남을 인상이잖아? 작은 물고기를 걸고 다니는 병력에게 당하면 되게 굴욕스러울걸."

게다가 반은 뼈다귀잖아, 노엘이 웃었다.

"얕보이지 않는 것도 중요합니다. 작은 물고기를 보고 병사들 사기가 오르겠어요?"

"하기야 맞는 말이네. 그럼 역시 이걸로 하자."

노엘은 감춰 놓았던 천을 보여줬다. 교차하는 작살의 문장. 노엘의 철퇴 깃발과 한 쌍이다.

막 완성된 깃발을 자랑스럽게 내걸고 섬 주위를 경계하며 해적의 습격을 방비했다. 고작 백 명의 자경단임에도 사기는 대단히 높다. 일단 대장은 있지만 실질적으로 노엘의 지시를 따랐다.

복수심에 불타는 해적들의 습격을 몇 차례 막은 뒤 오히려 역습을 펼쳐 물자를 빼앗아 오는 사이에 섬은 다시금 평온을 되찾았다. 해적들 또한 손해가 더 큼을 깨달았을 테지. 그리고 저 섬에는 악귀가 봉인되어 있다고 새어 나갔던 악평도 효과가 컸다.

포로로 잡힌 해적도 지금은 땀을 뻘뻘 흘리면서 고기잡이에 힘쓰고 있다. 아마 노엘이 공포를 깊이 심어준 것이 주효했겠다.

"사람이 늘면 섬은 풍요로워져. 해적이 더 많이 나타나면 좋을 텐데. 일손이랑 병사가 늘어서 만만세인걸."

"바보 같은 소리를 여기에서만 해주세요. 나까지 바보로 보일 테니까요."

"아, 괜찮아. 걱정하지 마."

아이들에게 받은 야자열매를 휙휙 가지고 노는 노엘.

"……뭐가 괜찮은데요?"

"이미 다 동류인 줄 알더라. 애들한테 물어봤거든? 악귀의 오른팔이래. 해냈구나, 리그렛!"

"거, 거짓말이죠."

"진짜야."

"……세, 세상에, 말도 안 돼. 내, 내가, 얘랑 동류라고?"

리그렛은 관자놀이를 꾹꾹 누르다가 침대에 털썩 드러누웠다.

"아~ 신시아랑 도련님, 도르커스랑 다들 만나고 싶어라. 모두들 건강하게 지내고 있을까?"

지금도 카이와 가끔 연락을 주고받는다. 겐부의 태수 시덴이 노엘에게 흥미를 갖고 있는 듯 적극적으로 연락을 보내오는 덕택이다. 이따금 밀정이 와서 선물과 정보를 전해주고 갔다. 오는 수단은 겐부 특유의 소형선이었다. 이쪽의 엉성한 경계 태세를 보고는 몹시 어이없어했다만, 만나기 편하니까 어쨌든 잘된 일이 아닐까.

"……흰머리 원숭이는 모르겠습니다만, 엘가 님과 신시아 님은 여전히 북코임브라에 계신다는군요. 당신과 달리 꽤 고생하면서요."

"그렇구나. 아, 신시아랑 도련님한테 편지를 쓰면 도착할까? 그리고, 소금에 절인 생선도."

"당연히 무리죠, 묻지 마세요. 괜히 경솔한 짓을 벌이면 상대가 더 곤란합니다. 그뿐 아니라 제가 대단히 귀찮아지니까 허튼짓은 삼가세요."

"그렇구나, 유감이네!"

"……뭐, 당신이 황제 폐하를 섬기겠다고 말하면 곧장 연금 조치는 풀릴 겁니다. 폐하뿐 아니라 흑양기의 대장도 귀순을 권유했다고 들었습니다만."

"아하하, 그거야말로 무리야. 위대한 황제 폐하는 내 적이니까."

노엘은 싸늘한 웃음으로 일축했다. 파리드의 제안은 기뻤으나 유감스럽게도 목표로 하는 장소가 달랐다. 함께 행복해지고 싶다는 목적은 같은데도. 편지에도 쓰여 있었는데 파리드의 행복이란 아밀이 펼칠 꿈의 실현이었다. 노엘과는 뜻이 다르다.

"폐하를 위해 검을 휘두르겠다고 흑양기의 대장과 약속하지 않았었나요?"

"약속은 물론 기억하고 있어. 그러니까 언젠가 꼭 엄청난 일격을 선사해줘야지!"

그렇게 말한 뒤 노엘은 야자열매를 철퇴로 부숴서 깼다. 과즙이 리그렛에게까지 쏟아지는 바람에 심한 몰골이 되고 말았다. 그로부터 한 시간, 리그렛과 함께 청소를 하는 처지가 됐고 엉망진창 박살 난 열매는 벌로 혼자서 다 먹었다. 그야말로 자업자득이었다.

—리베리카 본토와 달리 월라 섬은 다소나마 평온한 나날을 되찾아 누릴 수 있었다.

CHAPTER 2 별과 태양이 서로를 죽이려 하고, 붉은 룬이 태어났다

코임브라와 바하르의 전쟁— 통칭 바르데카 계승 전쟁 이후로 3년의 세월이 흘렀다. 노엘이 섬에 유배되어 보낸 시간도 역시 같았다. 그동안 세상은 그야말로 성난 파도처럼 뒤흔들렸다.

반란을 일으켰던 코임브라 주는 남북으로 분할된 통치 체계를 갖춰서 남쪽에는 윌름, 북쪽은 가디스가 태수로 임명됐다. 겐부 및 기브, 캄비즈를 비롯하여 그롤의 파벌로 간주되었던 주는 대다수의 예상과 달리 특별히 처벌받지는 않았다.

"나의 야망을 실현할 때가 왔다. 효광(曉光) 작전을 실행하여 바다 건너 대륙으로 뻗어 나가기 위한 교두보를 확보하라!"

베프남에게서 황제의 자리를 이어받은 아밀은 승리의 기세를 몰아 서방 문도노보 대륙을 점령하기 위한 원정—『효광 작전』의 실시를 선언. 코임브라와 리벨덤을 출발 거점으로 결정한 뒤 전례가 없는 대선단을 조직했다.

각 주에서 병사 10만과 물자를 모아 문도노보 대륙 남동부를 목표로 출항. 아밀 본인이 총대장의 역할을 맡았고, 전선의 지휘관은 원수로 승진한 파리드가 임명되었다. 전비의 부담은 코임브라, 겐부, 기브 주에 무겁게 부과됐다. 지난 전쟁의 보복은 이때 이루어졌다고 말할 수 있겠다.

제국군이 상륙한 대륙 남동부는 맥없을 만큼 간단하게 점령이 완료됐다. 문도노보 대륙의 주교이자 대륙을 명목상 통치하고 있는 성교회(星敎會)에 큰 불만을 품은 지역이었던 이유도 있다. 이 땅의 영주들은 자기 권력을 확대하기 위한 좋은 기회로 판단하는 즉시 솔선하여 전향함으로써 우세한 세력에 편승하고자 획책했다. 10만이라는 대군을 앞에 두고서 죽음을 각오한 뒤 저항하고자 나선 인물은 거의 전무했다.

"이렇듯 신규 영토를 획득한 것은 효광 작전의 첫 번째 걸음에 불과하다. 병력을 진군시켜서 일거에 병합하라!"

아밀은 획득한 영지를 통합, 새로운 주 베르단을 수립하여 더한 지배권의 확대를 꾀했다. 태수는 현지의 유력 귀족 리겔이 임명됐고, 대륙 재상 겸 감사역으로 엘나즈가 파견됐다. 엘나즈는 난색을 표시했으나 아밀은 부하의 불안을 일축한 뒤 억지로 떠나보냈다. 리베리카 대륙에 그가 안주할 곳은 이미 없었다. 숙청당하지 않은 것만도 행운이라 말할 수 있겠다.

한편 선제 베프남은 바랐던 대로 연구에 몰두하는 나날을 보내고 있다. 새벽 계획의 다음 단계를 만들어 내겠다는 명목으로 아밀이 다액의 자금을 투입하게끔 유도했다. 아울러 교환 조건으로 아밀의 행동에 일절 참견하지 않고 두 번 다시 정치와 관련되지 않겠다는 약정을 맺었다. 염원을 이룬 베프남은 퇴위한 이후 공적인 자리에 일절 나타나지 않았다.

문도노보에서 새로운 영토를 획득했을 뿐 아니라 또한 새로운 주의 수립까지 달성한 아밀은 태양제를 뛰어넘은 걸물이라며 대단히 칭송받았다. 리베리카의 백성들은 너나없이 환희했고, 이제 곧 도래할 빛나는 미래에 가슴이 벅차올랐다. 넘치도록 풍족한 자원, 인재, 금은재보, 기적의 산물들. 대량의 부가 유입되리라 기대했기 때문이다.

분명 귀금속 및 재보, 희소한 광석, 그리고 대륙 출신의 망명자는 빈번하게 넘어왔다. 그러나 기대했던 만큼 무수한 자원을 들여오지는 못했다. 대륙 전토를 살찌우기에는 한참 모자랐다. 현지에서는 아직껏 전투가 계속되고 있기에 애써 확보한 대량의 자원을 본국으로 보낼 여유는 없었다. 운송에도 경비와 일손이 소요되기 때문이다.

『이교도를 한 명도 남김없이 멸하라』.

자기 권위가 실추될 수밖에 없는 사태를 맞아 대륙의 패권을 쥐고 있는 성교회에서 잠자코 지켜볼 리 없었다. 그들은 이교도를 박멸하기 위한 토벌군을 편성한 뒤 즉각 파병, 교회 연합군과 홀시드 제국군 사이에서 격한 전투가 발발했다. 첫 접전부터 많은 사상자가 나왔음에도 양측이 결판 내기를 피한 까닭에 승패는 정해지지 않았다. 급히 소집된 연합군은 제대로 통솔되지 못했고, 또한 제국군도 파리드의 지시에 따라 방비에 철저했던 터라 전선은 서서히 교착 상태로. 양측 다 결정타를 피한 채 전쟁은 장기화될 낌새를 보이기 시작했다.

“효광 작전을 원활하게 추진하기 위하여 제2차 새벽 계획의 강화병을 보냄으로써 대륙에 획득한 지배권을 더욱 확대하겠다. 속임수나 부리는 사교 집단을 쳐부수고 이 땅의 백성들에게 태양의 위광을 비춰주겠노라!"

아밀은 군사비를 증대시켜서 제2차 새벽 계획을 실행, 생산을 강행하여 새벽 강화병 1만을 베르단 주에 파견. 더욱이 대륙 동북부에도 병력 5만을 보내어 양쪽 방면에서 공세를 펼쳤다.

요격에 나선 성교회 측은 대륙의 기술을 구사하여 베르단 주 탈환을 위해 공격에 나섰으나 새벽 강화병들 앞에서 고전을 면치 못했다. 비장의 수단으로 여겼던 병기가 뜻했던 대로 수량이 갖춰지지 못해서였다. 반면에 인간 같지가 않은 새벽 강화병의 능력은 대륙에서도 족한 위력을 발휘했다.

"기묘한 기술을 동원할지라도 우리 적수는 못 된다. 사교도 잡것들을 쳐부숴라!!"

파리드 휘하 흑양기의 강습에 의해 유력 영주 몇 사람이 죽어 나가자 수세에 전념하여 적 전진의 방지에 힘쓸 수밖에 없게 되었다. 조바심 내는 부류는 권위를 지키고 싶은 성교회뿐이고 영주들은 자기 터전이 무사하다면 별달리 급할 까닭이 없어서였다. 백성을 지키겠다는 귀한 의지는 일절 존재하지 않는다.

기세를 더한 제국군은 세력권을 점점 넓혀 나갔다. 그러나 대륙의 동북 전선에 이르렀을 때 상황이 달라졌다.

『전군 돌격. 우리의 논밭을 짓밟은 저 무뢰배들을 한 명도 남김없이 몰살하라. 절대 살려서 돌려보내지 마라.』

『오오!!』

이국의 침략자에게 고향을 빼앗길쏘냐, 주민들이 솔선하여 의용병으로 참전. 더욱이 하얀 까마귀 깃발을 내건 성교회 소속 기병대도 가담하여 무시무시한 역습을 전개. 제국의 상륙 병력은 속절없이 허물어졌다. 긴 항해로 피폐했던 터라 당장에 싸울 만한 상태가 아니었다는 것이 최대의 요인이다. 지역 영주의 협력을 얻을 수 있었던 저번과는 상황이 전혀 달랐다. 부득이하게 진로를 변경할 수밖에 없었던 동북 방면의 선단은 베르단 주에 상륙하여 합류. 남동부의 유지 및 확대로 방침을 전환했다.

"잠시간 힘을 비축해야겠군. 그러나 짐은 결코 포기하지 않는다. 두 개의 대륙을 정복하여 태양제를 넘어서는 명성을 쟁취하겠다. 세계에 태양은 하나, 나의 홀시드야말로 유일한 지배자일지니! 그 영광을 위해서라면 어떠한 큰 희생도 감수하겠노라!!"

뜻했던 대로 원정이 순조롭게 진행되지 않았을 때 젊은 아밀은 조바심에 휩싸였다. 처음으로 맛본 좌절이라고도 말할 수 있겠다. 마치 메마른 사막에 물을 뿌리는 감각이었다. 지금 추진하는 계획이 이미 리베리카 대륙에 영광을 가져다줄 수 없음을 머릿속에서는 뻔히 판단이 끝났기에.

그러나 황제가 실패를 인정할 수는 없는 노릇이다. 실패를 인정함은 곧 약점이 되고 권위의 저하로 연결된다. 따라서 작전은 기필코 계속 수행되어야 했다. 일부 신하가 진언하는 원정 중지 및 퇴각이라는 선택지는 고려의 여지조차 없었다.

결국 효광 작전은 베르단 주 획득, 방위라는 목적은 달성했을지언정 대폭적인 영토 확대에 미치지는 못했다. 제국의 공세가 멈춘 순간이기도 했다. 언뜻 쌍방의 출혈로 여겨질 수도 있겠으나 실제 상황은 많이 달랐다. 적대 관계에 있는 성교회 측이 오로지 전력 증강에 힘을 기울일 수 있는 반면에 제국군은 병력을 선단에 실어 파견해야만 한다. 현지에서 징병한다손 쳐도 한계가 있다. 게다가 언제 배반할지 알 수가 없는 신뢰 못 할 병력들이다. 그런 까닭에 리베리카 대륙에서 병력을 훈련하여 축차 투입하는 방법이 최선이었다. 결과적으로 군사비는 더욱 증대됐고 그에 따른 세금과 노역은 더욱 무겁게 백성들의 등을 짓눌렀다.

높아지는 불만을 억누르고자 아밀은 일시 귀환을 결정했다. 더 이상 리베리카 본토를 가만히 방치할 수는 없다는 판단이었다. 그때 대륙에서 거두어들인 포로를 인적 자원으로 활용하기 위해 리베리카 대륙에 강제 연행, 노예 계급으로 전락시킴으로써 백성들의 불만을 해소하고자 획책했다. 일부 계층은 만족했으나 결국은 별반 대단한 성과가 아닌지라 도리어 훗날의 불씨를 굳이 떠안은 셈이었다.

그리고 대륙에서 또 하나의 악재가 유입됐다. 인간의 정신을 파괴하는 『과오초(過誤草)』라고 불리는 식물이다. 누가 가지고 들어왔는가 알 수는 없지만, 일부 귀족뿐 아니라 홀시드의 병사 및 장군들 사이에서도 만연하는 터라 더 이상 손쓸 도리가 없는 중독자까지 나타나는 형편이었다. 단속을 강화한들 암시장에서 더 높은 가격이 붙을 뿐 수요는 줄어들 줄을 몰랐다. 아밀은 이 사태를 수습하기 위한 대책의 마련에도 고심을 거듭하는 처지에 몰렸다.

이때 영토는 제국 역사상 최대의 규모에 이르렀지만, 정작 본연의

토대는 확실하게 뒤흔들리고 있었다.

징병되어 먼 대륙에 파병을 떠난 자들은 아직껏 돌아오지 않았고 일손이 줄어든 탓에 수확량의 감소로 직결. 각 주의 태수는 대책 마련에 머리를 감싸 쥐었다. 손바닥을 휙 뒤집듯 백성들 사이에서는 현 황제 아밀에 대한 불만이 급격히 차올랐다.

아밀은 이러한 불만분자를 억누르기 위하여 제국 최강으로 이름 높은 파리드와 흑양기를 소환할 수밖에 없게 되었다. 불온한 움직임을 보이고 있는 기브와 겐부의 근린, 홀름즈 주에 파견해서 억제력을 발휘하기 위함이었다. 이곳은 대륙 북부에 해당하고, 유사시에는 롱스톰 주와 합동으로 기브 및 겐부에 쳐들어갈 수도 있었다. 중앙에서 북쪽에 우뚝 세워다 놓은 방벽 비슷한 조치였다.

이렇듯 제국의 통치 체재에는 어두운 그림자가 드리워지는 와중이었다만, 어쨌든 간에 일정의 질서는 유지되었다. 분명히 불평불만이 소용돌이친다고는 하나 원정만 순조롭게 진척된다면 이제껏 들인 투자를 보답받을 수 있다고 영주들 또한 낙관했기 때문이었다. 아밀과 신임 재상 밀즈가 대륙의 상황을 잘 포장하여 선전한 덕택이었다만.

—다만 나중의 보상을 가만 기다릴 수 없는 위기적 상황에 처한 주가 두 군데 있었다. 저번 전쟁에서 아직껏 다시 일어서지 못한 코임브라의 남과 북, 두 주였다.

"……윌름 놈. 언젠가 이렇게 될 줄을 뻔히 알면서도 나를 함정에 빠뜨렸겠다. 이따위 황무지에 나를 떠밀어 놓고 전혀 원조를 보내주지 않을 줄이야. 두말을 일삼는 야박한 놈 같으니라고!"

한쪽 다리를 잃은 가디스가 보고서를 찢어버리고 홀로 푸념한다. 이곳은 북코임브라의 영주가 거처하는 성, 에벨. 부흥의 거점으로서 가디스가 의기양양하게 축성하려고 했던 곳. 비용은 아밀에게서 원조금이 지급될 예정이었다. 페리우스의 정책을 이어받아서 상업과 농업을 차차 발전시키자는 계획을 갖고 있었다.

그러나 고작 외벽만 짓고 공사가 중단된 터라 도저히 성이라고 불러줄 만한 구조물이 못 된다. 이전의 쇠퇴한 마을 풍경이 지금껏 남아 있다. 이유는 단 하나, 자금이 없기 때문이다. 아밀의 원조금을 운운했던 발언은 단지 공수표였다.

'제대로 된 성조차 가질 수 없을 줄이야. 이름만 태수일 뿐 이게 무슨 꼴인가!'

코임브라 남북 분할 때 풍요로운 도시는 전부 남부에서 가져가버린 탓에 북부에는 쇠퇴한 마을이며 촌락, 메마른 땅과 광산이 할당되었다. 그에 이의를 제기했더니 황폐화된 록벨을 넘겨주겠다고 지껄이는 터라 가디스는 격앙하여 일축했다.

윌름이 유리한 지역을 가져가는 것은 어쩔 수 없다고 가디스도 어느 정도는 수긍하는 심정이었다. 내통의 각 단계를 추진했던 인물은 윌름이었기 때문이다.

그러나 이래서는 너무나 과한 처우다. 돈은 물론이고 생산을 위한 기반조차 없다. 분명히 태수 자리에는 올랐다지만, 이런 상황을 타파할 만한 수단이 대체 무엇이 있단 말인가.

'도대체 나더러 뭘 어쩌라는 말인가. 이 쓸모없는 땅에서 다시 일

어설 수 있는 인물이 신 말고 누가 있겠나!'

별 대책도 없어 무작정 돈을 내놓으라고 윌름에게 따지고 들어 봤자 자신들 또한 누구를 도울 여유가 없다며 거절당하는 형편이다. 게다가 황제 아밀은 원정비의 부담을 요구하는지라 가디스는 더한 곤경에 처했다.

최후의 수단으로 가디스는 세금을 내지 못하는 백성에게 노역을 부과하여 광산 채굴을 강제했다. 광맥이 발견된다면 당면한 곤경에서 곧장 탈출할 수 있었다. 죽은 그롤이 좇아 헤맸던 꿈을 얄궂게도 배반자 가디스가 물려받는 결과가 됐다.

일할 사람을 빼앗긴 북코임브라 주민의 불만은 한층 더 높이 쌓였으나 광맥은 발견되지 않았다. 중노동을 못 견디고 탈주하는 자가 속출. 더욱이 광산에서 붕괴 사고가 다발하여 엄청난 숫자의 사망자가 발생하는 악재까지.

'광석에 충격을 가하면 터져 나간다고 가당찮은 망발을 늘어놓으며 감독관은 나를 속이려 한다. 봉급을 안 주면 먹고살 수가 없노라고 임무를 내팽개치는 병사까지 있다. 폐하뿐 아니라 아군에게도 버림받은 나는 도대체 어찌해야 하는가?'

대규모 반란이 일어나지 않은 까닭은 저번 적륜군이 겪었던 패배의 기억이 아직 강하게 남아 있기 때문이겠지만, 그것을 웃도는 분노가 축적되고 있는 상황이었다. 더 이상 가디스에게는 저지할 도리가 없다.

"광맥만, 광맥만 발견된다면 전부가 다 순조롭게 풀릴 터인데. 그러면 다시 부흥을 이룰 수 있을 터인데. 어째서, 어째서 발견을 못

한단 말인가! 신께서 나를 버리셨는가! 그 어리석었던 그롤처럼!"

궁지에 몰린 가디스는 정신적으로도 점점 쇠약해졌다. 통치를 먼 친척 관계에 있는 부하에게 떠넘긴 뒤 오로지 방에 칩거한 채 하루하루를 보냈다. 가신 대부분은 북부 출신자, 더욱이 신시아와 엘가를 비롯한 그롤의 옛 인연들까지 있다.

남부 출신이면서 또한 배반자의 낙인이 붙은 가디스는 그야말로 방해꾼 취급이었다. 요즘 들어서는 누가 자객을 보냈다는 소문까지 나돌고 있는 형편이다. 겁에 질렸던 가디스는 가족을 제외한 누구도 가까이하지 않았고, 정치를 소홀히 함에 따라서 치안은 더욱 악화됐다.

한편 남코임브라의 상황을 어떠하냐면 이쪽도 역시 비참하기는 매한가지였다. 아밀의 환심을 사고 싶었던 윌름은 다액의 원정비를 솔선하여 갖다 바쳤다. 리벨덤과 공동으로 출발 거점의 노릇을 하겠다고 적극 나섰다. 윌름의 머리에는 10만의 대군으로 일거에 대륙을 석권— 포로와 대량의 자원을 획득하면 투자액은 추후 포상이 더 붙어서 되돌아올 것이라는 지레짐작의 계산이 있었다.

대륙 원정이라는 제국사에 확실하게 기록될 위업을 눈앞에 두고 무관 출신의 윌름은 자제심을 잃어버렸었다. 어찌해서든 후세 길이길이 이름을 남기겠다는 야심과 욕망에 사로잡혔던 셈이다.

"……페리우스. 폐하께서는 아직껏 답변을 안 보내셨나?"

그롤의 유지를 잇기 위하여 페리우스는 치욕을 꾹 참고 윌름의 신하가 되어 있었다.

"유감스럽게도 아직 소식이 없습니다. 아마 이번에도 묵살되었을 테지요. 지금 폐하는 금 부스러기 하나도 못 내줄 상황이십니다. 우리에게만 자비를 베풀어주실 이유가 전혀 없지요. 오히려 철저하게 쥐어짤 심산이실지도 모르겠습니다."

"더 이상의 부담을 우리 주에서 감당하기는 도저히 무리이다. 아무리 백성을 쥐어짠들 이제 피밖에 안 나올 테지. 없는 돈이 어디에서 솟아나겠나!"

"네. 그 사실은 저 또한 잘 알고 있습니다."

"폐하는 이 사태를 어찌 판단하고 계시는가! 이래서는 우리더러 죽으라는 말과 다르지 않다!!"

격앙하는 윌름을 페리우스가 차갑게 주시했다.

"외람되오나 태수, 저는 원정 전 거듭 아뢰었습니다. 우리의 분수에 맞춰 처신해야 한다고. 그러나 귀하는 무리를 했지요. 폐하께 버림받을까 두려웠기에. 이것이 그 결과입니다. 현재의 참상은 결단을 내린 귀하와 말리지 못한 우리 가신들의 책임입니다."

"자네는 내가 틀렸다고 말하고 싶나? 폐하께 충실하게 복종한 나의 행동이 잘못되었다고!"

"네. 그리고 코임브라에서 일어나는 사태는 누구보다도 귀하가 큰 책임을 짊어져야 합니다. 귀하가 스스로 바랐기에 지금의 지위를 강탈했던 만큼 약한 소리를 늘어놓는 짓은 결단코 용납되지 않는단 말입니다."

페리우스는 조용히 질타했다.

"그때 대의는 틀림없이 아밀 님에게 있었다! 그롤은 뒷일은 아랑

곳 않고 욕심껏 전쟁을 벌였잖은가! 놈은 백성을 위해서가 아닌 자존심을 지키기 위하여 침략했다! 내 말이 틀렸나?! 페리우스!"

"그롤 님께서 잘못된 선택을 하셨음은 분명합니다. 그 전쟁에서 우리는 큰 희생을 치렀습니다. 우리는 목숨을 바쳐 막아야 했습니다."

"그렇다 해도! 나는 올바른 행동을 했을 뿐. 감히 지위의 강탈을 운운했겠다? 정당한 획득일세, 말조심하게!"

"……태수. 고통에 신음하는 백성들의 입장에서 봤을 때 그게 당면의 고난과 무슨 상관이겠습니까. 그롤 님은 이미 돌아가셨고, 지금은 귀하가 남코임브라의 태수입니다. 아무쪼록 백성을 위해 전력을 기울여주십시오. 정히 엄두가 안 나거든 지금 당장에 태수의 지위에서 물러나시는 게 좋겠습니다. 다만 편안한 은거 생활을 누릴 수 있다는 기대는 버리시길."

태수의 지위에서 물러나면 월름을 기다리는 것은 파멸뿐. 아밀에게 실정의 책임을 추궁당한 끝에 죽거나 혹은 백성들에게서 복수의 칼날이 날아들 테지.

"……큭!"

월름은 시선을 돌렸다. 반론이 안 되니 입을 다물 수밖에. 물론 페리우스의 무례를 구실 삼아서 처단할 수는 있겠지만, 그런 처사는 곧 자신의 목을 조르는 격이었다. 페리우스의 유능함은 의심의 여지가 없다. 월름이 태수 자리에 오른 뒤 깨달은 것은 쓸 만한 인재의 귀함이었다. 월름을 따른 인물은 대부분 자기 이익만 추구할 뿐 공공을 위해 진력하고자 나서는 자가 도대체 없었다.

그들을 믿을 수 없었던 월름은 일찌감치 지위 및 권력을 박탈, 자신의 일가친척을 요직에 올려놓았다. 제 뜻대로 정치를 펼치기 위해 부득이한 조치라고 자신을 달랬지만, 막상 저지른 행동은 예전의 그룰보다 더욱 추하다는 자각이 있다.

“이제 와서 우는소리를 늘어놓는 것은 우리에게 허락되지 않습니다. 가능한 사안부터 손을 쓰면서 하나하나 대책을 마련해 나가십시다. 먼저 질병의 확대부터 막아야 합니다. 영양 상태가 회복되면 더한 질병의 만연은 방비할 수 있겠지요. 원정용으로 비축해 놓은 물자를 풀어야 합니다. 아울러 노역에 동원한 백성들을 돌려보낸 뒤 세금을 낮추십시오. 시간 벌이밖에 안 될지라도 응급 처치는 될 겁니다.”

“안 돼, 못 한다.”

“폐하의 뜻을 등지는 것이 두렵다면 상황을 호전시키기는 결코 불가능합니다. 직면한 참상의 심각함은 귀하도 뻔히 알잖습니까!”

페리우스의 말은 옳았다. 그러나 안 된다. 윌름의 방패는 오직 아밀의 신임뿐이었다. 그 신임을 잃어버리면 태수의 지위 또한 잃게 되리라. 후임자는 얼마든지 있다.

“……안 된다. 역시, 다른 방법을 찾아야겠다. 폐하의 노여움을 살 수는 없는 노릇이야.”

“…….”

페리우스가 몹시 피로한 기색으로 한숨을 쉰다. 돈이 없다면 아무것도 하지 못한다. 윌름을 끈질기게 설득함으로써 뜻이 바뀌기를 기다릴 수밖에. 어찌해서든 윌름이 눈을 뜨게 만들어줘야 했다. 현실을 직시시켜서 설령 파멸을 맞이할지라도 백성을 구하게끔 하자.

몇천, 몇만의 목숨이 살아난다면 월름과 페리우스의 목숨 따위야 값싼 대가였다.

'겐부에 설상가상이라는 말이 있다던가. 지금 상황에 딱 들어맞겠군.'

먼 대륙과 선단의 왕래가 계속되고 있는 남코임브라, 리벨덤에서는 원인 불명의 질병이 발생. 살점과 오장육부를 썩게 만드는 그 증상은『부육병(腐肉病)』이라고 불리며 두려움을 샀다. 건강한 사람이면 치유력으로 견딜 수 있는 반면에 약한 사람은 회복되지 못한 채 죽어 갔다. 영양 상황이 안 좋은 남코임브라는 피해가 심각했다.

"실례합니다! 북코임브라 주에서 급사가 찾아왔습니다!"

"또 물자 재촉이 용건이라면 없다고 말한 뒤 쫓아내라. 놈의 푸념과 후안무치한 요구는 이제 들어주기도 질렸다!"

가디스가 보낸 사절은 전부가 다 물자를 요구했다. 북쪽이 괴로운 상황임은 잘 안다만, 어떻게 도울 방도가 없었다. 그런 여유가 있다면 자신의 주를 부흥시키는 데 사용할 테니.

"그렇지 않습니다! 북코임브라 산악 지대에서 반란이 발발했습니다! 적륜군을 자처하며 가디스 님이 계시는 성, 에벨을 향해 침공 중! 조속히 구원을 바란다는 요청입니다!"

"적륜군이라니? 설마 적륜군이 또 나타났다는 말이더냐?!"

월름은 눈을 부릅떴다. 일찍이 아밀의 책략에 의해 꼭두각시처럼 궐기했었던 반란군. 그롤을 파멸의 길로 몰아넣었던 첫 번째 걸음이다. 기묘하게도 동일한 상황이 월름에게도 찾아들고 말았다. 게다가 명칭까지 똑같은 적륜군. 도대체 어떤 인과가 작용했을까.

"반란군의 규모는! 도대체 누가 주동자인가!"

페리우스가 큰 목소리로 거듭 물었다.

"넷! 적륜군 대장은 죽은 그롤의 아들, 엘가 루트윙! 더욱이 1만을 넘는 민중이 행동을 함께합니다! 기세가 무시무시한지라 도저히 막을 수가 없답니다. 그들은 북코임브라의 병력을 거둬들여서 날이 갈수록 더한 세력을 떨치고 있다는 보고입니다!"

"틀림없이, 도련님께서, 반란군을 이끌고 계신 것인가?"

페리우스의 물음에 병사가 고개를 끄덕였다.

엘가는 이미 사망한 그롤의 아들이다. 지난 3년간 북코임브라의 저택에서 조용히 살아왔다고 들었다. 엘가의 수행을 맡은 인물은 북코임브라 천인장 신시아 에드리히다. 그들이 무엇인가 획책할 것은 수월하게 예상할 수 있었을 텐데.

그러나 가디스는 사전에 알아차리지 못했다. 정신이 온전하지 않은 까닭에 미리 방비하지 못했을 것이다. 자기 방에 칩거한 채 두문불출한다는 소식은 이쪽에도 전해졌다.

"넷, 급사의 설명에 따르면 틀림없습니다! 적륜에 천칭 문장을 새긴 깃발을 내걸었답니다. 코임브라를 역신의 손아귀에서 탈환함으로써 악정에 신음하는 백성을 구하겠다고 소리 높여서 외친다고 합니다!"

"이게 무슨 일인가. ……태수, 어찌하겠습니까. 반란은 저지함이 옳겠습니다만, 우리도 차마 원군을 보낼 여유는 없는 형편입니다. 마들레스의 방비가 허술해지면 반란에 동조하는 자가 결기할 수도 있습니다."

페리우스는 고개를 쳐들려고 하는 제 본심을 힘겹게 숨겼다. 본심을 말하자면 엘가의 아래에서 싸우고 싶다. 지금이야 윌름을 섬기고 있다지만, 본래 경멸해야 마땅한 상대였다. 그러나 무력으로 정치를 뒤집어엎는 방식을 페리우스는 선택할 수 없었다. 그런 방식이 통용되는 세상을 만들어서는 안 된다는 신념이 있다. 따라서 지금은 남코임브라의 신하답게 마들레스의 백성들을 위하여 가능한 한 진력하겠다.

"당장 로이에를 불러들여서 카난 가도를 굳게 수비하라고 명하라. 가디스에게는 미안하나 북코임브라를 지원할 여유는 없다. 다만 방치할 수도 없겠지. 폐하께 즉각 토벌군을 편성하여 보내주십사 파발을 보내도록!"

윌름이 기력을 쥐어짜서 지시 내린다. 머리를 감싸 쥐고 싶은 심정이지만, 주(州)의 최고 지휘자에게는 용납되지 않는다.

"네. 즉시 처리하겠습니다!"

페리우스가 수긍하는 동시에 다른 사절이 뛰어들었다. 낯빛이 몹시 핼쑥하며 몸은 덜덜 떨리고 있다.

"크, 큰일입니다!! 아주 큰일이 벌어졌습니다!!"

"이번에는 또 뭔가! 진정하고 네 임무를 다하라!"

"게, 겐부 주가 제국에 대해 독립을 선언, 롱스톰 주에 침공을 개시! 시기를 같이하여 기브, 캄비즈까지 독립을 선언, 홀름즈 주에 침공! 이미 전투가 벌어졌답니다!!"

"뭐, 뭐라고?"

아연실색하는 페리우스를 아랑곳 않고 사절은 최후의 말을 내뱉었다.

"리베리카 대륙 북서부의 세 개 주가 홀시드 제국에 대해 반기를 들었습니다!!"

"……."

보고를 들은 윌름은 서찰을 손에서 떨어뜨리고 말았다. 또다시 난세가 찾아든다. 거센 폭풍이 몰아쳐서 이곳 남코임브라도 확실하게 휘말릴 테지. 힘이 쭉 빠져서 쓰러지려고 하는 몸을 병사가 받쳐줄 때 윌름은 이미 사망한 주군의 최후를 다시 떠올렸다.

'제국은, 이제부터 어찌 되려는가. 코임브라는 어찌 되려는가. 그리고, 나는, 도대체 어찌 되겠는가. ……더 이상, 나는 모르겠구나.'

—적륜군 본진.

엘가의 지휘에 따라 움직이는 적륜군은 갖가지 신분, 출신의 인물들이 모여 조직된 군대였다. 그들의 면면을 보면 코임브라의 전직 군인, 흰개미당, 문도노보에서 망명한 이루 교도들, 그리고 절반 이상을 점하고 있는 인원은 북코임브라 출신의 민병들이었다.

분노에 불타는 사람들은 사기는 높을지언정 훈련 상황과 무장의 측면으로 봤을 때 군대라 불러줄 만한 형편이 못 된다. 통일된 행동은 애당초 기대할 수도 없겠다. 군대로서 기능할 만한 인원은 신시아 휘하의 병사와 흰개미당, 이루 교도가 고작이었다.

"엘가 님. 목표로 삼은 요새는 스스로 문을 개방했고 수비병은 우리의 아군으로 가담했습니다. 작전은 극히 순조롭습니다!"

“그런가. 결코 차별하지 말고 대우하도록. 투항한 이상 우리는 같은 목적을 지닌 전우다. 아낌없이 식량을 나눠 주어라.”

“분부대로.”

엘가는 기괴한 문양이 들어가 있는 녹색 로브 차림의 남자, 이루반에게 명령했다. 이 남자는 문도노보 대륙에서 살아 견디기를 단념한 뒤 솔선해서 망명한 인물이다. 대륙에서 줄곧 탄압받았던 이루 교도는 오직 반격의 기회를 쭉 기다려오던 중 드디어 때가 도래했다고 판단한 뒤 모든 재산 및 교도를 데리고 코임브라로 망명했다. 그러나 먼저 건너온 교도들이 노예 계급으로 전락했음을 알자마자 몸을 숨겨서 자신들의 운명을 맡길 상대가 나타날 때까지 줄곧 탐색에 전념했었다.

그리고 그 상대로 선택된 자가 엘가였다. 재산과 대륙에 관한 지식을 넘겨주는 대신 교도의 안전과 포교의 자유를 확약받았다. 이루반의 딸 이륨과 엘가의 혼약을 증거 삼아서. 이루 교도의 수는 1천 정도였지만, 그들이 가져다준 재산 덕택에 반란군은 결기할 수 있었다. 또한 대륙에서 들여온 식량『큐로스 토란』과 금기의 식물『과오초』는 기아에 허덕이는 북코임브라 사람들의 구원이 되어주었다.

엘가는 언젠가 재앙의 싹이 될 줄을 알면서도 포교의 자유와 과오초의 재배를 인정했다. 훗날 문제가 불거질지라도 받아들일 수밖에 없는 절박한 처지였기에.

“……도련님.”

본진으로 들어온 신시아가 투구를 벗고 말을 건넨다.

“이제 도련님 소리는 그만 좀 하지. 나는 적륜군의 총대장이니까.

혹여 부하에게 얕보이기라도 하면 전군의 사기가 떨어지잖나."

"시, 시정하겠습니다."

얼굴을 붉히는 신시아. 그 충성심은 아버지 그롤의 때부터 변함없었다. 그러나 고된 생활을 겪어 얼굴이 많이 여위었다.

"그래, 무슨 용무인가?"

"넷, 모든 병력에게 간신히 무구 지급을 완료했습니다. 또한 규율 준수의 취지도 전달했고, 어겼던 자는 본보기 삼아 처형을 실시했습니다."

반란에 참가하는 인원 중에는 불량배 및 은퇴 용병도 다수 포함됐다. 그들은 비록 전투에 익숙할지언정 곧잘 약탈을 감행한다. 따라서 빈틈없이 통제하기 위해서라도 규율은 철저하게 세워야 했다.

"그래, 잘했다. 지난 적륜군과 같은 전철을 밟는다면 우리는 금방 버림받는다. 약탈 행위를 용납하지 마라. 일절 자비를 베풀지 말고 처단하도록."

"넷!"

"그리고 척후를 보내라. 에벨 성에서 결코 눈을 떼지 않도록 주지시키고. 가디스가 자포자기해서 돌격할 가능성이 있다. 그자는 요즘 들어서 정신이 온전하지 않다더군. 어떤 만행을 벌일지 모를 일이다."

엘가는 담담히 명한 뒤 대답을 기다리지 않고 자리에서 일어났다.

"성에 항복 권고는 안 보내시는 겁니까?"

"그 필요는 전혀 없다. 자기 처지를 알면 알아서 항복할 테지. 물론 무조건 항복을 제외하고 결코 받아들이지 않는다. 모든 사태는 놈이 초래한 결과이니까. 목숨으로 죗값을 치러야 한다."

엘가는 표정 변화도 없이 신시아에게 대답했다.

아버지 그롤이 죽은 뒤 엘가는 오로지 자기 수양에 몰두했다. 그리고 분노의 감정을 겉에 드러내지 않는 자제심을 익혔다. 가만히 때가 올 때까지 인내하겠노라 결의했다.

만에 하나라도 반란의 뜻을 의심받는다면 가디스에게 처형당할 가능성이 있었다. 자신의 본심을 마음 깊숙한 곳에 가라앉히고 오로지 기회를 기다려왔다. 기습을 펼칠 기회는 몇 번인가 있었음에도 엘가는 꾹 참았다. 그래서는 가디스밖에 처단할 수 없다.

'……정말, 정말이지 긴 굴욕의 나날이었다.'

아밀이 지휘했던 원정의 부진, 가디스와 월름의 실정, 이루반 및 이루 교도의 합류, 그리고 겐부와 협력 관계를 수립. 이런 여건이 갖추어질 때까지 엘가는 다만 굴욕을 꾹 견디며 살아왔다. 엘가의 현재 연령은 열다섯 살. 그 비극이 벌어진 이후 고작 3년이다. 그럼에도 터무니없이 길었다.

실제 상황을 살펴보면 적륜군의 반란은 겐부에 이용당하는 격이었다. 겐부는 롱스톰 주의 탈환이 목적일 뿐 코임브라의 향방 따위야 관심이 없을 테니까. 다소의 지원을 통해 남쪽에서 공격당할 우려를 미리 방비할 수 있겠다면서 그들은 기꺼이 물자를 보내줬다. 코임브라에서 소란이 벌어지고 있는 한 겐부는 롱스톰 한 곳으로 대상을 좁힐 수 있다.

게다가 우두머리를 맡은 엘가는 열다섯의 젊은이. 장년의 태수 시덴이 보기에는 이런 애송이가 또 없다. 쉽게 통제할 수 있는 인물로

얕보였을 테지. 능력, 경험, 기량, 엘가 본인, 모든 점에서 시덴에게 지금은 뒤떨어진다는 자각이 있다.

그마저도 전부 수용한 끝에 엘가는 결기했다. 그들과 마찬가지로 엘가도 역시 최대한 이용해줄 작정이었다.

'코임브라를 탈환하기 위해서라면 나는 어떠한 짓이라도 한다. 이미 결심을 굳혔다.'

심복으로 평민 출신의 낫지, 흰개미당의 도르커스 등 여러 인물들을 받아들임으로써 그롤의 복수전이라는 인상을 지워 내고자 주의했다. 백성은 귀족끼리의 다툼에 전혀 관심이 없다. 자기 분노를 이해해주는 상대에게 힘을 빌려준다. 따라서 자신은 구심점 역할에 철저할 뿐 사적 감정은 버려야 했다.

결기를 보다 확실하게 이끌고 나가고자 이루반의 딸과 혼약해달라는 요청마저도 수락했다. 모든 것은 코임브라 탈환을 위해서. 이루 교도의 신뢰를 얻기 위해서 부득이한 결정이었다. 어쨌든 그 보람이 있어 결기에 필요한 물자를 예상 이상의 속도로 확보하지 않았던가.

"머지않았습니다, 아버님, 어머님. 코임브라를, 역신 놈들의 손아귀에서 기필코 되찾아 보이겠습니다. ……힘을 빌려달라는 말씀은 안 드리겠습니다. 아무쪼록 지켜봐주십시오."

아버지와 어머니, 그리고 윌라 섬에 유배된 노엘의 얼굴을 떠올린 뒤 엘가는 다시 군무에 임했다.

"전진! 적륜군의 동지들이여! 악한 놈들에게서 우리의 고향을 되찾을 때다!! 동포의 피를 마시며 살아가는 해충 놈들을 박멸하라!!"

『오오!!』

—적륜군의 대공세가 개시됐다. 메뚜기처럼 넓게 전개된 진군은 북코임브라를 일거에 석권. 저항에 나선 영주는 즉각 유린당한 뒤 목이 떨어졌다. 그러나 지난 적륜군과 달리 순순히 항복한 자는 어떤 책망도 없이 용서받았다. 같은 코임브라 사람을 약탈하는 행위는 엄금되었고, 그 규율을 어긴 자는 가증스러운 가디스 및 윌름과 같은 죄인으로 간주되어 즉각 처형당했다.

오합지졸의 군대였음에도 어떻게든 규율을 유지하는 데 성공했다. 거기에는 도르커스와 낫지를 비롯한 평민 출신 지휘관들의 노력, 그리고 최저한의 식량은 제공되었던 것이 최대의 이유로 작용했겠다. 사람은 한계까지 굶주렸을 때 사고를 잃은 짐승이 되는 법이니까.

북코임브라의 태수 가디스는 반격을 위해 출진하지도 않고 오로지 성에 틀어박혀서 침묵했다. 이웃한 주에 원군을 요청해도 묵살당하는 터라 더 이상은 손쓸 도리가 없었다. 가신을 멀리하고 가족마저도 접근을 허락하지 못한 채 배반을 두려워하며 매일 하루를 흘려보냈다.

그리고 드디어 적륜군은 북코임브라의 주도, 에벨 성에 도착을 앞두고 있었다. 방어는 거의 전무한 상황, 한 번의 공격으로 함락 가능하다는 게 엘가를 비롯한 수뇌부의 판단이었다.

"엘가 님, 드디어 때가 왔습니다. 여기까지는 아무 문제가 없었습니다. 백성의 지지도 얻어 냈습니다. 저희는 사욕에 따른 반란이 아닌 백성들의 대변자로 자리매김하는 데 성공했습니다."

"맞다. 그러나 이제 곧 진정으로 중요한 시기가 올 테지. 남쪽의 월름, 그리고 제도의 아밀이 어떻게 움직이느냐에 달렸다."

"옳은 말씀이십니다. ……그나저나, 엘가 님."

"뭔가."

"끝내 대업을 이루었을 때는 저희와 맺은 약속을 잊지 말아주시길. 이곳은 저희의 마지막 안식처입니다. 저희에게는 더 이상 도망갈 곳도 재산도 없습니다. 이곳을 잃을 바에야 차라리 모두를 길동무 삼아 죽음을 선택하자는 각오입니다. 아무쪼록 저희 이루 교도를 이끌어주십시오."

이루반이 살짝 흥분한 기색을 내비쳤다. 들은 이야기에 따르면 이 남자도 역시 혹독한 탄압을 피해 살아남고자 도망 다니며 지옥을 겪었다고 한다. 아직 마흔인데도 불구하고 머리카락은 듬성듬성 빠졌고 얼굴은 여위어서 마치 노인과 같은 외모였다. 그만큼 고난의 나날을 보내왔다는 증거이다. 이 피를 토하는 듯한 발언이 거짓말일 리 없었다. 엘가가 언약을 어긴다면 모든 이루 교도가 칼날을 겨눌 것이 분명하다. 그들의 깊은 신심은 엘가도 인정하는 바였다.

"물론이다마다. 일전에도 말했던 대로 나는 약속을 깨뜨리지 않는다. 나의 벗, 노엘 보스하이트가 제 말을 지켰듯이 말이다. 너희를 배반하지 않는다, 결단코."

"……그 말씀을 듣고 진심으로 안심했습니다. 무례한 말씀을 드릴 수밖에 없었던 저를 아무쪼록 용서해주십시오. 저는 마음이 약한 인간입니다. 그런 까닭으로 신의 구원에 의지하여 살아왔습니다. 아니요, 저희 이루 교도들 전원이 같은 심정이겠지요. 인간을 믿는다는 게 아직 익숙지 않을 따름입니다."

"상관없다. 의문이 피어난다면 곧장 나에게 와서 물어도 좋다. 나는 거짓된 말을 늘어놓지 않는다. 아군끼리 공연한 의구심을 갖게 된다면 아무것도 이루지 못함을 잘 알기 때문이다. 이루 교도들에게도 일절 염려할 일은 없다고 전하도록."

엘가는 그렇게 말한 뒤 천막에서 나섰다. 이 휴식이 끝나는 대로 에벨을 포위하고 총공세를 벌인다. 결국 가디스는 항복의 결단을 내리지 않았다. 그렇다면 몸소 심판을 내려줄 수밖에.

"엘가 님, 큰일입니다! 에벨 성의 낌새가 뭔가 이상합니다!!"

민병들을 통솔하는 창술사 낫지가 큰 고함 소리와 함께 뛰어들었다. 본래 이른바 천방지축의 괴짜였으나 신시아와 도르커스의 교육 덕분에 다소나마 교정되었다. 힘들 때에도 언제나 명랑하며 누가 상대일지라도 겁내는 법이 없는 성격이라 백성들의 신뢰도 두터웠다. 그는 백성의 대변자로서 항상 거리낌 없이 본심을 표출한다. 그런 낫지에게서 엘가는 무관이 아닌 문관의 자질을 발견할 수 있었다. 민심을 헤아릴 줄 아는 재능은 꽤 귀한 법이다.

"일단 진정해라, 낫지. 낌새가 이상하다는 말은 무슨 뜻인가?"

"죄, 죄송합니다. 성의 깃발이, 북코임브라의 깃발이 아닙니다! 뭔 일이 벌어진 게 틀림없습니다!"

"뭐라고?"

"이제 곧 신시아 대장도 복귀할 테니 상세한 보고를 들으실 수 있을 겁니다!"

가디스의 에벨 성에는 당연히 북코임브라의 깃발이 걸려 있어야 한다. 문장은 물론 가디스의 상징이 보여야 할 테고. 그런데 깃발이 바뀌었다면 뭔가 뜻밖의 사태가 일어났다는 뜻이다.

엘가는 정체를 알 수 없는 흥분감을 느꼈다. 그럼에도 힘겹게 내색하지 않고 천천히 걸음을 떼어 놓았다.

그때 말을 달려서 신시아가 무시무시한 속도로 되돌아오더니 당황한 모습으로 보고했다.

"보, 보고드립니다! 북코임브라의 주도, 에벨 성은 이미 함락되었습니다!! 지금 걸려 있는 깃발은 두 철퇴의 문장! 노엘 보스하이트의 깃발입니다!!"

"……노엘이, 왔다?"

"네!"

"그 말은, 그 말은 진정으로 틀리지 않았겠지?!"

엘가가 거듭 확인했다.

"틀림없습니다! 노엘이 돌아와서 멋지게 성을 함락시켰습니다! 보십시오! 저 붉은 머리의 촐싹데기, 노엘 녀석이 틀림없습니다!"

진심으로 기쁨에 찬 미소를 지어 보이는 신시아. 엘가는 성이 보이는 장소까지 달려서 자기 눈으로 확인했다.

성의 누각에 걸린 두 철퇴의 깃발. 성벽에서 승리의 함성을 지르고 있는 병사들은 남코임브라의 군복 차림이다. 그러나 그들은 코임브라의 천칭 깃발을 내걸어 두지 않았다. 보이는 것은 틀림없이 두 철퇴의 깃발, 옆쪽에는 역시 두 쌍의 작살 깃발. 어디의 문장인가 곧장 알아보지는 못했다.

“아무래도 성은 완전히 제압된 상황 같습니다. 수비병은 백기를 걸어 놓았습니다만, 일단 경계를 늦춰서는 안 되겠습니다.”

차분한 이루반의 목소리. 그러나 엘가의 귓가에는 더 이상 어떤 말소리도 들리지 않았다.

“노엘이, 정말 노엘이, 나와 나눴던 약속을 지키고자 돌아와줬단 말인가.”

“네! 짐작하건대 월라 섬의 병력을 휘어잡아서 데려왔을 겁니다. 어째서인지 인망이 높은 녀석이니까요. 자기 수하로 강습 후 함락을 성공시켰을 테지요.”

남코임브라의 원군인 척 위장해서 성에 진입했을지도 모르겠다. 노엘이라면 간단한 기만 작전쯤이야 별 곤란도 없이 해치웠을 것이다.

“……신시아. 나는, 그야말로 일당백의 힘을 얻은 기분이다. 그리고 진정으로 기쁜 마음이구나. 후후, 아버님께서 살아 계셨다면 분명히 진심으로 기뻐하셨을 테지.”

엘가는 망부의 얼굴을 떠올리고 말았다. 후회를 얼굴에 가득 담아낸 채 목이 떨어졌던 그롤의 최후를. 눈에 뜨거운 감촉이 치밀어 올라온다. 그러나 울어서는 안 됐다. 지휘관의 눈물은 흉조로 간주되기에.

“그 말씀은 본인에게 직접 전하시지요. 자, 저희도 에벨에 진입할 때입니다!”

신시아가 재촉하자 엘가는 눈가를 훔치고 힘 있게 고개를 끄덕거렸다.

“……그래, 맞는 말이다. 서둘러서 움직이도록 하자. 전군, 에벨에 입성한다! 북코임브라가 마침내 해방되었다!”

『오오!』

병사들 사이에서 승리의 함성이 터져 나온다. 그들을 막을 필요는 전혀 없었다. 기쁨에 차서 소리 지르는 병사들과 함께 함락된 에벨 성으로 걸음을 옮겼다. 미완성인 채 함락된 성을 올려다본다. 태양의 햇살을 받아 쬐면서 노엘은 언짢아하는 기색의 부관을 전혀 신경 쓰지도 않고 승리의 나팔을 쉴 새 없이 불어 울렸다.

CHAPTER 3 증오를 양식 삼아서

—북코임브라 주도, 에벨 성.

적륜군 사관들이 늘어서 있는 알현장에서 밧줄에 묶인 가디스가 무릎을 꿇린다. 밧줄의 끝을 붙잡고 있는 사람은 노엘이었다. 가디스의 얼굴에 든 시퍼런 멍이 저항의 흔적을 나타내준다.

엘가는 노엘에게 말을 건네고 싶은 마음을 꾹 참고 가디스를 노려봤다. 코임브라의 장군이라는 지위에 있었음에도 아버지 그롤을 배반했던 원수. 윌름과 마찬가지로 아무리 증오해도 부족한 상대였다. 갈가리 찢어버린들 성에 차지 않으리라.

"배반자에게 어울리는 모습이군, 가디스. 자결도 않고 뻔뻔하게 추한 낯짝을 보일 줄이야. 썩은 근성은 태수가 돼도 바뀌지 않았나 보군."

"네놈, 이따위 짓을 벌이고도 무사할 것 같은가? 자신이 무슨 짓을 저질렀는지 네 녀석은 정말 알기는 아는 것인가?!"

"물론이지. 악정을 일삼은 어리석은 탐관에게서 코임브라의 탈환을 목표로 했을 뿐이다. 달리 무슨 의도가 있었겠는가."

"바, 바보 같은 소리를. 그롤과 똑같아, 네놈도 멍텅

구리다!"

"아버님의 이름을 입에 올리지 마라, 무뢰배 놈! ……네놈의 말을 순순히 따르는 동안 내가 얼마나 큰 굴욕감을 느꼈는 줄 아나? 그 자리에서 목을 도려내고 싶었던 적이 몇 번이었던가. 차라리 죽음을 선택하는 편이 낫다고 한탄할 만큼 굴욕과 모멸에 젖은 나날이었다. 그 원한을 참은 까닭은 전부 이날을 맞이하기 위해서였지."

"그, 금방 다른 주에서 토벌군이 온다! 네놈들은 끝장이다! 네 아비처럼 역적이 되어 죽을 것이다! 그, 그러나, 지금이라면, 아직 자비를 베풀어주마. 알아들었다면 검을 버리고 순순히 항복해라!"

아득바득 허세 부리는 가디스. 그러나 정작 본인의 몸이 부들부들 떨리고 있다. 장군 시절의 위엄, 용모는 흔적도 없이 사라졌다. 완전히 자신감을 잃고 수척해진 노인이 보일 뿐. 지금 머릿속에는 어떻게 해야 살아남을 수 있는가 하는 절박감만 가득하리라.

엘가는 경멸의 빛을 드러내며 피식 웃어넘겼다.

"아주 웃겨주는구나, 가디스. 네놈이 의지하고 있는 원군은 결코 오지 않는다. 아니, 올 수 없다는 말이 옳겠군."

"무, 무슨 소리냐."

"지금 이 대륙의 상황이 어찌 되었는가 모른단 말이더냐? 노망난 네 녀석은 세상 정세도 살피지 못하는구나."

엘가는 들끓는 분노를 내리누른 뒤 굳이 가디스에게 코임브라의 상황을 가르쳐주고자 마음먹었다. 절망을 안겨주기 위해서다.

겐부, 기브, 캄비즈까지 세 주가 독립을 선언하고 제국과 전쟁을 벌인다는 것. 가디스가 의지하고 있는 바하르 군, 그리고 호른에 주둔하고 있는 흑양기는 움직일 수 없다는 것. 당연히 제도에서도 원군은 오지 못한다. 게다가 남코임브라 또한 군사 작전을 벌일 여유가 없다.

즉 너는 버림받았다는 뜻이다, 엘가는 싸늘하게 잘라 말했다.

"……세, 세상에, 말도 안 된다. 강대한 제국에 맞서 반기를 들었다는 말 따위 도저히 믿을 수 없다!"

"그러나 전부 사실이다. 네가 처한 곤경이 증거 아닌가. 지금 제국에는 이 황폐한 땅에 병력을 보낼 여유가 전혀 없다."

엘가가 단언하자 가디스는 아연실색하여 어깨가 축 늘어졌다.

"실례하겠습니다!"

요란한 발소리와 함께 알현장에 낫지가 나타났다. 신시아, 도르커스와 성의 제압 임무에 임했었다. 도적에게 항복할 수는 없노라며 일부가 저항 태세를 갖춘 까닭이었다. 그들은 저번 적륜군의 악행을 잊지 않았으리라.

따라서 낫지 등등 지휘자들에게 가능한 한 설득을 통하여 투항시키도록 명령 내렸다. 더 이상 불필요한 피를 흘릴 필요는 없었다. 가디스에게 충성을 맹세하는 인물 따위가 북코임브라에 존재하지 않음은 뻔한 사실이었다. 설명하면 오해는 곧 풀리리라는 확신이 있었다.

"엘가 님. 저항 중이던 병사들이 저희 산하에 들어오겠다고 맹세했습니다! 괴롭기는 저쪽도 마찬가지였던지라 대화가 빨리 이루어졌습니다! 인간, 대화를 나누면 서로 이해할 수 있군요!"

"잘했다, 낫지. 뒷일은 이 배반자의 처분뿐이군."

"……부탁이 있습니다, 엘가 님. 이놈의 처형은 제게 맡겨주십시오. 이 빌어먹을 놈 때문에 제 아버지와 동생이!"

낫지가 허리의 검에 손을 가져가자 가디스는 얼굴이 핼쑥해져서 도망치려고 했다. 그러나 밧줄에 묶인 상태인지라 비참한 추태를 보일 뿐이었다.

"심정은 족히 이해가 된다만 잠시 기다려라, 낫지. ……노엘, 네 의견을 듣고 싶구나. 너는 이 배반자를 어떻게 처분하는 게 옳다 여기지?"

엘가는 질문했다. 조금 전부터 노엘의 얼굴에 무엇인가 말하고 싶은 기색이 묻어났기 때문이었다.

서로 대화 나누는 자리가 정말이지 오랜만이다. 마들레스의 항구에서 작별한 지 3년은 흘렀을까. 자신은 성장했고 노엘도 키가 커졌다. 노엘의 뭔가 장난질을 떠올린 듯한 특징적인 표정에 소녀의 옛 면모가 남아 있었다.

"어라, 당장에 처형하는 거 아니야?"

"그럴 작정이었다만 무엇이든 다른 방안이 있다면 들려다오. 나는 적륜군에 더 보탬이 되는 선택을 하고 싶구나. 너도 달리 생각이 있어 생포했을 테지?"

노엘이 자비를 베풀고자 구태여 살려 뒀다고 여겨지지는 않는다. 즉 어딘가에 이용 가치가 있지 않은가 물은 셈이었다.

"도저히 용서가 안 되면 후딱 죽이고 말아야지, 뭐. 그래도 지금 상황에서는 살려 놓아야 다음 작전에 더 도움이 되지 않을까?"

"이봐, 웬 헛소리냐! 이따위 놈을 살려 놓아서 뭔 의미가 있어! 설마 아군으로 받아들이자는 말은 아니겠지?!"

격앙하는 낫지. 당장에 검을 뽑아서·휘두를 기세였다.

"그게 아니라, 도련님이 죽도록 증오하는 상대를 용서하면 투항을 고민하는 사람들이 막 안심할 거야. 가디스랑 윌름의 배반은 코임브라 사람 누구든 다 알고 있잖아. 원수도 용서받을 수 있다면 분명 자신도 괜찮을 테니까 마음이 놓이겠지? 그렇게 보면 안 죽이는 방법도 일단 있기는 있다는 말. 어떻게 하든 결정은 도련님한테 맡겨야겠지만."

노엘이 철퇴를 만지작거리며 설명했다. 다음 작전이란 남코임브라를 공격할 때다. 어느 쪽에 가담해야 하는가 고민하는 영주, 병력들을 설득하는 데 이보다 더욱 효과적인 수단은 없다. 가디스마저도 용서받는다면 마땅히 자신 역시도 목숨을 부지할 수 있다 판단할 수밖에.

문제는 엘가의 감정이 과연 용납할 수 있느냐는 점이다. 한시라도 빨리 목을 베어버리고 싶었다. 그리고 놈의 수급을 아버지와 어머니의 묘 앞에 바치고 싶다. 그 때문에 이제껏 굴욕을 견뎌왔다. 이곳 북코임브라의 사람들 또한 똑같은 심정일 테지. —그럼에도.

"가디스. 일가친척 전원이 몰살당하거나 내 주구가 되어 죽을 때까지 전력하거나, 네 녀석은 어느 쪽을 선택하겠나?"

"……엘가 님. 저, 저를, 용서해주시겠다는 말씀입니까? 그롤 님을 배반했던 저를 말입니까?"

"내게 복종하겠노라 맹세한다면."

"……오, 오오, 신이시여!"

“목숨과 맞바꿔서 너는 치욕으로 가득한 나날을 보내게 될 것이다. 그러나 너와 일족을 처형하지는 않겠다. 언젠가는 오명을 씻고 재차 출사할 날이 올 수도 있겠지. 그 부분을 잘 고려하여 답하라. 너에게 선택권을 주마.”

“아, 앞으로는, 도련님, 아니, 엘가 님을 위하여 전력하겠습니다! 목숨을 다 바쳐 전력하겠노라고 맹세합니다! 그러니까, 제발, 제발 목숨만은 살려주십시오!”

“……그런가. 잘 알았다. 다만 당분간 칩거를 명한다. 당연히 지위도 박탈한다. 추후의 행동 방침은 내 지시를 기다리도록. 수상쩍은 낌새가 보인 순간에 네놈의 목뿐 아니라 일족의 목숨도 없음을 명심하라!”

“네, 네엣! 진심으로 감사드립니다!”

밧줄에 묶인 채 가디스는 부복했다. 몸을 덜덜 떨면서, 눈에는 안도의 눈물을 글썽거리면서.

“나는 전혀 납득이 안 되는군! 저 빌어먹을 놈의 목숨을 붙여 놓는다는 황당한 소식이 전해지면 다들 미쳐서 화낼 텐데! 저놈의 배반 때문에 지난 전쟁에서 몇 명이 죽은 줄은 아시는 겁니까!! 이곳에 있는 사람들은 전부 진심으로 쳐 죽여버리고 싶어 한단 말입니다!!”

“그럼에도 설득하는 것이 네 역할이다. 믿고 맡기지, 낫지.”

“엘가 님!! 저부터 납득을 못 하는 명령인데, 어떻게 남을 설득하란 말씀입니까!! 황당한 지시는 제발 좀 거둬주십쇼!”

엘가는 무심코 고개를 끄덕이려다가 씁쓸하게 웃었다. 자신의 본심 또한 마찬가지다. 따라서 낫지를 설득할 만한 이유가 떠오르지 않았다.

"잘 들어라, 낫지. 우리에게는 불필요한 전투를 치를 시간이 없을 뿐더러 여력도 없다. 이 부분은 인정할 수 있겠지?"

"그, 그야 저 역시 압니다만! 그렇다고 저딴 쓰레기를 용서한다뇨!"

"고작 분노를 견딤으로써 사망자를 줄일 수 있다면 그게 곧 최선책이 아니겠는가. 게다가 놈과 일족의 지위는 박탈되었고 영지도 전부 몰수했다. 쌓아 둔 재산은 모조리 백성들에게 나눠 주겠다. 두 번 다시, 결단코 다시 일어서지 못하도록 말이지. 이 정도면 설득할 만한 근거가 되지 않겠나?"

용서해준다기보다는 처형을 보류하겠다는 데 가까운 상태지만, 그 사실을 솔직하게 낫지에게 가르쳐줄 마음은 없다. 비밀을 못 지키는 성격이기 때문이었다.

무엇보다도 진정으로 가디스를 갈가리 찢어버리고 싶은 사람은 다른 누구도 아닌 엘가 본인이었다. 그러나 승리를 위해서라면 잠시 복수의 칼날을 거두어들이는 일쯤 아무것도 아니다. 골수까지 뽑아서 이용해줄 작정이었다.

"……그렇다면야 어쩔 수 없겠습니다만. 그래도 진짜 납득한 게 아닙니다. 제길, 내가 1등으로 진입했다면 문답 무용으로 목을 쳐버렸을 텐데! 전부 다 저 빨간 머리 여자 때문이군! 우리가 도착하기 전에 콱 죽였어야지!"

낫지가 노엘에게 손가락질했다. 그 손가락 너머에서 노엘은 무슨 말인지 모르겠다는 듯 시치미를 딱 뗐다.

"아하하, 정말 아쉽다."

"네가 할 소리냐!"

"어라, 응? 누구? 누구?"

"빨간 머리는 너 하나뿐이잖아!! 어쩌자고 갑자기 성을 함락시키는 거야! 아니, 물론 잘못했다는 게 아니라. 제기랄, 진짜 답답하군!"

분노를 쏟아 낼 곳이 없는 낫지가 머리를 벅벅 쥐어뜯는다. 직설적인 성격 때문에 곧잘 다른 사람들과 충돌을 일으킴에도 근본은 선량한 인물이다. 늦게나마 반성한 뒤 사과하러 가는 도량도 지니고 있다. 백성들도 이런 성품을 잘 아는 까닭에 나쁜 평판은 들려오지 않았다. 어떤 생각을 품고 있는가 빤히 들여다보이기 때문이다.

"낫지, 좀 조용히 해라. 성의 거주민들에게 불필요한 두려움을 주고 싶지는 않군. 분쟁을 일으킬 만한 행동은 자제해라."

"저도 알죠, 아는데요! 으으, 잠깐 바깥에 나가서 머리 좀 식히고 오겠습니다!"

시끄러운 낫지는 일단 내버려 두고 엘가는 다시 노엘을 돌아봤다. 변함없이 근사한 붉은 머리에 잠시나마 눈길을 빼앗겼다.

"진실로 오랜만이구나, 노엘. 고작 3년임에도 몹시 그리운 기분이 들어."

"응, 도련님도 오랜만이야. 건강해서 정말 잘됐어! 잠깐 못 본 사이에 말투가 높은 사람처럼 바뀌었네."

전혀 격의가 없는 말투. 그리고 신시아와 마찬가지로 도련님 호칭. 그러나 어째서인지 달리 불리고 싶지는 않았다. 오히려 엘가 님이라는 호칭이 더욱 위화감이 느껴진다.

“위엄을 나타내기 위해서 필요하니까. 얕보이면 지휘관의 소임을 다할 수 없지. ……그나저나 어째서 이곳에 와 있었지?”

“어째서기는, 약속을 지키러 온 거야.”

“그야 당연히 알겠다만, 어떻게 이 성을 함락시켰지?”

“먼저 겐부 주에 윌라 섬 사람들이랑 상륙했어. 그다음 몰래 북코임브라에 침입했고 남부의 원군인 척 꾸며서 단박에 성을 점령한 거야. 성벽은 만들다 멈춘 상태라서 전혀 제 역할을 못 하더라. 예상보다 더 쉽게 해치웠어.”

아하하, 웃는 노엘. 엘가는 변함없는 경쾌함을 느끼면서 저도 모르게 쓴웃음을 짓고는 손을 내밀었다.

“아무튼 잘 돌아와줬다. 그러나 이제부터가 진짜 시작이지. 이대로 쭉 힘을 빌려주면 기쁘겠구나.”

“물론 나도 좋아. 힘내서 되찾아 오자!”

마주 내밀어주는 손을 엘가는 강하게 잡아 쥐었다. 그 시절에 비해 자신은 무척 달라지고 말았다. 이미 혼약자도 있다. 달리 돌이킬 방법이 없었다. 그러나 노엘의 행복 가득한 얼굴은 변하지 않았다. 저 얼굴을 가까이에서 볼 수 있다면 충분하지 않겠는가.

자기 본심을 숨긴 채 엘가는 다음 전투에 대비하고자 사고를 전환했다. 그렇다, 다음이 가장 중요하다.

“앗, 아직 철퇴를 갖고 다녀주는구나.”

“나의 보물이니까. 아껴서 쓰고 있다. 너처럼 철퇴로 싸울 수는 없다만.”

엘가는 장검과 철퇴를 항상 소지하고 다닌다. 무겁고 부피가 커도 어째서인지 힘이 솟아나는 기분이었다. 부적 비슷한 물건이다.

“그렇구나. 그럼 또 짝꿍이네. 나는 자꾸자꾸 써서 살짝 흠이 나 버렸지만.”

노엘은 미소를 짓고 얼버무렸다. 그래서 엘가도 따라 웃었다.

자신은 바뀌어버렸다. 다만 노엘은 바뀌지 않았다. 키는 자랐어도 내면은 옛날과 변함이 없다. 그것이 은근스레 기뻤다.

—에벨 성, 회의실.

이 자리에는 엘가, 신시아, 이루반까지 적륜군의 수뇌부, 그리고 도르커스, 노엘 등 지휘관들이 참가했다.

새롭게 아군으로 가담한 문관들은 사후 처리에 몹시 바빴다. 그들 대부분이 북부 출신인지라 가디스 및 일가가 일소됨으로써 의욕을 되찾은 분위기였다.

도르커스와 신시아는 노엘에게 말을 붙이고 싶어 안달이 난 눈치였지만, 먼저 추후의 방침부터 결정해야 했다. 엘가는 나중에 느긋하게 대화 나누라고 서두를 뗀 다음 발언을 시작했다.

“첫 번째 목표였던 에벨 함락은 달성되었다. 모두의 활약에 진심으로 감사하는 바이다. 정말 감사한다.”

엘가는 모두를 둘러본 뒤 머리 숙였다.

“경축드립니다, 엘가 님!”

“적륜군의 피해도 적고, 백성들도 저희를 환영해주고 있습니다.”

낫지, 신시아가 축하의 뜻을 전하자 이루반에 뒤이어 입을 열었다.

“엘가 님, 참으로 축하드립니다. 저희 이루 교도도 진심으로 축복의 뜻을 전해드리고 싶습니다.”

“이루반, 자네들의 지원은 잊지 않았네. 머지않아 그 성심에 보답해줄 테니 교도들에게도 잘 전해주게.”

“황공합니다. ……엘가 님, 무릇 철은 뜨거울 때 두드리라고 했습니다. 북코임브라의 백성들에게 저희의 통치 방침에 대해 본을 보일 때인 줄 압니다.”

이루반의 진언에 엘가도 동의했다. 백성들은 새 지도자가 무엇을 해주려는가 마른침을 꿀꺽 삼키며 지켜보고 있을 것이다. 만약 기대에 부응하는 방향이 아닐 시에는 평가가 순식간에 뒤집힐 테지. 민의란 본래 쉽게 나부끼는 법이다.

“우선 광산에서 노역을 부과받은 자들을 즉각 해방, 그리고 세율 인하를 실행하고자 한다. 달리 의견을 가진 자가 있는가?”

솔선해서 펼쳐야 하는 정책이자 당장에 실행 가능한 과제를 언급했다. 그럼으로써 시간을 버는 동안에 상황을 개선하기 위한 정책을 실시해야 한다. 여기에는 많은 시간을 필요로 하며 게다가 결코 쉽지 않음을 잘 알고 있었다. 일조일석에 수습될 만한 위기였다면 가디스 또한 고초를 겪지 않았으리라. 오늘 중 이루반과 문관들을 재차 소집해서 한정된 자금과 물자를 어디에 투입할 것인가 의논하는 자리를 가져야 한다.

백성의 지지야말로 엘가를 비롯한 적륜군의 생명줄. 엘가는 스스로에게 백성들을 강렬하게 끌어당길 만한 매력이 없음을 자각하고 있다. 가능한 사안부터 착실하게 실행함으로써 백성의 신뢰를 잃지 않는 게 가장 중요하다.

"어떤 문제도 없습니다. 아울러 그 광산에는 금이 아예 없다고 단정 짓는 게 현명하겠습니다. 그곳에 불필요한 노력을 쏟을 바에야 토지를 개간하는 것이 훨씬 더 뜻깊은 활동입니다. 즉시 광산 지대로 병사를 파견하여 광부들을 해방하시지요."

"그 건은 흰개미당에 맡겨주십쇼. 거기 주변은 우리가 가장 잘 압니다."

"좋다, 도르커스에게 일임하지. 또한 역병에 걸린 사람도 노역을 강제당했다고 말을 들었네. 증상이 무거운 병자에 한해 과오초의 지급을 허가하겠다."

"넷!"

과오초에는 병을 치료하는 효력이 없다. 그러나 진통 작용이 뛰어난 약초였다. 고통스럽게 죽기보다는 안락 속에서 죽음을 맞이하게 해주고 싶다. 그런 마음으로 엘가는 명령 내렸다.

적륜군은 과오초를 상인들에게 비밀리에 공급해서 리벨덤, 바하르, 홀릅즈 등 적대 관계에 있는 지역을 상대로 비싼 값에 팔아 치우도록 사주해왔다. 역병을 예방하는 기적의 약초라고 선전하면서. 과오초는 산악 지대에서 재배가 가능한 까닭에 적륜군의 귀중한 자금원으로 자리매김했다.

과오초는 도취감을 가져다줌으로써 중독성을 발휘한다. 일순간 다행감(多幸感)을 획득할 수는 있으나 장기간에 걸쳐 복용하면 확실하게 폐인이 된다. 끊고 싶어도 신체가 과오초를 갈구한다. 그리고 머지않아 죽음을 맞이한다. 육체의 변조를 알아차렸을 때는 이미 살아날 길이 없었다. 아마도 이 무렵이면 여러 주에서 많은 사람들에게 증상이 발생하고 있을 터이다.

도가 지나치면 약도 독으로 작용하는 법. 그 이치를 뻔히 알면서도 엘가는 재배했고 또한 대량으로 유통시켰다. 이루반에게서 지옥에 떨어질 각오는 되었냐고 거듭거듭 확인을 받은 이후에. 먼 대륙에서는 이미 금기의 식물로 지정되었기에 이루 교도들도 손대기를 꺼렸다.

'죽은 뒤 혼령이 어찌 되든 관계없다. 중요한 것은 지금 현재이니까.'

그렇다, 중요한 것은 코임브라에서 살아가는 사람들. 그들을 구원하기 위해서라면 다른 곳이 어떻게 되든 알 바가 아니었다. 먼저 노략질을 감행한 쪽은 제국의 놈들이다.

"이제 다시금 고려해야 할 사안은 우리 적륜군이 언제 남코임브라를 공격하는가, 그 시기의 가늠이다. 코임브라를 통일하지 못하면 적륜군의 승리라고 말할 순 없겠지."

엘가의 물음에 모두 침묵한 채 숙고했다. 심정 같아서는 기세를 몰아쳐 당장 공격하고 싶어도 민병들에게서 피로가 엿보인다. 무엇보다도 아직껏 기반을 굳게 다지지 못했다. 순조로이 북코임브라를 해방하는 데 성공한 만큼 조바심칠 필요도 없겠다. 무관, 문관들의 판단은 대체로 이러하리라. 엘가도 내심 비슷하게 판단 내렸다.

유독 한 사람은 어째서 고민하는가 진심으로 의아하다는 표정을 짓고 있었지만.

"엘가 님의 말씀대로 남북 코임브라의 통일은 피해 지나갈 수 없는 목표입니다. 그러나 최소한 3개월은 통치에 전념하는 것이 옳겠지요. 저희는 오직 기세에 힘입어 이곳까지 전진할 수 있었습니다.

따라서 한 번의 패배가 곧 파멸로 이어집니다. 지금은 잠시 걸음을 멈춘 뒤 철저하게 병력의 훈련을 마쳐 두시지요."

신시아의 말에 도열해 있는 무관들이 고개를 끄덕거렸다. 그리고 문관을 대표하는 형식으로 이루반도 말을 이었다.

"신시아 공의 의견에 대체로 동의하는 바입니다만, 저는 반년은 필요할 줄로 여깁니다. 이 땅은 너무나 황폐하고 사람들도 몹시 피로한 상황입니다. 다행히도 계절은 봄, 내정에 전념한다면 가을의 결실이 저희에게 보답해주겠지요. 수확을 기다렸다가 증강된 힘을 동원하여 남쪽을 치는 것이 현명한 계책이 아닐는지요. 결코 조급해서는 안 되십니다."

신시아, 이루반의 신중책에 맞서는 반론은 없다. 모두가 수긍하는 분위기로 고개를 끄덕거렸다.

"……노엘, 너에게는 다른 의견이 있는 듯싶군. 나에게 말을 조심할 필요는 없다. 네 생각을 솔직하게 들려다오."

엘가가 발언을 권하자 노엘은 방긋 웃더니 대답했다.

"확실히 준비를 갖추는 게 중요하기는 한데. 그렇게 오래 기다리면 상대도 방어 태세를 굳게 갖출걸? 그러니까 공격하려면 지금 당장이 딱 좋아. 지금이라면 한 번 툭 건드려도 마들레스가 무너질 테니까."

노엘의 말에 장내가 소란스러워졌다.

"……노엘 공이라 하셨던가. 실례되오나 어떠한 근거가 있는 발언입니까? 분명 기습으로 에벨을 함락시켰던 귀하의 솜씨는 훌륭합니다. 다만 남쪽은 그리 만만하지는 않을 터인데. 귀하의 무용이 제

아무리 출중한들 한 사람의 힘만 가지고 전쟁에서 승리할 순 없지 않겠습니까. 지금은 기반을 다져야 할 때입니다."

이루반이 반론하자 다른 인물들도 말을 보태려고 했다. 그러나 그들 전부를 가로막은 뒤 엘가는 강한 어조로 발언했다.

"잘 알겠다. 나는 노엘의 의견을 지지한다. 그래, 병력은 얼마나 필요한가?"

"5천이면 충분해. 남쪽 영주들은 아마 겁주면 금방 항복할 테니까. 제대로 싸울 수 있는 세력은 마들레스의 수비군이 전부 아닐까? 뭐, 반항하면 전부 해치워야지."

"좋다, 남코임브라 공략은 네게 일임한다. 네가 원하는 대로 진행해라. 모든 책임은 내가 지겠다."

"응, 알았어. ……앗, 아니지. 알겠습니다!"

노엘이 기운차게 경례했다. 엘가가 회의의 종료를 선언하려던 때에 이루반이 서둘러 다가들었다.

"자, 잠시만 말씀 올리겠습니다, 엘가 님! 도대체 무슨 생각이십니까! 조급하게 나설 필요는 없다고 저와 신시아 공이 설명드리지 않았습니까! 당신의 결단에 저희 적륜군 전원의 목숨이 달려 있단 말입니다!!"

"굳이 말해주지 않아도 충분히 잘 숙지하고 있다. 그러나 나의 아버님은 노엘의 말을 무시했던 까닭에 무참한 최후를 맞이하셨다. 그러므로 나는 노엘의 말을 언제나 믿는다. 그날부터 쭉 결심했었다."

"그 뜻에는 전적으로 동감할 수 있습니다. 하나 지금은 상황이 다릅니다! 노엘 공의 의견이 항상 옳다는 법이 어디에 있습니까. 한 사람의 말을 덮어놓고 받아들이면 사기에 큰 영향을 미칠 겁니다!"

"자네들을 신용하지 않는다는 말이 아니다. 다만……."

"다만?"

"……아니, 아무것도 아니다. 어쨌든 노엘의 말이 아주 틀리다고도 단정할 순 없잖나. 적의 방비가 허술한 지금이 바로 최대의 호기라고도 말할 수 있겠지."

"그러나, 너무 위험합니다. 이 상황에 도박을 벌일 필요는 전혀 없잖습니까. 역시 저는 찬성하지 못하겠습니다. 애당초 고작 5천으로 함락시킬 수 있는 성이 절대로 아닙니다."

"이루반. 노엘이 지금도 바하르 사람들에게 공포의 대상으로 기억되는 데는 나름의 까닭이 있다. 그 까닭을 자네도 곧 이해하게 될 테지. 그러니까 지금은 내 판단을 믿고 따라주게."

"……분부대로."

물러난 이루반은 더 이상 아무런 말도 하지 않았다. 다만 격렬한 감정을 담아 노엘을 노려보고 있었다.

—에벨 성, 병영.

붉은 갑옷을 벗은 노엘은 팔을 쭉 뻗으며 휴식 중이었다. 그 옆에서 리그렛도 뭔가 서류를 정리하고 있다.

그곳으로 이지창을 손에 든 도르커스와 오만상을 짓는 신시아가 나타났다. 두 방문자를 본 노엘은 쌍수를 들고 환영했다.

"앗, 신시아다. 도르커스도 왔네. 오랜만이야! 다시 만나서 정말로 기뻐!"

"대장, 보고 싶었소!! 흰개미당 놈들도 바깥에서 아주 기뻐하고 있다오!"

"……3년 만인가. 여전히 기운이 가득 넘치니 다행이구나."

"어때? 갑자기 와서 놀랐어?"

의기양양한 노엘에게 신시아가 씁쓸히 웃음 지었다.

"당연한 말을. 정말로 너는 바람처럼 갑자기 나타나는구나. 신출귀몰이란 표현이 딱 들어맞는군."

"뭐, 나는 악귀라고 소문이 자자하니까. 그나저나 신시아는 얼굴이 많이 지쳐 보이네. 조금 여위었을까?"

"정말이지 수많은 일을 겪었으니까. 얼마 전까지 북코임브라는 지옥이라 불리기에 모자람이 없는 상황이었지."

"그래도 무사해서 다행이야. 월라 섬에서 줄곧 걱정했었든. 물론 도르커스도. 헤헤."

그렇게 말하자 도르커스가 눈자위를 훔치며 다가들었다. 그리고 이지창을 정중하게 건네주었다.

"흐흐. 대장은 기필코 다시 돌아온다고 믿고 있었지. 자, 이놈은 대장이 들고 다녀야 하는 창이오."

"응, 정말 고마워. 역시 이 창이 마음에 들어. 이것저것 써봤는데 다른 무기는 뭔가 좀 모자라더라."

노엘은 이지창의 감촉을 확인하고자 몇 번 힘줘서 쥐었다. 역시 손에 착 달라붙는다. 오랜만의 재회에 창도 기뻐하는 것일까. 살짝 열기를 띠고 있었다.

“대장이 없는 동안에 이쪽에서도 많은 일이 있었소. 다 얘기하려면 엄청 길어질 테지만 말이오.”

백발의 머리를 긁적거리는 도르커스의 어깨를 노엘이 퍽퍽 두드렸다.

“그러고 보니 아이가 생겼다면서? 내가 다 들었지!”

“어, 어째서 그런 소식까지 아는 거요?!”

“아하하, 카이가 알려줬어. 저기, 다음에 만나러 가도 돼? 어떤 아이일까? 빨리 커서 같이 놀면 좋겠다.”

노엘이 한쪽 눈을 찡긋하자 도르커스의 얼굴이 벌게졌다.

“아, 아무렴, 실은 딸을 하나 낳았수다. 조만간 와서 한번 보쇼.”

“여자애구나! 그럼 이름은 뭐라고 지었어?”

“그건 만났을 때의 즐거움으로 남겨 놓읍시다.”

쑥스러움을 숨기고자 코를 긁적거리는 도르커스.

“치사해라. 그래도 기대하는 시간이 더 즐거워지니까 괜찮아.”

“사실 작명을 직접 부탁하고 싶었소. 뭐, 대장의 이름을 따서 짓기는 했지. 흠흠.”

거기에서 일단 말을 멈춘 뒤 도르커스가 노엘의 뒤쪽으로 눈길을 보냈다. 정말이지 짜증스럽다는 듯이.

“……그나저나, 저 망할 안경잡이는 아직껏 목숨이 붙어 있었나. 아이고, 재회의 기쁨이 절반으로 뚝 떨어지는군. 낯짝을 감출 배려는 못 해주는 건가?”

“3년이 지나도록 전혀 바뀌지 않은 품위 없는 상판과 말투. 정말이지 실망스러워. 붕괴 사고에 휘말려서 죽은 줄 알았는데.”

"에라, 망할 년아! 너야말로 역병 걸려서 콱 죽었어야지! 아하, 알겠군. 심보가 썩어 빠진 작자는 안 걸리는 병이었어."

"너는 뇌가 썩었으니까 절대로 안 걸리겠네."

"아앙?!"

예전과 같은 광경을 보고 신시아가 무심코 웃음을 터뜨렸다. 노엘 역시 옆에서 구경만 해도 즐거운지라 마음이 잘 이해된다. 이 입씨름은 묘하게 마음이 편안해진다. 본인들은 생각이 좀 다를 테지만.

"아무튼, 노엘."

"응?"

"……어째서 곧장 남쪽을 공격해야 한다는 급진책을 진언드렸나. 표현이 좀 적절하지 않다만, 도련님께서는 너를 맹신하는 듯싶어 불안하군. 뭔가 복안이 있다면 꼭 들려다오. 다른 자들을 설득해서 동요를 가라앉히고 싶다. 너는 신참인 만큼 비난의 바람이 몰아칠 수도 있잖은가."

다시 진지한 표정으로 돌아온 신시아가 묻는다. 여전히 고생이 많은가 보다, 노엘은 생각했다. 그래서 노엘은 알겠다고 답한 뒤 전부 설명해주고자 마음먹었다. 딱히 신시아를 골탕 먹이려고 돌아온 게 아니다.

"우리 쪽 상황이 물론 버겁기는 한데 전투 병력은 체계가 갖춰졌잖아? 사기도 제법 높은 분위기고."

"그야 그렇지. 이곳을 목표로 진군하려면 제법 무력을 갖춰야 했으니까. 그리고 복수에 불타는 자도 많았다. ……분노와 원한은 힘이 되는 법이지."

"응, 반대로 남코임브라는 마들레스를 지키는 수비병이 고작이고 지금은 거의 다 분산되어 있을 거야. 그 병력이 모여들기 전에 단숨에 마들레스를 함락시키는 게 가장 빠를걸? 게다가 피해도 훨씬 줄어들 테고."

확실히 아군은 현재 기반이 허술할뿐더러 한 차례의 패배가 치명상으로 작용하는 처지다. 그러나 허술하기에 더욱 공격에 나서야 할 때도 있다. 남쪽은 분명 동요에 휩싸였다. 섣불리 수습할 틈을 허락하면 공격은 더욱 어려워질 테지. 지금은 급전책이 가장 효율이 좋은 수단이다. 또한 노엘에게는 목표를 달성할 자신감이 있었다.

"……일리가 있군, 네 생각은 잘 알았다. 그렇지만 달리 불안 요소가 있지는 않나? 분명 아군은 사기가 높아도 전투에 익숙하지 않은 병사가 대부분이다. 제대로 통솔된 작전 행동은 거의 무리지."

"그러니까 선봉대가 승부를 결판낼 거야. 나랑 윌라 섬 병사들, 흰개미당이랑 신시아의 부대가 같이 다니면 괜찮아. 다른 사람들은 뒤쪽에서 숫자만 더해주면 돼. 대군인 척 과시하는 거지. 틀림없이 이길 테니까 아무 걱정도 하지 마."

노엘은 가슴을 쭉 펴고 자신감을 드러냈다. 지금 공격하면 이길 수 있다. 장기전이 되면 될수록 불확정 요소가 늘어나서 예측이 어려워진다. 그러니까 지금이 좋다.

"……꽤 대담한 발언이군."

"그럼, 3년이나 시간이 있었잖아. 어떻게 해야 마들레스를 무너뜨릴 수 있을까 리그렛이랑 같이 엄청나게 궁리했거든. 그치?"

"……뭐, 달리 할 일도 없었던지라. 윌름 쓰레기 놈을 해치울 수 있다면 꼬맹이 놀이 상대쯤 참아줘야죠."

휙 고개 돌리고 얼버무리는 리그렛. 엘가가 은밀하게 병사를 모아 결기의 기회를 노리는 중이라는 정보는 시덴에게서 전해 들었다. 물자의 원조 따위를 겐부가 맡아 처리했기 때문이다.

그 소식을 들은 노엘은 에벨과 마들레스를 함락하기 위한 방법을 철저하게 연구하기로 했다. 심심해하는 리그렛과 함께.

노엘이 보았던 바, 윌름과 리그렛은 사고법이 많이 닮았다. 본인이 싫어하니까 말은 안 한다만, 가상의 적으로서 가장 적합한 상대였다. 타인을 깎아내리는 음험함, 그리고 자기 현시욕이 강하다. 자신의 욕망을 위해서라면 수단을 가리지 않는 성격. 그런 특성이 리그렛에게는 비굴하다고 평할 지경까지 잔뜩 들러붙었다.

그럼에도 노엘에게는 소중한 친구다. 리그렛의 말을 듣자면 아니라는데 노엘은 친구로 여기니까 친구가 맞다.

반대로 윌름에게는 빚이 있기 때문에 기필코 박살을 낼 테다. 이것도 몹시 중요하다. 절대로 잊어서는 안 된다.

"어지간한 상황은 다 대비해 놨어. 목이 쉬어서 아예 소리가 안 나올 만큼 밤낮없이 상의했거든. 덕분에 리그렛이랑 사이도 잔뜩 좋아졌지만."

"대부분 맞는 말인데 마지막 하나가 틀렸습니다. 당신과 사이좋게 지낸 적은 전혀 없다고요. 착각도 유분수라더니."

"엥, 너무해라. 결국 나중에는 같이 낚시도 하고 헤엄도 치고 놀았으면서."

"……거 되게 쫑알대네. 쓸데없는 소리 안 한다고 약속해 놓고!"

"……잠깐, 기다려라. 도대체 너는 월라 섬에서 뭘 어떻게 지냈던 건가? 감시병이 딸린 연금 상태였다고 들었다만."

어이없어하는 표정을 짓는 신시아. 도르커스는 유쾌하게 웃어 젖혔다.

"아하하, 갇힌 건 처음 잠깐뿐이었어. 도중에 모두 다 사이가 좋아졌거든. 낚시라든가 훈련이라든가 배 타고 나갔다가 해적도 해치우고. 이것저것 하느라 재미있었어!"

"해, 해적이라니?"

당황하는 신시아.

"응. 내가 데리고 온 병사들 중에 전직 해적도 있거든. 그리고 또 몰래 빠져나온 다음 겐부에 가서 맛있는 밥을 먹은 적 있고, 기브에 가서 예쁜 그림을 구경하거나 캄비즈에 가서 거들먹거리는 사람한테 훈계도 듣고. 사실은 많이 바빴어."

"……잠깐. 그러니까, 어떻게 그리 자유롭게 행동했다는 건가! 너는 유배형을 받고 섬에 갔었잖은가! 내가 얼마나 걱정한 줄 아나!"

"아하하. 마음 같아서는 곧장 연락해주고 싶었는데 이쪽에 왔다가 혹시 들키면 계획을 전부 다 망쳐버리는걸. 알잖아, 내 소문이 꽤 퍼졌으니까. 그래서야. 미안, 신시아."

"……그래, 됐다. 네가 무사히 지냈다면야 더 따질 거리도 아니지."

"신시아도 무사해서 정말 다행이야. 그리고 다음번 작전 말인데, 리그렛이 진짜 찰거머리처럼 연구하고 궁리했으니까 분명히 잘 먹힐 거야. 이래저래 고민해봤는데 역시 단기 결전이 가장 좋겠다는 결론이 나왔었고. ……그치?"

그렇게 리그렛에게 동의를 구했는데 전혀 대화를 듣는 모습이 아니었다. 얼굴이 살짝 홍조됐고 눈은 촉촉하게 젖었다. 게다가 몸이 바들바들 떨리고 있다. 섬에 머무를 때도 가끔 이런 증상에 빠진 적이 있었다.

"……후후훗. 이제 곧이야, 머지않았어. 지금쯤 그놈들은 당황해서 정신이 없을 게 분명해."

"애고고. 또 시작했네."

"……리그렛 공이 도대체 왜 이러는 건가?"

"응? 일종의 발작 비슷하다고 보면 돼. 저러다가 이따 멀쩡해지니까 신경 쓰지 마."

창백한 얼굴로 중얼중얼 혼잣말을 늘어놓는다. 자신만의 세계로 가버렸나 보다. 도르커스는 징그러운 생물을 앞에 둔 양 쳐다봤다.

"후후, 버러지들, 이 적은 병력으로 주도를 확 낚아채면 몹시 원통할 거야. 그럼, 마들레스는 견고하기로 이름난 성이니까. 그런 성곽이 이따위 오합지졸한테 며칠 버티지도 못하고 함락되면 어떤 표정을 지을까. ……아, 정말 기대되네. 이때를 위해서 나는 여태껏 살아왔던 거야. 우후후훗."

리그렛이 위험한 미소를 짓는다. 노엘에게는 늘 겪는 일상인 터라 딱히 신경 쓰이지 않았다. 대강 10분쯤 지나면 돌아온다.

못 본 척 외면하던 신시아와 도르커스는 이제야 납득하겠다는 기색이었다.

"아무튼 알겠다. 충분히 고찰해서 내린 결론이라면 문제는 없지. 충동적인 발언이 아님을 확인하고 싶었을 뿐이니까. 다른 사람들에게도 전하도록 하지."

"고마워, 신시아."

주장을 억지로 밀어붙이면 반발이 일어난다는 것을 노엘은 배웠다. 이번에도 분명 비슷한 경우겠지. 따라서 노엘은 신시아에게 의지할 생각이었다. 공연한 적개심을 누그러뜨리면 쓸데없이 적을 만들 필요도 없다.

가장 걱정했던 것은 엘가를 설득하는 데 실패할 경우였다만, 아무 어려움도 없이 받아들여졌다. 최악의 상황에는 윌라 섬에서 데리고 온 수하를 이끌고 진군하면서 억지로 아군을 늘려 나가는 방안까지 각오했었다. 역시 맑은 날에는 이래저래 일이 잘 풀리니까 멋지다.

"여기에서만 하는 말인데, 남쪽을 당장 공격하기로 결정하게 된 최대의 승부수가 있거든? 가르쳐줄까?"

"별로 듣고 싶은 마음이 안 든다만……."

"그러면 됐어. 벌써 결정은 끝났으니까."

"잠깐 기다려라. 일단 들어 두도록 하지. ……그래, 그 승부수란 게 도대체 뭐지?"

신시아가 진지한 표정을 짓고 경청의 자세를 취한다. 노엘은 허리에 손을 얹은 채 자신만만하게 소리 높였다.

"물론 오늘 날씨가 좋았기 때문이야. 해님의 빛을 쬐던 중에 좋아~ 지금 당장 공격하러 가자, 이런 느낌이 막 들었거든."

"이런 멍텅구리를 보았나! 그때 이후로 전혀 성장한 흔적이 안 보이지 않나!!"

신시아의 철권이 3년 만에 떨어졌다. 눈에 띄게 여윈 신시아의 주먹은 이전보다 꽤나 가벼운 느낌이었다. 아마도 기분 탓이겠지만. 노엘은 기쁜 마음과 서글픈 마음이 뒤섞여서 잘 알 수가 없는 감회를 느꼈다.

그래도 모두 살아 있어서 정말 다행이었다. 이제 약속도 지킬 수 있다. 함께 놀거나 떠들거나 싸울 수 있다. 3년간 줄곧 참았던 보람이 있다.

노엘은 이지창의 감촉을 확인하면서 저런 생각을 했다.

"……그건 그렇고. 너는 키가 좀 자랐군. 그리고 예전보다 훨씬 여자다워졌어."

"진짜? 와, 고마워. 음, 신시아는 새치가 꽤 늘었네."

신시아가 살짝 복받치는 표정을 짓는지라 노엘은 기운을 불어넣기 위해 농담을 주워섬겼다.

"……그래. 북쪽은 상황이 몹시 지독했으니까. 수많은 죽음을 보아왔다. 이런 상황에서는 도저히 전부를 구할 수 없었어."

"저기, 음, 사실은 새치 하나도 안 났으니까 괜찮아. 신시아는 아직도 젊고 예쁜걸."

"후후, 빈말 솜씨도 늘었군. ……코임브라를 무사히 탈환한다면 네게 꼭 해야 하는 말이 있다. 그때까지, 항구에서 나눴던 약속은 기다려줄 수 있겠나?"

"응? 무슨 말인지 잘 모르겠지만 알았어."

괴롭게 말을 잇는 신시아. 노엘은 일부러 못 알아들은 척 넘겼다. 신시아는 사고가 고지식하다. 그러니까 노엘에게 검을 겨눴던 지난 일을 아직껏 떨쳐 내지 못했을 것이다. 지나간 날은 이미 아무래도 상관없는데. 그러나 지금은 뭐라 말해도 들리지 않을 테니까. 그러니까 뒤로 미뤘다. 이런 매듭은 서둘러도 별 효과가 없음을 노엘도 공부했다.

"……정말 미안하다. 그러나 지금은 아직 더 싸워 나가야만 하니까."

"에이, 왜 이래, 기운 내자. 응, 햇볕을 쬐면 분명히 힘이 날 거야. 나도 그랬으니까!"

"……알겠다, 그러도록 하자. 맑은 날이면 너는 언제나 힘이 넘쳤지."

"지난 3년간 동료도 잔뜩 늘어났거든. 소개해줄 테니까 어서 일어나. 겸사겸사 해님의 볕을 쬐러 가자!"

노엘은 신시아의 옷을 붙잡아다가 억지로 바깥에 끌고 나갔다. 신시아가 왠지 몰라도 시들었으니까 신선한 물과 햇빛이 필요하겠다. 빨리 우물에 데리고 가서 물을 끼얹어줘야겠다고 마음먹었다.

실행했더니 역시 기운을 되찾았다. 노엘의 머리에는 혹이 하나 솟아났지만.

에벨 성에서 출발한 노엘 휘하의 5천 군세는 먼저 도시 록벨을 함락시키고자 목표를 설정했다. 그곳을 함락하면 다음은 카난 가도를 지나 마들레스로 향할 뿐이다.

진군 경로상의 여러 마을과 주둔지에는 미리 사자를 보내 저항만 않는다면 무사하겠다며 안전을 보장했다. 병력을 지휘하는 인물이 노엘임을 알게 된 대부분은 두려움에 휩싸여서 저항을 포기했다.

저항에 나선 영주가 어찌 되었는가, 저번 전쟁 때 증명은 이미 끝났다. 산 채로 화형당하는 끔찍한 처지를 피하고자 복종의 증거라며 인질까지 갖다 바치는 판국이다. 리그렛이 뿌린 씨앗이 드디어 결실을 맺는 순간이었다.

개중에는 검을 쥐고 진영에 가담하고자 하는 유별난 사람들도 있었다. 지원하는 인물 전부를 받아주면서 노엘은 앞으로 전진했다.

그렇게 지원하러 온 별난 사람들 중에 노엘은 반가운 얼굴을 발견했다.

"어라. 이게 누구야? 밀트잖아. 여기까지 뭐하러 왔어?"

"……오랜만이구나. 이곳에 오면 만날 수 있을까 싶었거든. 마을 녀석들과 기다렸지."

"아하하, 진짜 오랜만이네. 어때? 건강하게 잘 지냈어?"

노엘이 등을 힘차게 두드리자 밀트는 비틀거렸다. 키가 3년만큼 성장했는데도 정작 체구는 이전보다 많이 여위었다.

"……하하, 별로 잘 지내지는 못했군. 줄곧 광산에서 노역에 시달렸거든. 적륜군 덕에 간신히 풀려났지."

그동안 북코임브라의 여러 마을은 세금을 못 내겠다면 노역을 나가라는 명령 때문에 젊은 청년들을 광산으로 떠나보내야 했었다. 그롤이 옛적에 가망 없다고 단념했던 광산 지대였다. 쉬이 광맥이 발견될 리 없었다. 끝나지 않는 노동과 붕괴 사고로 많은 목숨이 스러졌다. 그러나 도망쳐 나온들 뭔가 바뀌지도 않는다. 마을은 마을대로 빈곤에 신음하는 처지였으니까. 그야말로 밀트와 사람들은 무간지옥 속에 있었다. 팔다리가 멀쩡히 달려 있는 것만도 행운이라고 말할 수 있겠다.

"그렇구나, 많이 힘들었겠다. 아무튼 이제는 일 안 해도 괜찮아."

"고맙게도 말이지. 하필 적륜군 덕에 살아났다는 게 뭔가 기묘한 느낌이지만. 저번처럼 약탈은 안 한다고 듣기도 했고, 엘가 님이라면 믿어도 되지 않겠어? 그래서 우리도 함께 참가하자는 생각에 이곳으로 왔다."

수척하게 용모가 바뀐 밀트가 손때 묻은 활을 들어서 시위를 튕겼다. 주위의 인물들도 아마 조임 마을의 출신일 테지. 어쩐지 낯익다는 느낌을 받았다.

노엘의 부대에도 조임 마을 출신의 병사가 있다. 저번 전쟁에서 귀향을 거부했던 인원들이다. 그들은 흰개미당과 행동을 함께했었고, 몹시 기뻐하며 노엘은 맞이해줬다. 군악대 결성을 위해 꾸준히 연습했다던 연주는 실로 훌륭한 솜씨였다.

"으음. 그래도 이번에는 죽을 수도 있는데? 분위기에 휩쓸려서 덜컥 왔다면 다시 돌아가는 게 좋겠어. 죽을 때는 한순간이니까."

노엘은 난색을 표시했다. 마을에서 친절하게 대해줬던 밀트가 죽기를 바라지는 않는다.

"너희가 안 와줬다면 광산에서 결국 죽었을 거야. 그러니까 빚을 갚아줘야지. 이제부터 남쪽을 공격한다면서? 그럼 일손은 얼마든지 필요하잖냐. 꼭 돕고 싶다."

북코임브라를 점령한 적륜군의 휘하에는 이렇듯 의용병이 잔뜩 몰려들었다.

그들의 목적은 하나. 코임브라를 남북으로 분할한 뒤 달콤한 꿀을 빨아 마셨던 작자들에게 복수하는 것이다. 특히 저번 전쟁의 배반자였던 가디스와 윌름에 대한 적개심은 무시무시했다. 가디스가 패배한 지금, 모든 적의는 윌름에게 쏟아지고 있다. 그리되도록 엘가가 수하들을 써서 각지에 선전도 실시했다.

"그래도 케르는, 소중한 여동생은 어쩌려고? 외톨이가 되어버리잖아."

"그 녀석은 이제 혼자 지내도 괜찮아. 내가 없었을 때도 마을에서 잘 버티며 살았으니까."

"무슨 소리야. 그런 거 절대로 안 돼."

노엘은 힘주어 잘라 말했다. 외톨이 처지는 몹시 외롭고 쓸쓸하다. 동료들이 잔뜩 늘어난 지금은 더욱 잘 알았다. 이제 혼자서 정처도 없이 방황했던 나날로 다시 돌아간다고 상상하면 정말 무섭다. 절대 못 견디고 죽어버린다.

"그래도, 나는!"

"사실 알잖아, 혼자가 얼마나 쓸쓸한데. 케르는 분명히 꾹 참고 강한 척했던 거야."

"……우리는 이제 꼬마가 아니야. 언제까지고 함께 지낼 순 없다고!"

"그럼 말이야, 아예 여기에 데리고 와. 열심히 일하면 밥도 나오니까."

반발하는 밀트에게 노엘은 한 가지 대안을 제시했다. 노엘도 즐거워질 테고 케르도 쓸쓸하지 않다. 그야말로 일석이조였다.

"아, 아니, 아무래도 전쟁에 휘말리게 할 수는."

"괜찮아, 괜찮아. 위험할 때는 후딱 도망치면 되니까. 그때는 내가 쏙 빼내줄게. 그러니까, 어때?"

"으, 으음."

"싫음 말고. 집에 돌아가서 케르랑 사이좋게 살면 되겠네. 그게 제일이니까 나도 좋은걸."

"……알겠다. 사실대로 말하자면 역시 혼자만 두려니까 좀 불안했었어. 나중에 데리러 갔다 오마."

"응, 그게 좋겠어. 이제 또 같이 놀 수 있겠네! 게다가 이번에는 다 잘될 테니까 괜찮을 거야."

노엘은 웃음 지으며 손을 내밀었다. 밀트도 상처투성이가 된 손을 뻗어서 마주 잡아줬다.

“너는, 아니, 노엘 대장은 정말 변함없구나. 예전보다 키는 살짝 좀 자랐지만.”

“아하하, 밀트는 좀 늙었지만.”

“하다못해 어른이 됐다고 말해줘라. 케르도 많이 자랐어. 그 녀석, 너에게 받은 그림책을 아직껏 애지중지 갖고 있더군.”

“정말? 기대된다, 빨리 만나고 싶어!”

얼마 뒤 조임 마을로 돌아갔던 밀트가 케르를 데리고 왔다. 재회를 마음껏 즐긴 뒤 케르는 리그렛의 조수로 붙여줬다. 군에 소속된 이상 무엇이든 임무를 맡음으로써 밥값을 해야 하니까. 이른바 당번병의 역할인 만큼 위험은 적었다.

리그렛이 바쁘다, 바빠, 일부러 들으라는 듯이 투덜거리는지라 친절하게 신경 써줬다. 일을 가르쳐야 하는 수고가 늘어난 탓에 오히려 할 일이 더 쌓였다고 거창하게 불평을 쏟아 냈지만, 노엘은 전혀 개의치 않고 넘어갔다.

“저기요, 노엘 언니. ……리그렛 씨, 왠지 몰라도 막 화내는 것 같은데요.”

“언제나 저런 느낌이야. 성격은 좀 이상해도 익숙해지면 괜찮아. 의외로 재미있는 구석도 있고. 그러니까 여러모로 잘해봐.”

노엘은 케르의 어깨를 다정하게 토닥여줬다. 옆쪽에 선 리그렛이 안경을 번뜩거리며 거만하게 허리에 손을 얹는다. 아직껏 코임브라 헌병의 옷을 착용하고 있었다. 호의를 사는 헌병 따위는 없는지라

저절로 다른 사람들의 접근을 막아준다. 그런 사실을 뻔히 알면서도 입고 다니겠지만.

"시골뜨기 계집아이든 빨간 머리 철부지든 공짜 밥을 먹여줄 생각은 없어. 굶어 죽고 싶지 않다면 열심히 힘껏 일하도록. 나는 무능한 인간을 아주 싫어하니까 유념해 둬."

"어때? 재밌지?"

"아, 아하하."

오랜만에 만난 케르의 미소 띤 얼굴에서 경련이 일어났다. 익숙해질 때까지 아마도 많이 힘들겠지만, 무슨 일이든 경험이니까.

그건 그렇고 동료가 많이도 늘어났구나, 노엘은 생각했다.

지금 노엘과 행동을 함께하는 5천의 동료 중에는 갖가지 인간들이 포함되어 있다.

노엘이 유배형을 받은 장소였던 월라 섬의 젊은이들, 그곳을 습격하러 왔던 전직 해적들, 섬에 소속돼 있던 위병들. 또한 일찍부터 친하게 지낸 흰개미당. 백인장 시절의 부하였던 코임브라 군 잔당. 그리고 적륜군의 민병에 얼마 전 동료가 된 조임 마을의 사냥꾼들. 특징적인 전립(戰笠)을 쓰고 있는 겐부의 경장병들까지 참전했다. 카이가 잊지 않고 파견해준 병사들이다.

'동료도 늘어났고, 세상이 무척 넓어진 기분이야.'

섬에 유배된 동안 노엘은 여러 주에 발길을 뻗쳤었다. 섬에는 대역을 놓아뒀는데 이미 감시병들은 노엘과 한통속이었던지라 대부분은 수습이 됐다.

시덴의 수배 덕택에 겐부에서 기브, 그리고 캄비즈까지 걸음을 옮겨 다니며 다양한 높은 사람들과 대화 나눴다. 어느 주든 상황이 혹독한 탓에 어떻게 하여 위기를 타파해야 하는가 골머리를 앓고 있었다. 그 때문에 시덴을 포함해서 여러 태수들이 노엘을 이용하고 싶어 한다는 속내는 금방 알아차릴 수 있었다. 어쨌든 노엘은 그 수법에 쾌히 넘어가줬다. 이번 계획에 엘가도 참가했다는 사실을 알아서였다.

버림패로 끝날 마음은 전혀 없다. 하지만 목적을 위해 협력이 가능하다면 동료가 될 수는 있다. 게다가 시덴은 여러모로 친절하게 대해줬다. 보답하자는 마음도 살짝 있었다.

그래서 겐부 주가 룽스톰에 쳐들어갔을 때 노엘은 윌라 섬의 병력을 데리고 엘가에게 합류하기로 결정했다. 엘가, 신시아와 약속을 지킬 수 있을 뿐 아니라 또한 이래저래 편의를 봐준 시덴에게 빚을 갚아줄 수도 있었다.

시덴은 달리 또 무엇인가 꾸미는 눈치였지만, 이쪽에 나쁜 짓을 할 분위기는 아니었던 터라 내버려 뒀다. 카이가 뭔가 복잡한 표정을 지었던 게 신경 쓰였지만, 몇 번을 물어봐도 결국은 입을 열지 않았다. 겐부 사람은 단지 무용만 뛰어날 뿐 아니라 죽도록 고집불통이다.

"……그나저나 세상이 바뀌어도 정말로 많이 바뀌었군. 그렇게 백성들의 지지를 받았던 윌름 장군…… 아니, 윌름이 설마 이렇게까지 증오의 대상이 될 줄이야."

노엘이 이래저래 상념을 떠올리던 때에 옆쪽에서 신시아가 어두운 표정으로 중얼거렸다.

"간단한 이치야. 뭐든 안 좋은 사건이 일어났을 때 전부 다 떠넘길 상대가 있음 좋잖아. 전부 다 네 잘못이라고. 그런 때 절호의 표적이 나타나면 누구든 너나없이 거기에 대고 돌을 집어 던지겠지? 원래 인간은 그런 법이야."

"……이제는 제법 의미심장한 소리도 늘어놓는군. 보아하니 키가 자랐을 뿐 아니라 내면도 꽤 성장했어."

고개를 살짝 끄덕거리며 감탄하는 신시아. 노엘은 의기양양하게 가슴을 폈다. 그리고 안경을 써서 지성도 강조해줬다. 이 안경을 쓰면 설득력이 두 배다.

"지난 3년간 엄청 공부했거든. 재미있든 시시하든 귀찮든, 무슨 일이든 중요한 건 아마 균형이 아닐까?"

"……으음. 일리가 있군. 아니, 정말로 일리가 있나?"

"간단하게 말하면 언제나 맑은 날이어도 곤란하다는 거. 그러니까 짜증스럽게 비가 내려도 이제 난 조금은 참을 수 있어."

맑은 날이 있으면 비 내리는 날도 있다. 어느 한쪽에 속하지 않는 흐린 날 또한. 맑은 날에는 기분이 좋다고 매일매일 맑으면 땅이 말라붙는다. 반대로 비만 죽죽 내리면 작물이 썩어버린다. 요컨대 균형이 중요하겠다.

노엘은 맑은 날이 7, 비 내리는 날은 3의 비율이 가장 마음에 든다. 맑은 날에는 땅을 일구고 비 내리는 날은 마구마구 잠만 잘 테다. 그렇게만 하면 세상사 전부 잘 돌아가지 않을까?

"분명히 맞는 말이다만, 왠지 지극히 당연한 이치 같다는 생각도 드는군."

신시아가 쓴웃음 짓는다.

그러나 당연한 이치인데도 못 지키는 탓에 세상이 힘들어지는 게 아닐까.

다른 대륙에 쳐들어간다거나 자기 혼자서 부귀를 누리려고 하니까 이런저런 균형이 허물어진다. 가장 이해할 수 없는 사실은 이제는 뻔히 깨달았을 텐데도 아직껏 원정이며 낭비를 중단하지 않는다는 점이다. 리그렛 가라사대 지위가 높은 인간은 체면을 지켜야 하는 관계로 어쩔 수 없다던가.

"뭐, 맞는 말이기는 하네. 그래도 말야, 비를 참을 수 있게 된 건 굉장하잖아?"

비가 내릴 때 짜증스럽기는 변함없다만, 얼굴에 드러내는 짓은 관뒀다. 아마도 관둔 게 맞다. 다만 섬의 아이들에게는 비 오는 날이면 얼굴이 자꾸 실룩실룩해서 재미있다는 말을 듣고 말았다. 일단 혀 차기를 날려줬다.

"딱히 굉장하지는 않으나 네 입장에서 돌아본다면 굉장할 수도 있겠군."

"응, 섬 생활 3년이면 도를 깨닫는 거야."

"전혀 이해가 안 되는 말이군."

노엘은 옛 기억이 떠올라서 주위를 두리번두리번 둘러봤다.

"맞다, 그 반쯤 허물어졌던 요새는 아직 남아 있을까? 잠깐 가볼래?"

신시아와 만났던 요새의 폐허. 불쑥 가보고 싶어졌다. 지금은 어떤 상태일까 무척 흥미가 든다. 놀러 다닐 시간은 없다지만, 신경 쓰여서 못 견디겠다.

“아직 남아 있기는 할 텐데 딴짓할 시간이 없잖나. 애당초 괜히 폐허에 가서 뭘 할 작정이지?”

“추억에 잠긴다든가 잠깐 탐험을 즐긴다든가. 할 일은 이래저래 많지 않을까?”

안경을 만지작대며 마치 계책을 제시하는 참모처럼 말하는 노엘. 신시아는 예전처럼 기막혀하는 표정을 지어줬다. 노엘이 좋아하는 표정이다. 정말 난감한 녀석이라고 탄식하면서도 단단히 교육해주겠다는 참견쟁이의 표정. 잘 들여다보면 다정함과 친애를 느낄 수 있으니까.

그런 감정을 알아볼 수 있게 된 것도 지난 3년간 쌓은 수업의 성과였다.

“이 녀석아, 놀러 다닐 상황이 아니잖나! 이제 곧 우리는 록벨을 쳐야 한다. 조금은 긴장감을…….”

그때 말에 탄 전령이 달려왔다.

“노엘 님! 록벨이 문을 열고 항복했습니다! 곧장 도시로 진입하시죠!”

“응, 알았어. 다른 사람들한테도 어서 알려줘. 그리고 마들레스 방면은 신경 써야 하니까 도르커스한테 경계병을 배치하도록 전하고. 아마 가능성은 낮겠지만 혹시 기습이라도 당하면 안 되잖아.”

“알겠습니다!”

말 머리를 돌린 뒤 록벨 항복, 큰 목소리로 외치며 도르커스의 부대로 이동하는 전령. 신시아는 화들짝 놀란 낯빛으로 불쑥 노엘을 붙들고 캐물었다.

“이, 이봐, 어떻게 된 거지? 단 한 번도 교전을 안 하고 느닷없이 항복이라니! 게다가, 저곳에는 윌름의 친척이 영주로 있었을 텐데!"

물론 노엘도 상황을 파악하고 있었다. 정면으로 맞붙는다면 적잖은 피해가 발생하리라는 예측도 했다. 따라서 재깍 항복이나 받아내기로 했다. 죽음을 앞에 두면 본인의 지위 및 입장 따위를 돌아보지 못하게 되는 인간도 있다. 리그렛이 친척의 성격을 잘 분석해준 덕분이기도 했다.

"리그렛한테 록벨에 사절로 가달라고 부탁했어. 어떤 수단이든 마음껏 써도 되니까 얼른 항복만 받아 내라고. 역시 멋지게 해치워 줬네."

"리, 리그렛 공에게?"

"응. 섬에 있는 동안에 혀 차기는 솜씨가 꽤 매서워지기도 했는데 말야. 그게 전부가 아니라 상급 협박술까지 익혔나 봐. 이제 상대의 약점을 잡는 데 모든 기운을 쏟아부을 수 있어. 그 탓에 전보다 더 많이 음험해진 거야."

"……그, 그런가."

몹시도 기겁하는 신시아. 노엘도 혼잣말을 중얼중얼 늘어놓는 리그렛의 옆쪽은 별로 다가가고 싶지 않았다. 그렇지만 괜한 참견질을 사양한 적은 없다. 매사에 반응이 재미있어서 버릇까지 들었다.

아, 언제였더라, 리그렛을 칭찬해준 적이 있었다. 『본성은 전혀 안 변했지만, 예전보다 더 꺼멓게 빛이 나는구나.』라고. 물론 대답은 회심의 혀 차기였다. 이런 식으로 아무튼 사이좋게 지내고 있다.

"내가 말이야, 여기저기에서 악귀 소리를 많이 듣잖아. 아마 항복 안 했다가 뭔 끔찍한 꼴을 당할 셈이냐고 겁준 게 아닐까? 너무 유명해도 불편한 점이 많다니까."

평소 장난질의 앙갚음 삼아서 리그렛은 노엘의 악평 퍼뜨리기를 취미로 갖고 있었다. 이곳저곳 가는 데마다 악귀의 무용담이며 수상쩍은 소문을 퍼뜨리고 다닌다. 그런 행동이 언젠가 큰 수확으로 돌아오리라 믿었을 테지. 노엘의 입장에서 보면 상당히 민폐였다만. 괜히 무서운 사람 취급을 받는 처지도 꽤 피곤하다. 게다가 윌라 섬의 사람들은 아직껏 악귀 님 말고 달리 불러주질 않는다. 친근감이 담겨 있다는 게 위안이기는 한데 특별히 만족스럽지는 않다.

"……과연, 저번 전쟁에서 네 이름은 어떤 의미로 전설이 되었더랬지."

"그래도 악귀는 별로 안 귀엽단 말야. 뭐, 쓸데없는 시간 낭비가 줄어든다면 그런 건 아무래도 상관없지만."

노엘은 웃음 짓고 손으로 신호를 보낸 뒤 병력을 이끌고 걸어 나아갔다. 목적지는 록벨의 시가지. 아직은 미처 부흥을 다 이루지 못했으리라. 도시를 다시 건설할 여유가 남아 있었을 것 같지도 않을뿐더러 윌름은 딱히 관심도 없었을 테니. 황제의 환심을 사기 위하여 인원과 자원 대부분을 원정에 쏟아부었다고 들었다. 어쨌든 신시아에게 확인차 물어봤다.

"도시 안쪽은 어떻게 됐어?"

"영주의 관사를 제외하면 거의 3년 전과 똑같다. 윌름은 황제 아밀의 효광 작전에 힘을 쏟았지. 거추장스러운 북부와 곤궁에 빠진 사람들을 외면하고 말이다. 그 결과는 보다시피 이런 꼴이군."

다른 대륙에 가고 싶었던 적은 없었다. 그러나 그곳에 사는 사람과 대화를 나눠본다면 아마 재미있지 않을까. 대화를 나눔으로써 자신의 세계가 넓어지는 기분이 든다. 그러고 보니 이루반이라고 다른 대륙의 사람이 있었다는 얘기가 떠올랐다. 기회를 봐서 조만간 말을 붙여봐야겠다고 노엘은 다짐했다. 이래저래 재미있는 이야기를 많이 들려주면 좋겠다.

"나는 저번 전쟁에서 높은 사람이 되고 싶다는 바람이 있었거든? 그런데 높은 사람도 꽤 힘들더라."

"지위가 높아질수록 큰 책임이 따라붙는 법이지. 그것이 지휘관의 숙명 아니겠나."

"그렇기도 한데 말이야, 자기 선택 하나에 다른 사람들까지 다 휘말려버리잖아. 정말 힘들겠더라. 수많은 목숨을 책임져야 하는걸."

"……이미 병력을 이끌고 있는 입장에서 할 말은 아니군. 병사들이 불안해할 테니 함부로 입 밖에 내놓지 마라."

신시아가 머리를 살짝 쿡 찔렀다. 역시 반가운 기분이 든다.

"아하하, 맞는 말이네!"

"그래, 조심해야지."

"그래도 말야, 높은 사람이 되면 동료가 잔뜩 늘어나잖아? 그게 정말로 즐거운 게 아닐까 싶어. 그러니까 역시 난 높은 사람이 되고 싶어. 더 높이 올라갈 거야."

노엘이 나팔을 꺼내 들더니 예전보다 능숙해진 연주 솜씨를 선보였다. 곡목은 노엘 부대 진군가. 자주 연습했던 윌라 섬의 병사들만 선율에 맞춰 노래를 불러줬다. 그런데 어느 틈인가 코임브라의 병사들도 연주를 시작했다. 이때는 노엘도 꽤나 놀라야 했다. 마지막에는 전원이 노래 부르면서 행진할 수 있었다. ―리그렛의 나팔 솜씨는 변함없었다만.

두 철퇴의 깃발을 높이 내걸고 노엘은 항복을 받아 낸 도시 록벨에 진입했다.

―남코임브라 주도, 마들레스 성.

북코임브라 함락의 소식이 전해지고 불과 5일 뒤. 마들레스 최후의 방벽이 되어야 했을 록벨이 항복했다는 보고가 들이닥쳤다.

"어찌 이리도 수치스러운 놈들이 있나! 한 번도 교전하지 않고 적에게 투항하다니, 그럼에도 코임브라의 군인인가!"

"태수, 싸울 줄 아는 병사는 거의 다 대륙에 파견하지 않았습니까. 지금껏 남아 있는 인원은 숫자가 갖춰졌을지언정 신병뿐. 그들에게 군인의 긍지 따위를 바라서는 안 됩니다."

신랄한 말을 내뱉는 페리우스. 윌름은 분노를 담아 노려봤다. 분명 자신에게 원한과 분노를 품고 있을 페리우스를 굳이 발탁한 이유는 백성 및 문관들에게서 인망이 높기 때문이다. 또한 의심의 여지가 없는 청렴결백한 성격 덕택에 결코 배반하지 않는다는 확신이 있다. 유능한 인물을 베어 죽일 여유가 윌름에게는 없었다.

"그렇다면 배반한 병사 놈들은 엄벌에 처하겠다고 전달하라. 본보기 삼아 항복한 자들의 처자를 죽여도 좋다! 지금 강한 경고를 내리지 않으면 군대가 붕괴한다!"

"록벨의 영주는 태수의 먼 친척분이십니다. 설마 단 한 번의 교전도 않고 투항할 줄을 어느 누가 예상했겠습니까. 항복한 병사들을 벌하겠다면 태수의 임명 책임도 면할 수 없을 테지요. 그럼에도 상관없다는 말씀이십니까?"

"……으음."

윌름은 대답할 말을 찾지 못했다. 지난 반란 때 영주 바렐 루트윙은 역적의 마수에 걸려 사망했었다. 그 록벨의 영주로 일가친척을 임명한 사람은 다름이 아닌 윌름 본인이었다.

남코임브라의 태수 자리를 획득한 윌름은 기반을 다지기 위해 장군의 직위에는 아들 로이에를 임명, 가까운 주요 도시에는 친척을 배치함으로써 체계를 갖췄다. 운명 공동체의 입장인지라 배반할 수 없다고 판단했기 때문이다. 그러나 그 기대는 허망하게 배반당했다. 목숨을 아까워하여 이리도 간단하게 굴복할 줄은 예측하지 못했다.

"어쨌든 간에 이래서는 각 요새, 도시에서 방어에 나서주리라는 기대는 못 하겠습니다. 로이에 장군을 가도 방위 임무에서 복귀시킨 뒤 마들레스에 배치하여 농성하는 것이 최선이겠지요."

"이곳에 틀어박혀서 언젠가 올 원군을 기다리자는 말인가? 역적을 눈앞에 두고도 단지 수비만 하며 버티라고?"

"달리 타개책이라도 있습니까?"

"……."

지나치게 나약한 전략임에도 정면 대결은 위험이 너무 막대함을 이해할 수 있었다. 신뢰할 만한 지휘관은 기껏해야 자신과 로이에뿐이다. 필연적으로 자신이 직접 출진해야 할 텐데 마들레스를 비

우게 되는 전술은 논외이다. 그렇다면 농성전밖에 남지 않는다.

원정에 주력한 탓에 신뢰할 만한 인재를 육성하는 데 게을리했던 대가가 뒤늦게 돌아왔다. 윌름은 이제 와서 이를 갈았다.

'무관과 문관의 육성, 주를 부유하게, 병사를 강하게 단련하는 것. 정치의 기본을 놓쳐버리다니. 내 눈이 언제부터 어두워졌던가.'

그롤을 배반하겠노라 결심하기 이전까지는 분명히 주의 안위만을 헤아렸을 텐데. 어떻게 하여 백성을 살찌울 수 있는가, 고향을 풍요롭게 만들 수 있는가. 그러나 야심이 싹튼 이후는 오직 목적의 달성만을 고심하며 모략을 일삼는 데 온 정신을 쏟았다. 염원을 이루어 태수 자리에 오르고 나선 더 이상 백성의 행복 따위는 거들떠보지도 않았다.

"……이리된 바에는, 어쩔 수 없겠군."

"네. 다행히 마들레스는 저번 전쟁 때 휩쓸리지 않았던 터라 견고한 방벽은 건재합니다. 바다에서 물자를 보급하면 장기전에도 충분히 견딜 수 있겠지요. 시간을 끌면 반란군이 자멸할 가능성도 있습니다."

"좋다, 농성책을 채택한다. 바하르에 원군을 요청, 리벨덤에는 해상로로 물자를 전해달라고 사절을 보내도록. 대답이 시원찮거든 다음은 너희의 차례라고 윽박질러도 상관없다."

"즉시 조치하겠습니다."

짧게 답한 뒤 페리우스가 물러나려고 했다. 윌름은 그 등에다 대고 말을 건넸다.

"……잠시 기다려라, 페리우스. 자네는, 적륜군에 가담하고 싶은 마음이 없는가?"

"그 말씀은, 무슨 뜻입니까?"

"얼버무리지 마라. 죽은 주군의 아들이 원수를 갚겠다고 궐기했잖은가. 자네는 그롤에게 충성을 맹세했었을 텐데. 그랬던 자네가 역적 놈들에게 특별한 감정을 품지 않을 리 없잖나."

친척마저도 배반한 뒤 항복했다. 그롤을 죽여 태수의 지위를 빼앗았던 윌름을 페리우스가 혹여 용서했을 리 없었다. 성격상 배반의 우려는 않을지라도 흉중에 솟아나는 의심은 어쩔 도리가 없었다.

"저는 매사에 무력을 동원하여 타개하려는 방식을 인정할 수 없을 따름입니다. 힘으로 협박하여 자신의 정의를 관철한다? 그게 당연한 세상이 되면 정말이지 지옥이 따로 없을 테지요. ……지금 세태가 정말이지 지옥 같기는 합니다만. 따라서 저는 검을 들지 않습니다. 이 뜻은 앞으로도 변하지 않을 겁니다. 설령 그 누가 상대일지라도."

세상 지도자들은 아마도 결코 이해하지 못할 페리우스의 지론. 그러나 이 남자는 황제를 앞에 두고도 망설이지 않고 간언하리라. 설사 죽음을 맞이하게 된다 하여도.

"……그런가."

"다만 마음속 깊은 곳에는 귀하의 목을 쳐서 도련님께 바치고 싶은 욕망이 분명 존재합니다. 그 충동이 실행되지 않도록 이성으로 간신히 억누르고 있을 뿐. 대단히 외람되오나 두 번 다시 같은 질문을 하지 않아주십사 부탁 말씀을 올리겠습니다. ……감정에 사로잡히면 어떤 만행을 저지를까 모르는 것이 인간인지라."

"……그, 그래. 알겠네."

적의가 담긴 페리우스의 시선을 견딜 수 없어서 윌름은 눈을 피했다.

'……이리될 리가 없었을 텐데. 처음 무렵에는 전부가 잘 풀렸잖은가. 그런데, 어째서 이리되었나. 도대체 뭐가 잘못되었나?'

윌름이 성공에 걸었던 대륙 원정은 당초에는 순조로웠다. 자원 및 귀금속도 잇따라 전해 들어왔고, 마지막에는 먼 대륙의 사람들까지 건너왔다. 새로운 주 베르단과 교역도 이루어졌다. 남코임브라에는 사람이 돌아왔고 재정은 점점 윤택해졌다. 백성들의 지지도 높아졌고 그롤이 아닌 윌름이야말로 태수에 걸맞은 인물이라며 드디어 모두가 인정해주고 있던 참이다.

그랬던 상황이 갑자기 일변했다. 대륙을 치던 공세가 멎었을 뿐 아니라 서서히 열세로 빠져들었다. 깨진 그릇에 물을 들이붓는 것처럼 사람과 돈만 원정 계획에 소비되었고, 정신을 차렸을 때는 더 이상 돌이킬 수 있는 상황이 아니었다. 이제 와서 덜컥 중지한다면 아밀의 노여움을 살 테고 나아가서는 자신의 판단이 잘못되었음을 인정해야 하는 처지에 몰리게 된다. 무력으로 지위를 빼앗아 가진 윌름의 입장에서는 결코 선택할 수 없는 행동이었다.

북쪽의 가디스는 더욱 혹독한 상황이었기에 매일같이 원조를 바란다는 사절이 찾아온다. 도와줄 여유는 이쪽에도 없었다. 따라서 외면했다. 그 결정이 현재의 상황을 초래했단 말인가.

'태수의 악정, 적륜군의 결기, 록벨의 함락……. 설마, 역사는 거듭 반복되는가.'

윌름의 머릿속에 그롤의 임종이 스쳐 갔다. 심복이었던 자신에게 배반당한 뒤 병사 및 백성들의 욕설 세례와 함께 절망 속에서 죽어갔었다. 어째서인지 그 모습에 자신을 투영하게 된다.

병사의 보고를 들은 바 적군 부대를 지휘하는 인물은 두 철퇴의 깃발을 내걸고 있는 노엘 보스하이트라고 했다. 어느 틈에 윌라 섬에서 탈출한 뒤 엘가와 합류한 모양이다. 감시 역할을 맡겼던 리그렛은 아마도 살해당했을 테지. 그러나 슬픔 비슷한 감정은 전혀 느껴지지 않았다. 동정심도 전혀 없었다.

"마지막까지 아무 도움도 안 되는 계집이었다. 감시마저 제대로 못할 줄이야. ……그나저나 노엘, 빌어먹을 년. 얼마나 나를 더 방해할 셈인가. 그때 처단했다면 이리 곤경을 겪을 일도 없었을 터인데!"

윌름은 노엘을 항상 눈엣가시처럼 여겼다. 따라서 노엘의 폭주를 저지했고 마지막에는 모략을 동원하여 경질까지도 성공했다. 두려워할 까닭은 무엇 하나도 없어야 했다.

그러나 그 계집은 궁지 속에서도 항상 살아남았다. 그리고 또다시 윌름의 앞을 가로막고자 나타났다. 표현할 수 없는 불안감이 윌름의 전신을 감쌌다.

"……큭!"

등 뒤에 기척이 느껴져서 고개 돌린다. 물론 아무도 없다. 그러나 저곳에 무엇인가가 있었던 듯한 기분이 들어서 못 견디겠다. 작고 거뭇한 인영이었을까. 마치 아이들이 장난질하며 그림자 뒤에 숨은 듯싶은 묘한 착각이 들었다.

"이게 웬 우스운 몰골인가! 나는 코임브라의 장군이었던 남자다.

그에 비하여 적륜군을 주도하는 것은 그롤의 애송이 아들에다가 악귀라고 허명만 얻은 계집년에 불과하잖은가. 오합지졸의 군세 따위야 한 번만 휘청여도 허물어지는 법. 나의 손으로 기필코 무너뜨려 주리라!"

월름은 자기 자신에게 들려주려는 듯 한껏 소리 질렀다. 이렇게라도 안 하면 정신이 꺾여버릴 지경이다.

'……머지않아 원군도 올 테지. 이곳 마들레스라면 원군 도착까지 버티기는 수월하다. 적의 공세를 잘 받아넘기는 요령이 관건이겠군. 모든 것은 나의 수완에 달렸다.'

바하르에는 아밀의 심복이자 뛰어난 무용을 지닌 발자크가 대관으로 배치되어 있었다. 그자는 현 재상 밀즈에게 전차병을 물려받아서 기동력으로 이웃한 주를 견제하고 감독하는 역할을 담당하고 있다. 그렇다면 이번 반란도 분명 귀에 들어갔을 터. 사절을 보낼 필요도 없이 준비를 갖춰서 이미 출진했을 것이다. 그도 자신과 마찬가지로 역전의 무인이었다. 판단력은 족히 신용할 만하다.

현재 마들레스에는 수비병 5천이 있다. 그리고 가도를 지키고 있는 로이에도 5천. 더욱이 가까운 도시, 요새에서 전부 긁어모으면 도합 2만에 달하리라. 보고에 따르면 적륜군의 숫자는 대략 1만이었다. 마들레스 성 주변에 난리가 벌어지는 사태는 못 피할지라도 일신의 파멸만큼은 면할 수 있을 것이다. 끝내 반란을 진압한 이후 배반자를 숙청한 뒤 실정의 책임은 가디스에게 뒤집어씌우면 된다. 죽은 사람은 입이 없는 법이다.

'엘가, 애송이 놈. 건방 떠는 것도 지금뿐이다. 기세만 갖고 전쟁

에서 승리할 수 없음을 나 윌름이 가르쳐주마. 그리고 저승에 있는 아비의 곁으로 보내주겠다!'

윌름은 끓어넘치는 두려움을 떨쳐 내고자 지휘봉으로 바닥을 내리찍었다.

록벨에서 출발한 노엘 부대는 카난 가도를 서진하여 곧장 마들레스 방면으로 나아갔다. 주변에서 의용병들이 재차 모여든 덕에 군세는 6천까지 확대됐다.

용감한 귀족이 자기 병력을 이끌고 무모하게도 돌격을 감행하는 사태도 벌어졌는데 노엘은 가볍게 무찔렀다. 거역하는 귀족은 리그렛의 지시에 따라 화형당했다.

"입장이 반대가 되고 보니까 뭔가 좀 이상한 느낌이네."

"동감이다. 설마 정들었던 마들레스를 공격하는 처지가 될 줄이야."

그렇다, 이 길은 일찍이 리스티히가 이끌었던 적륜군의 진로와 같다. 다른 점은 남코임브라의 군대가 요격을 위해 나타나지 않았다는 것인가. 기세등등한 적륜군과 정면에서 맞붙기에는 불리한 점이 많다는 것이 윌름의 판단일까. 마들레스에서 농성하며 원군을 기다렸다가 협공을 벌일 심산일 것이다.

공성전에서는 병력의 숫자가 동일하다면 수비 측이 압도적으로 유리하다. 오로지 방어에 집중하면서 바하르 및 리벨덤에서 보내줄 원군을 기다리면 된다. 성 바깥의 백성들은 물론 희생을 피할 수 없다 하여도 지휘관으로서는 올바른 판단이었다.

"월름은 역시 농성전을 준비하나 봐. 리그렛의 말이 딱 맞았어."

"당연합니다. 그 비겁한 작자가 정면 대결이라는 도박을 할 리가 없잖아요. 도리어 백성들을 인간 방패로 내모는 짓도 주저하지 않을 테죠."

"……그 발언은 좀 지나치지 않나? 월름 장군…… 아니, 월름이 비록 적이라 하나 태수잖은가. 자신의 백성에게 그리 잔인한 처사를 할 리가."

"후유. 신시아 님, 적에게 경칭을 붙이는 버릇은 이제 좀 고치시죠? 그 작자는 가증스러운 적이라고요. 아, 제가 딸이라고 조심할 필요는 전혀 없답니다. 어차피 경멸이나 당하는 처지였던지라."

리그렛이 야유를 섞어 신시아에게 주의를 줬다. 한두 마디를 괜히 더 보태는 버릇은 여전히 고쳐지지 않았다. 노엘은 재미있게 듣는다지만 경원하는 사람이 많은 건 당연하다. 월라 섬 사람들은 본래 성격이 이렇다는 식으로 일단 받아들여주기는 했어도 적극적으로 다가가기는 역시 꽤 어려워했다. 이래 봬도 조금이나마 가시가 떨어져 나갔는데, 다른 사람들은 전혀 그 비슷한 느낌도 못 받는다고 한다. 도르커스는 아예『예전보다 나아지기는커녕 더 악화됐군!』이라며 고래고래 소리쳤었다.

"……으음, 미안하군. 리그렛 공의 말대로 월름은 가증스러운 적이지. 이후는 주의하겠네."

"네, 아시면 됐습니다. 뭘요, 걱정 마세요. 온갖 사태에 대비책을 마련해 놓았거든요. 그 외딴섬에서 오로지 연구, 또 연구만 했었던지라."

리그렛이 입가를 비뚤어뜨리며 안경을 들어 올렸다.

"나랑 리그렛이 병기(兵棋) 연습을 했거든. 음, 아마 천 번은 넘게 했을걸."

"일천이백에 쉰일곱 번입니다. 덧붙이자면 당신이 사기를 친 횟수는 백스물네 번이고요."

"그건 사기가 아니라 돌발 상황이야. 한창 싸우는 중에 지진이 쾅쾅 일어나거나 천둥 번개에 비까지 죽죽 쏟아지거나 회오리바람이 몰아친다거나 그런 사태도 혹시 있을까 싶어서."

"누구 불리할 때만 딱 맞춰 일어나는 게 말이 되냐고, 이 바보야!"

이렇게 일축해버리는 게 리그렛의 약점이기도 하다. 뭔가 불의의 사태가 일어났을 때 어찌할 바를 몰라서 제대로 대처하지 못하니까. 그 부분을 고쳐주고 싶었는데 유감스럽게도 별 효과는 없었다. 본래 인간은 그리 간단히 변하지 않는 법이다.

"아하하, 또 화낸다. 지휘관이 화내면 작전 다 망치는 거 아니었어?"

"네가 화날 소리를 늘어놓잖아!"

"이런 느낌으로 잔뜩 대결했어."

노엘과 리그렛은 어떤 방법으로 코임브라를 탈환할 수 있을지 줄곧 고민했다. 특히 리그렛은 지난 3년간 철저하게 고민하고 고민하고 또 고민했었다. 노엘이 낚시나 헤엄이나 고기잡이 등등 바쁘게 놀러 다녔던 때도 리그렛은 악감정을 닥치는 대로 표출하며 책상 앞에 앉아 있었을 만큼.

북코임브라를 어떻게 하면 함락할 수 있는가. 만에 하나 함락하지 못했을 경우의 대처는 어찌할 텐가. 함락에 성공했을 경우 남코임브라는 언제 공격해야 옳은가. 성 밖에서 맞붙게 됐을 경우, 농성하는 경우, 성을 버린 채 도망치는 경우. 각각의 상황에 어떻게 대처하는 게 최선인가. 겐부 주에서 가져다주는 정보를 근거 삼아서 시시때때로 계획에 수정을 더해 나갔다.

참고로 윌름이 성 바깥으로 뛰쳐나왔을 경우는 일단 패배한 척 병력을 물렸다가 바다 위에서 기습을 벌여 성을 빼앗을 계획이었다. 윌라 섬 사람들은 활약할 기회가 사라졌다면서 아쉬워했다.

노엘에게 공략법 연구는 즐거운 놀이 중 하나였는데 리그렛은 아마도 아니었다. 눈자위에 거뭇한 자국이 달라붙었고, 머리카락은 부슬부슬, 가끔 괴상한 소리를 지르며 밤늦게까지 연구를 거듭했다. 모든 것은 증오스러운 아버지— 윌름에게 복수를 하기 위함이다.

그때 우연히 눈이 뜨였던 바람에 리그렛의 잠도 안 자는 노력을 칭찬하며 성대하게 박수를 쳐줬다. 물론 대답은 무시무시한 혀 차기였다. 악귀라 불리기에 손색이 없는 얼굴 표정이었다.

"……윌라 섬에 있었던 너희가 그렇게까지 고심했을 줄이야. 적륜군의 방침은 대부분 도련님과 이루반 공이 계획을 작성하고 계시지. ……그저 검을 휘두를 줄밖에 몰랐던 내가 부끄러워지는군."

"역할 분담도 중요하잖아. 모든 사람이 작전을 짜서 제멋대로 행동하면 군대가 뒤죽박죽이 되는걸."

"분명히 맞는 말이기는 한데, 음, 네가 할 소리는 아니잖나. 언제나 스스로 작전을 짜서 제멋대로 행동한 녀석이 누구였는데."

"아하하, 나는 괜찮아. 가장 중요한 건 승리했다는 결과니까."

노엘은 혀를 내밀고 얼버무렸다. 그러자 신시아가 쿡쿡 찌르는 시늉을 하면서 작은 목소리로 말을 붙였다.

"그나저나 리그렛 공은 좀 어떤가? 다소나마 밝아진 듯싶기도 하군."

"자기는 친구 아니라는데 소중한 친구야. 같이 안 다니면 뭔가 허전하고. 둘도 없는 부관이랄까?"

"……그런가. 잘은 모르겠다만 잘됐군."

신시아가 중얼거리자 옆쪽에서 들으라는 듯이 헛기침 소리가 났다. 아마도 은근슬쩍 귀를 기울이고 있었을 리그렛이었다.

"시시한 말은 그만 좀 늘어놓고 신시아 님께 추후의 방침이나 설명드리시죠."

"아, 맞다. 설명. 음, 마들레스는 정면 돌격으로 단기간에 함락시킬 거야. 안 그러면 급습의 의미가 없으니까."

"……그 방침은 아무래도 무리가 좀 많지 않은가? 마들레스에서 농성하고 있는 적군이 적게 어림잡아도 5천은 될 텐데. 각지에서 병력을 불러들였을 테니까 더욱 늘어났겠지. 아마도 1만 이하는 아니겠군. 그에 비하여 우리는 6천이다."

"숫자만 보면 불리하지. 그래도 성에서 안 나온다는 건 우리랑 정면으로 싸우고 싶지 않다는 뜻이야. 사기가 막 바닥을 치고 있을걸?"

노엘은 밀정에게서 보고를 받아 대강의 상황은 파악했다. 숙련된 병사는 원정을 나간 까닭에 이곳에는 없다. 부랴부랴 숫자는 갖출 수 있었다 해도 열세에 몰리면 금방 와해될 것이다. 머리만 베어 낸다면 나머지가 얼마나 큰 규모이든 의미가 없다.

"그렇다 해도 마들레스는 두 개의 성벽에 둘러싸여 있는 견고한 성이다. 성 아래 거주지를 둘러싼 외벽이야 돌파되더라도 본성을 보호하는 내벽이 또 갖춰져 있지. 항구가 있기 때문에 군량 공격도 통하지 않는다. 계책도 없이 공격한다면 아군의 피해가 엄청날 텐데."

신시아가 우려를 표시하자 리그렛이 코웃음 쳤다. 이번에는 신시아도 꽤 화가 났는지 얼굴을 붉히며 노려봤다.

"무엇이 그리 우스운가, 리그렛 공! 나는 사실을 말했다 자부한다만!"

"그런 건 이제 와서 구태여 설명해줄 필요도 없이 다 아는 사실이잖아요? 저도 일단은 코임브라의 군인이었던지라. 어딘가의 흰머리 원숭이도 아니고 다 감안해서 결정한 작전입니다."

"리그렛은 본성부터 비틀려 있는 사람이잖아. 상대의 약점을 찾아내는 재주가 진짜 끝내주거든. 그러니까 걱정하지 마."

노엘은 기껏 칭찬해주고도 혀 차기로 보답받았다. 리그렛이 헛기침을 하더니 다시 말을 잇는다.

"……으흠. 바보는 무시하고요. 이미 손을 써 놨습니다. 우리가 마들레스에 도착하는 동시에 계책이 발동할 겁니다."

"계책이라니? 벌써 뭔가 작전을 실행했다는 말인가?"

"곧 직접 볼 테니까 기대해줘. 힌트는 도르커스랑 흰개미당이 없다는 거? 으음, 다들 도대체 어디 갔을까? 혹시 산책 나갔나?"

두리번두리번 주위를 둘러본 뒤에 또박또박 책 읽는 말투로 의뭉을 떤다.

"방금 네가 경계 임무를 보냈던 게……."

"적을 속이려면 먼저 아군부터 속이라잖아. 그러면 마들레스로 가자!"

노엘은 병사에게서 깃발을 빌려 말 위에서 힘차게 치켜들었다. 노엘 부대 행진가가 들린다.

이제는 다들 외어버린 듯싶다. 노엘도 함께 맞춰서 흥얼거렸다.

날씨도 화창하고 정말이지 기분이 좋다.

—남코임브라 주도, 마들레스 성 앞쪽.

성벽을 따라 빈틈없이 늘어선 남코임브라 병사들이 이쪽 방향으로 활을 겨누고 있다. 보통은 투석기, 공성 망루, 파성추를 준비해서 쳐들어가야 할 터이나 괜한 소모전은 하지 않는다. 시간이 오래 걸릴뿐더러 주민들 또한 피해를 받을 테니까. 훗날을 감안하여 신속히 함락시키고 싶었다. 리그렛과 일치했던 판단이었다.

"계책이 있다는 건 알겠는데 무엇을 어쩔 작정이지? 설마 이제 와서 투석기를 준비하자는 말은……."

"뭐, 보면 알 거야. 신시아도 분명히 깜짝 놀랄걸!"

돌진 진형을 갖춘 6천의 적륜군, 그들의 전방에 단독으로 도드라져서 나오는 노엘. 전원의 눈이 집중된다. 이미 적 궁병의 사정거리 안쪽. 적 지휘관이 검을 쳐들고 발사 태세를 갖췄다.

노엘은 말 위에서 두 철퇴의 깃발을 지면에 박아 세운 뒤 돌격 나팔을 전력으로 불어 젖혔다.

—그 순간, 남쪽 방면의 성벽이 굉음과 함께 터져 나갔다. 그리고 성벽 안쪽에서 울려 퍼지는 돌격 나팔. 성벽에는 두 철퇴의 깃발이 올라갔고 우렁차게 함성을 내지르는 병사들이 궁병을 향해 덮쳐들었다.

"무, 무슨 일인가. 성벽이 폭발하다니?!"

"좋아, 어서 돌입하자. 리그렛, 전군에 신호를."

"굳이 안 시켜도 알아서 했어!"

리그렛이 힘껏 돌격 나팔을 불었다. 적군과 마찬가지로 어안이 벙벙해 있던 병사들이 급히 명령에 따라 진군을 개시한다.

"서, 설마, 지금 폭발이 도르커스와 흰개미당의 소행인가?!"

"응, 맞아. 저번에 윌름은 병사를 긁어모아서 농성할 거라 말했잖아? 그때 잠입시켰어."

"잠입시켰다?"

"우리도 물론 아무나 막 받아들였지만, 그건 상대도 마찬가지야. 갑자기 병사가 늘어나면 누가 적인지 알아보기는 거의 무리잖아. 아마 이쪽에도 밀정은 숨어 있겠지만, 잃을 건 저쪽이 더 크지 않을까?"

노엘은 양동을 위해 성문으로 부대 하나를 전진시키고 붕괴된 남쪽 성벽에는 주력의 돌진을 명령했다. 성벽에 있던 궁병들은 안쪽으로부터 불쑥 공격을 받게 된 터라 혼란 상태에 빠졌다. 지금이라면 성문에 압박을 가할 수 있다. 무모한 공격이 아닌 상대의 눈을 돌리기 위해서다. 수비병 전부가 남쪽 성벽에 배치되도록 놓아두면 아무 의미도 없다.

"이런 비책을 준비했을 줄은 몰랐군. 그, 그나저나, 성벽을 대체 어떻게?"

"연소석(燃燒石)이라는 광석을 잔뜩 썼어. 이게 광산 붕괴 사고의 원인인데 나중에 보여줄게."

"그런가, 예전에도 이렇게 카르나스를……."

“그래도 두 번은 안 통할 거야. 아마도 이렇게 잘 먹히는 건 이번이 마지막이고. 그렇지만 아깝다고 감춰 놓으면 뭔 소용이겠어. ……자, 우리도 가자.”

“그러도록 하지. 자, 진군한다!”

노엘과 신시아도 직속 수하를 데리고 남쪽 성벽을 지나 돌입을 개시했다. 리그렛은 바깥에 남아서 뭔가 장치를 설치하는 작업에 착수한다. 코임브라 및 주변에 노엘의 악명이 퍼져 나가게 된 원인, 즉 사람을 태워 죽이는 처형대였다. 그런 물건을 백 개, 성에서 뻔히 보이도록 설치하고 큰 장작 더미에 불을 붙인다.

이 장면을 목격한 수비병들은 곧장 동요에 휩싸여서 한꺼번에 도주를 감행했다. 지휘관마저 검을 내던지고 앞다투어 도망을 간다.

저번 전쟁에서 노엘은 최후의 순간까지 바하르 군에 저항했었다. 또한 그롤을 배반하고 공격에 나선 귀족 일당을 잔뜩 불살라 처형했다. 그 일화는 더욱 과장이 붙어서 코임브라뿐 아니라 이웃에 있는 주까지 퍼져 나갔다. 코임브라의 악귀는 지난 원한을 잊지 않았고 월라 섬에서 복수의 때를 고대하고 있노라 사람들은 믿어 의심치 않았다.

그런데 악귀가 느닷없이 눈앞에 나타난 데다가 처형대까지 준비하는 장면을 목격했다. 이번에는 너희를 불살라 죽이겠다는 협박의 효과가 즉각 나타났다.

“내가 하지 말래도 안 들어주더라. 틀림없이 잘 먹힐 책략이라면서.”

“……적군이 마치 진짜 악귀를 본 표정으로 도망쳤잖나. 놀랄 만큼 효과가 뛰어나군.”

"편하게 승리하는 건 좋은데 정말 기분이 복잡하단 말야. 나는 성벽만 날려버리면 충분하다는 생각이었는데."

왜 싫냐면 아이들이 겁을 집어먹는 바람에 같이 놀러 다닐 수 있도록 마음이 열릴 때까지 꽤 시간이 걸리기 때문이다. 가까이 다가갔을 뿐인데 울고불고한다는 게 몹시도 심란한 마음이다.

"뭐, 괜찮지 않나. 너도 말했잖은가. 결국 승리가 가장 중요하다고."

"칫, 남 일이라고."

노엘이 뾰로통하게 답하던 때에 검 맞부딪치는 소리가 울려 퍼지는 성 아래 거주지에서 부하를 이끌고 도르커스가 호쾌하게 웃음 지으며 다가들었다.

"대장, 아주 잘 해치웠소! 정말이지 신바람 나게 터져 나가더라니까! 이리도 상쾌할 수가 없어, 아주아주 상쾌하다오!"

"아이고, 두령이 연소석의 재고를 절반도 넘게 써버렸소. 제가 나중에 모자라면 어쩔 셈이냐고 말려도 소용없더이다."

"혹여나 실패하면 흰개미당의 이름이 바닥에 떨어진다고! 맡은 바 임무는 기필코 수행하는 것, 그게 장인의 혼 아니겠나!"

우쭐거리며 몸을 젖히고 서는 도르커스. 노엘은 손뼉을 치며 열심히 칭찬해줬다.

"정말 큰 공적이야, 도르커스. 나중에 수제 훈장을 달아줄게!"

"흐흐, 고맙소! 아, 가능하면 겐부의 술도 좀 내주면 좋겠소만."

"물론 괜찮아. 우리끼리 다 같이 마실 수 있게 빼놨거든. 나중에 대판 연회를 열자!"

"오, 이리도 반가울 데가! 좋아, 이놈들아! 단박에 성 주변을 제압

한다!"

『오오!!』

마들레스의 안쪽에서 맹공을 펼친 노엘은 성문을 제압, 성 바깥의 병력을 안쪽으로 진입시키는 데 성공했다. 성하 거주지의 교회로 본진을 옮긴 뒤 산발적으로 저항에 나선 수비병을 제압하는 작전에 착수했다. 주민들은 전투에 휘말리는 사태를 두려워하여 집 안에 틀어박혔다. 그들은 피난하고 싶어도 딱히 갈 데가 없었다. 노엘은 모든 주민의 안전을 보장하는 동시에 어떤 약탈 행위도 엄금하겠노라 선언했다.

노엘의 공세는 멈추지 않았다. 대열을 갖춘 뒤 항구와 본성을 향해 진군을 개시했다.

—그러나 역시 일격에 허물어지지는 않았다. 분명 기세는 등등했으나 단단하게 수비 태세를 갖춘 적을 무너뜨리기에는 모자랐다. 아군 병력의 얼굴에도 이제는 지친 기색이 떠오른다. 연소석으로 본성을 날려버리자며 도르커스가 꺼낸 제안을 노엘은 각하했다.

"같은 전투에서 같은 수법은 쓰지 않아. 그렇게 오히려 허를 찌르는 전법도 있긴 있는데 이번에는 하지 않겠어. 게다가 연소석이 아까운걸."

아직 재고는 남아 있지만 본성을 둘러싼 내벽을 날려버리자면 상당한 양을 필요로 한다. 추후의 전투, 가장 중요한 전투에 대비하여 아껴 두고 싶었다. 게다가 저곳은 도련님과 신시아의 소중한 성이다. 집 같은 곳이었다. 가능하면 온전하게 형태를 남긴 채 점령하고 싶었다.

그렇다 해도 도저히 방법이 안 나오면 성대하게 날려버릴 수밖에 없다. 모조리 다 깔끔하게, 뒤탈이 안 나게. 성안의 사람들도 전부 죽여 버리자. 월름과 가까운 사람이 대부분일 테니까 별로 신경 쓸 필요도 없다.

"그래도 전황이 좀, 본성을 함락하려면 시간깨나 걸릴 거요. 월름 자식, 아주 작정하고 수비 태세를 갖췄고. 정면으로 들이받으면 시체가 산처럼 쌓일 테지."

"으음, 전쟁이니까 어쩔 수 없기는 한데. 그래도 쓸데없는 희생은 줄이고 싶고. 못해도 항구는 제압할 수 있을 줄 알았는데."

노엘의 계산에서는 이미 제압이 끝난 상황이어야 했다. 아무리 궁리한들 실전에서는 계획대로 진행되지 않음을 새삼 인식했다.

현재 신시아 휘하 부대와 함께 공세를 펼치고 있지만, 적은 상당히 끈질기게 저항 중이다. 좁은 통로에 장벽을 쌓아 적은 병력으로도 효율적인 수비 전법을 구사했다. 군량, 그리고 리벨덤의 원군이 올 수도 있는 중요한 군항. 어떻게든 사수하겠다는 각오일 테지. 그래서 더더욱 쳐서 함락시키고 싶지만.

"내가 잠깐 가서 쳐부수고 올까? 정면충돌하면 희생은 더 늘어나겠지만 시간 끌기를 마냥 받아줄 수도 없고."

전투를 치러서 사망자가 아예 안 나올 수는 없었다. 물론 가능한 한 줄이고 싶지만, 너무 피해를 두려워한 탓에 목적을 달성하지 못하면 의미가 없다. 지휘관에게 필요한 것은 최소한의 희생, 최대의 효율로 목적을 달성하는 능력이다.

죽어 간 병사들의 목숨, 유지는 전부 짊어지고 갈 작정이었다. 따라서 가능한 한 전면에 나서고 싶지는 않다. 당연히 죽고 싶은 마음도 없다.

"당신은 일단 지휘관이니까요, 자꾸 쫄랑쫄랑 나돌아다니지 마시죠. 눈에 거슬립니다."

리그렛이 나타나서 태연하게 입을 열었다. 방금 전까지 바깥에 있었는데 어느 틈에 안쪽으로 들어왔을까.

"그래도 너무 시간을 소모하면 안 좋잖아."

"그야 물론이죠. 너무 긴 시간이 소모되면 바하르에서 보낼 원군이 도착합니다. 게다가 지나치게 궁지에 몰면 윌름이 어떤 만행을 저지를까 몰라요."

"그 겁쟁이가 뭔 짓을 한다는 거냐? 겁먹어서 성에 틀어박힌 게 다잖아."

"만약 이대로 쭉 열세가 이어지고 바하르의 원군이 오기 전에 함락된다는 판단을 하면. 그 버러지는 틀림없이 거주 지역에다가 불을 지를 거야. 아마 밀정을 적륜군에 몰래 들여보냈을 테고. 주민을 가장하고 있을 가능성도 없지는 않아. 그렇게 아비규환의 대혼란을 틈타 도망치겠다는 수법이지. 운 좋게 우리가 타 죽는다면 만만세이고."

"설마, 그런 짓까지 할 리가 없잖나! 자기가 다스리는 백성인데!"

"그러면 내 목을 걸 수도 있어, 흰머리 원숭이. 나라면 틀림없이 할 테니까. 내가 저지를 수 있는 짓인데 그 버러지가 못할 것 같아?"

“헹, 아주 엄청난 설득력이군. 깜빡 감탄을 해버렸어. 찍소리도 안 나오는군.”

“어머나, 고마워라. 고마워서 눈물이 다 나오겠네.”

오는 말이 고와야 가는 말도 곱다던가. 평소처럼 야유를 주고받는다.

“일단 말해 두겠는데 칭찬은 아니니까 착각하지 마라. 혹시 오해했다면 내 속이 뒤집어질 거다.”

“다 알고 한 말이야.”

경멸의 시선을 보내는 도르커스에게 입가를 비뚤어뜨린 채 대답하는 리그렛. 안경이 번뜩이면서 멋진 분위기를 연출해준다. 좋은 기회다 싶어 노엘도 안경을 꺼내서 썼다. 리그렛이 어이없어하며 빤히 쳐다본다.

“아무튼, 어찌하시겠습니까? 노엘 각하. 지휘관답게 적절한 명령을 하달해주십시오. 지금보다 높은 지위에 올라가고 싶다면 말이죠.”

“알겠네, 리그렛 참모. 귀관이 뜻한 바대로 실행하게나. 뭔가 방책을 강구했을 테지? 모든 책임은 내가 지도록 하마. 나 노엘 보스하이트, 달아나지도 숨지도 않노라.”

노엘은 한껏 거들먹거리면서 몸을 젖히고 지시 내렸다. 말투는 꽤 으스대는 태도인데도 본인이 익살을 부리는 터라 주위의 병사들에게서 웃음 소리가 새어 나왔다. 개중에는 노엘 각하 만세라고 외치는 유쾌한 사람도 있었다.

“잠깐, 바보 놈들이 괜히 신 내니까 좀 자중해! 더 이상 바보는 필요 없단 말이야!”

“너무해라. 자기가 맨 먼저 각하라고 불러 놓고서.”

노엘은 곧장 유감의 뜻을 표명했다.

"나는 괜찮아. 너처럼 바보가 아니니까."

"그럴까?"

의문을 제기하는 노엘을 리그렛이 매섭게 노려본다. 그리고 성난 참모를 달래고자 흰개미당의 병사가 말을 건넸다.

"저기 말입니다, 결국 방책이란 게 뭡니까? 우리가 협력할 만한 부분이 있다면야 기꺼이 도와드리겠습니다. 대장을 위해서라면 뭐든 다 할 수 있습죠!"

"흥, 유감이지만 이번에는 너희가 나설 기회를 못 주겠네. 그 녀석과 대화를 나눌 수 있는 사람은 아마 나밖에 없을 테니까."

귀찮다는 듯이 리그렛이 손을 흔들자 도르커스가 끼어들어서 말했다.

"……아앙? 그 녀석은 또 누군데? 답답해 죽겠군, 후딱 좀 지껄여 봐라."

"마들레스의 항구를 수비하고 있는 건 남코임브라의 장군 로이에 그란블. 일단은 내 남동생에 해당하는 사람이야. 뭐, 인연이 깊은 상대라는 말이지."

—그날 심야. 마들레스 항구.

로이에는 밤중에도 수비에 임하고 있는 병사들을 격려하며 임시로 설치해 놓은 천막으로 향했다. 이 항구를 지키는 것은 로이에가 장군이 된 이후부터 손수 정성을 들여 육성한 병사들이다. 충실하게 장비를 보급해줬고 넉넉한 보수도 지급했다. 주의 상황은 대단히 괴로웠지만, 그럼에도 유사시에 대비해서 정예를 만들었다. 대륙에 보내려고 하는 아버지를 설득해 남겨 둔 사람도 로이에다. 언젠가 확실하게 반란이 일어나리라고 내다보았기 때문이다.

"……그나저나, 견고함을 자랑으로 삼는 마들레스가 고작 하루 만에 외벽을 돌파당할 줄은. 코임브라 치욕의 역사에 새로운 1페이지가 추가되어버린 셈인가. 아버님께서도 몹시 노여워하셨을 테지."

로이에는 자조했다. 무엇인가 크게 잘못됐다. 그롤만 제거하면 코임브라는 분명 발전을 이룩할 수 있어야 했다. 그러나 현실은 어떠한가. 그 시절보다 비참하지 않은가. 거의 보상도 기대할 수 없는 원정에 사람과 돈을 빼앗겼고 남은 건 황폐한 영지뿐. 게다가 귀환한 병사들에게서 역병이 만연. 가난한 자들을 중심으로 큰 피해가 발생하는 상황이다. 영양 상태가 나쁜 사람일수록 사망률이 높다. 유복한 귀족은 대개 죽음을 맞이하는 경우가 없는 까닭에 주민들의 증오는 현저하게 악화되었다.

'……신시아 공은, 분명히 도련님과 함께 적륜군에 합류했겠군.'

로이에는 기사도 정신 가득한 여기사를 떠올렸다. 신시아는 소꿉친구 로이에의 제안을 거절한 뒤 굳이 가난한 북코임브라에 부임했다. 엘가를 수행하기 위해서였다. 배반자를 섬긴다는 수치를 꾹 눌러 참았던 이유는 죽은 주군 그롤에게 진 은혜를 갚기 위함이었겠지. 신시아는 자신의 길을 선택하여 걸어 나아가고 있었다.

그에 비하여 로이에는 오직 아버지 윌름의 지시를 따라 활동해왔다. 그리하지 않으면 리그렛처럼 버림받는다. 버림받는다면 지금의 지위를 잃어버린다. 따라서 고분고분 복종했다. 눈부신 미래를 손에 넣기 위해서라면 자아의 돌출을 눌러 참는 것쯤이야 별일도 아니다. 그렇게 치부했었다.

'그러나 결과는 이런 꼴이군. 이 참담한 상황이 정말 내가 바라는 미래였던가?'

로이에는 고전 중이라 전달하는 보고서를 꽉 쥐어 구겨서 난폭하게 집어 던졌다.

그때 곤혹스러운 표정을 짓고 부하가 들어왔다.

"실례합니다, 로이에 님. ……그게, 손님께서 방문하셨습니다만."

"이 비상시에 손님이라니? 자네는 대체 뭔 소리를 하는가. 상황을 좀 돌아보아라!"

"그러나, 미리 약속을 잡아 놓았다고 말씀하시는지라. ……손님이란 분은, 그게, 다름이 아니라 리그렛 님이십니다."

"누님이라고? 설마……."

그 대화 도중 코임브라의 헌병복을 차려입은 리그렛이 거리낌 없이 실내에 들어왔다. 여전히 짜증이 가득 묻어나는 표정. 피부는 창백하고 눈자위에는 거뭇한 자국. 날카로운 안광이 사람을 찌른다. 음습한 성질은 전혀 바뀌지 않은 듯싶었다.

"오랜만이야, 로이에. 아, 지금은 장군이었던가?"

"이게 누구십니까. 누님, 설마 살아 계셨을 줄이야. 아버님께 악귀가 탈주할 때 살해당했다고 소식을 전해 들었습니다만."

"너희가 몰락하는 꼴을 보지도 않고 어떻게 죽겠어?"

"정말이지 여전하십니다. 그나저나 누님과 면회 약속을 잡았던 기억은 전혀 없군요. 나는 바쁜 신분인지라 지금 즉시 물러나주시기를 부탁드리겠습니다."

로이에가 바깥을 가리켜도 리그렛은 코웃음으로 답할 뿐이었다.

"약속 따위야 아무래도 상관없잖아? 잘 들어, 누나의 말은 언제나 옳은 법이야. 너는 몇 살을 먹든 내 아랫사람이고. 이 관계는 영원토록 절대 바뀌지 않아."

"하하하, 그 못 견디게 불쾌한 성격도 여전하시군. 사람의 비위를 건드리는 말씀만 늘어놓으시고."

"너야말로, 아직도 그 작자의 꼭두각시 신세인가 봐. 어때? 인형생활은 즐거워?"

"그 실이 끊어져서 윌라 섬에 버림받았던 분께서 하실 말씀은 아니지요. 나는 이렇게 장군의 지위를 획득하지 않았습니까. 물론 만족스럽습니다."

로이에의 말에 리그렛은 여유로운 웃음을 지어 보였다.

"후후후, 나는 버림받은 게 아니라 기회를 살피고 있었을 뿐이야. 그러니까 이렇게, 여기에 다시 돌아왔지. 그리고 멍청한 너희를 궁지에 몰아넣어줬어."

"우아한 섬 생활은 싫증이 나신 겁니까? 악귀와 행복하게 살고 계셨을 텐데요. 두 사람이서 함께 평생 틀어박힌 채 지내지 그러셨습니까."

"……거 되게 말 많네. 그 바보는 아무 상관도 없어."

"지금 누님은 악귀의 졸개 신분이군요. 하하하, 정말이지 유쾌합니다. 누님에게는 그란블 가문의 인물로서 긍지도 없는 겁니까?"

비웃음 짓는 로이에, 그럼에도 마냥 코웃음으로 대답하는 리그렛. 저 태도 하나하나가 짜증스러웠다. 저 여유작작한 얼굴을 전력으로 후려갈기고 싶다. 지금이라면 윌름이 리그렛을 멀리했던 심정도 족히 이해가 간다.

"후후, 긍지 따위를 어디에다 써먹는다고? 너희들, 그리고 나를 바보 취급했던 작자들에게 되갚아줄 수 있다면 악마한테도 혼을 팔아넘기겠어."

"악마가 아니라 악귀잖습니까. 누님의 주인님께서는."

"……왜 자꾸 딴소리야. 몇 번을 말해, 그 바보는 아무 상관도 없다니까."

"그 바보에게 복종하는 이유가 무엇입니까? 어리석은 동생은 실로 흥미가 샘솟는군요."

"걔가 바보에 촐싹데기에 참견쟁이에 천둥벌거숭이여도 말은 통하거든. 게다가 실행력도 가지고 있어. 어딘가의 버러지 놈들보다 훨씬 더 제대로 된 인간이라는 건 분명하네."

리그렛이 진지한 표정으로 잘라 말했다. 로이에는 살짝 놀랐다. 이토록 단호하게 잘라 말하는 누나의 모습을 본 것은 처음이기 때문이었다.

"……그래, 용건이 뭡니까. 설마 귀환의 인사차 찾아오시지는 않았을 테죠. 아니면 우리 쪽에 가담하겠다는 말이라도 하시렵니까?"

"후후, 내가 할 말은 간단해. 로이에, 그란블 일가의 사람들을 살리고 싶다면 우리 내통자가 되어줘야겠어."

"그게 웬 얼토당토않은 소립니까. 나는 남코임브라의 장군입니다. 농담도 좀 가려 가면서 하십시오. 당장에 베어 죽이지 않은 이유가 오직 누님에게 자비를 베풀었기 때문임은 아는 겁니까?"

로이에가 일축하려고 하자 리그렛이 사람 깔보는 시선으로 쳐다본다. 그리움마저 느껴지는 모멸의 시선이다. 악감정을 드러내는 분야에 있어 리그렛보다 뛰어나다 자부할 만한 사람은 아마도 없지 않을까.

"나를 제대로 웃겨주는구나? 장군은 무슨, 허울뿐이면서. 실권은 윌름이 전부 틀어잡고 있잖니? 그러니까 너는 이만한 병사밖에 지휘를 못 하는 거야. 코임브라의 군대를 통괄해야 마땅한 장군 주제에 말이야. 정말 한심하다니까."

"……."

리그렛의 말이 옳았다. 로이에는 장군이 되었음에도 만 단위의 병력을 지휘했던 경험이 없다. 기껏해야 3천 정도. 군사도 내정도 아버지가 맡아 처리하기에 로이에는 지시받은 사항을 단지 실행할 뿐. 이 같은 상황을 타파하기 위해서 페리우스와 상의하여 의견을 제시한 적도 있었다. 물론 받아들여지는 경우는 거의 없었다.

"네 배반밖에 그란블 가문을 살릴 방법이 없어. 물론 윌름은 목이 달아나겠지만."

"어떤 망언을 하든 소용없어. 아버님을 배신하라니 가당키나 한가. 그러한 짓은 절대로 하지 않는다!!"

"이대로 가면 그 작자에게 연좌돼서 전원이 처형당할 텐데? 당연히 항복하든 말든 전부 다. 바깥에 만든 처형대에서 성대하게 태워 죽여줄게. 너희를 증오하는 사람들은 목 놓아 기뻐할 거야. 혹시 알아? 그란블 가문의 인간들이 얼마나 원망을 사고 있는지. 그 원성의 목소리를 들으면 분명 발광하지 않으려나."

리그렛이 마치 노래 부르듯 조롱한다.

"누님도 그란블 가문의 일원이잖나!"

"어머, 먼저 쫓아내 놓고 왜 제멋대로 한 식구 취급이람? 나는 그란블이라는 가문을 벌써 예전에 내다 버렸어. 이제는 필요 없다고, 이따위 이름. 배반자의 상징이잖아."

그 말에 로이에는 차마 입을 열지 못했다. 더 이상 그란블이라는 이름에는 가치 따위 없노라고, 리그렛이 몹시 아무렇지도 않게 내뱉었기에. 저 말은 귀족의 지위를 버린다 함과 마찬가지. 옛날의 누나를 떠올리면 상상도 못 하는 발언이다. 제아무리 아버지에게 심히 질책당한들 집에서 나갈 엄두조차 못 냈었다. 그만큼 귀족의 지위는 무겁다.

"본심을 말하자면 네가 거절해주기를 바라고 있단다. 그럼 버러지들을 싹 다 죽여버릴 수 있잖니? 처형 지휘는 물론 내가 맡을 거야. 누구 한 명도 쉽게 죽겠다는 바람은 버리려무나? 나를 깔봤던 그란블의 핏줄을 전부 기억하거든. 절대 한 사람도 놓치지 않아. 남녀노소, 갓난아기까지 죄다 몰살이야."

리그렛이 광기에 흠뻑 젖은 미소를 짓는다. 아마도 진심이리라. 아니, 이 여자는 틀림없이 한다. 로이에가 거절하기를 바란다는 갈망이 바짝바짝 전해진다. 그럼에도 굳이 이렇듯 제안을 하러 온 이유는 원망이 골수까지 스며든 자신과 윌름에게 굴욕과 수치를 안겨주기 위해서였다. 물론 로이에가 받아들이면 전공도 세울 수 있다.

차라리 이 자리에서 베어 죽일까 하는 충동도 솟았다만, 그리한들 결국 그란블 가문을 멸문으로 몰아넣는 우행이기도 했다. 어쨌든 간에 리그렛의 바람은 달성된다.

"내가, 이 자리에서 누님을 구속할 수 있다는 생각은 안 하는 겁니까? 내가 마음만 먹는다면 누님은 죽은 목숨입니다."

"진짜 바보구나. 목숨이 아깝다면 이런 곳에 왔겠니? 나를 죽이면 악귀가 반드시 복수하러 올 거야. 아무렴, 틀림없지. 내가 죽어도 너희를 길동무로 데려갈 수 있다면 아무 여한도 없는걸. 얼마나 많은 피가 흐를까 참 기대되는구나."

리그렛이 몸을 부들거리면서 유쾌하게 웃음 짓는다. 유열과 광기가 한데 뒤섞인 눈빛으로. 지금 발언에 한 점 거짓이 없음을 로이에는 깨닫고 말았다. 이 자리에서 리그렛을 살해하면 악귀의 마수가 뻗쳐 무시무시한 재액이 들이닥치리라.

"……우리가 항복하고 이 항구를 비워주면 되나? 그리한다면, 진실로, 일가친척의 목숨은 살려주는 건가?"

"고작 그 정도 갖고는 한참 모자란데? 정 살고 싶다면야 분노에 불타는 백성들을 설득할 만한 활약을 펼쳐줘야지. 그게 아니면 도저히 용서받지 못할걸. 왜냐하면 너는 가증스러운 윌름의 귀한 아드님이잖니?"

"……누님. 나더러 대체 무엇을 하란 말씀입니까."

"똑똑히 들으렴, 나의 귀여운 동생아. 마들레스 본성에 들어가서 태수 윌름을 구속한 뒤 무혈입성의 여건을 만들어 놔. 이게 조건이란다. 이쪽에 화살 한 대라도 날아온다면 약속은 휴지 조각이야. 카르나스 성채의 악몽을 여기에서 재현해줄게."

미소를 완전히 지운 뒤 얼굴을 바짝 들이밀고 협박한다. 그 박력 앞에서 저절로 전율이 감돌았음에도 로이에는 즉각 거절했다.

"마, 말도 안 되는 소리! 그따위 비열한 짓을, 나는 절대로 불가능하다!"

"가능할걸. 너는 배반자의 아들이잖아. 쉬워, 쉽다고. 정 못 하겠다면 버러지 놈들 싹 잡아서 죽여야겠지. 기한은 지금부터 내일 정오까지. 그때까지는 동생을 아끼는 이 누님이 본성으로 가는 길을 열어줄게. 내 관대한 조치에 감사하려무나."

"……부, 불가능하다! 장군의 지위에 있는 나더러, 항복할 뿐 아니라 아버지를 구속해서 갖다 바치라니!! 그따위 불충한 짓을 어떻게 감히 저지르란 말인가!"

격렬하게 고개를 가로저어도 리그렛은 도피를 허락하지 않는다. 로이에의 머리카락을 난폭하게 붙들어 잡은 뒤 위쪽에서 비틀린 미소를 짓고 말했다.

"열심히 고민해봐, 로이에. 내일 오후에는 총공격이 시작될 거야. 악귀는 자비를 모른단다. 성에 있는 사람은 전원 다 척살. 감히 악귀의 비위를 상하게 만들었으니까 어쩌면 거주 지역까지 싹 불살라 버리지 않을까? 그런 재난을 네가 조금만 노력하면 피할 수 있어. 틀림없이 너는 영웅이 될 거야. 아아, 정말이지 기특하구나. 자랑스러운 동생을 둔 나도 콧대가 높아지는 기분이야."

빠른 말투로 떠들어 대는 리그렛. 뻔한 조롱의 말이 로이에에게 꽂혀 들었다.

"누, 누님!"

"뭐, 나는 어느 쪽이든 상관없어. 시간은 좀 짧지만 열심히 고민하렴. 그게 어른이 되는 첫걸음이잖니?"

리그렛은 자기가 할 말은 전부 전했노라고 로이에를 놓아준 뒤 발길을 돌려 천막 바깥으로 나가려고 했다.

"……누님. 기분이 몹시 좋으시겠습니다. 당신을 내려다봤던 우리에게 이제야 앙갚음을 할 수 있을 테니까!"

"맞아! 정말로, 정말이지 살아 있기를 잘했어! 지금 나는 최고로 행복하단다!!"

서슬 퍼렇게 돌아본 뒤 리그렛은 진심으로 행복하다는 듯이, 그리고 만면에 미소를 띠고 대답했다.

다음 날 아침. 마들레스 본성이 어떤 전조도 없이 개문했다.

백기를 걸어 올리고 무장을 해제한 병사들이 문 바깥에 나와서 선다. 마들레스 본성의 천칭 깃발은 끌려 내려갔고, 적륜군의 깃발과 두 철퇴의 깃발이 내걸렸다. 무기를 버리고 항복하겠다는 증거였다.

곤혹스러워하는 적륜군의 병력을 밀어 헤치고 리그렛이 노엘을 동반하여 입성했다. 자랑스럽게, 가슴을 펴고. 리그렛의 복수가 달성된 순간이기도 했다. 흰개미당이 나팔과 징을 성대하게 울렸을 때 그제야 병사들도 승리를 인식할 수 있었다.

공성 개시 후 불과 이틀—.

남코임브라의 주도 마들레스는 함락. 태수 윌름은 구속되었다. 윌름의 악정에서 해방되었다는 데 기뻐하며 마들레스의 주민들은 적륜군의 승리를 축복하고자 떠들썩하게 소리 높였다.

노엘은 시시하다는 눈빛으로 그 광경을 바라본 뒤에 마들레스의 성내로 들어갔다.

마들레스 점령 후 사흘이 지나서 엘가와 휘하 적륜군이 유유히 입성했다. 수많은 백성과 코임브라의 병사들은 환호로 맞이했다.

윌름의 악정과 비교하면 차라리 그롤이 더욱 살 만했다는 짙은 향수였으리라. 그롤의 아들이라면 자신들에게 무도한 짓은 저지르지 않을 테니까. 따라서 백성들은 대열을 지어 남녀노소가 만세를 부르짖으며 환영했다.

엘가는 먹먹한 마음을 애써 달래며 손을 흔들어서 대답해줬다.

"……이루반. 지금 내가 어떤 생각을 하는지 알 수 있겠나?"

"족히 짐작됩니다. 저희들 또한 대륙에서 쫓겨난 신세였습니다. 인심이란 쉽게 변하는지라."

"저 후안무치들은 박수와 환성으로 아버지의 죽음을 축복했었다. 나는 그 광경을 결코 잊지 않는다. 저들의 머릿속에는 전혀 남아 있지 않는 듯하지만."

엘가가 얼굴을 일그러뜨렸다.

"그 쓰디쓴 심중에 뼈저리도록 동감하는 바입니다. 그러나 저들도 역시 하루하루를 살아가기 위해 필사적입니다. 어느 대륙에서든 다를 바 없는 현실이지요. 충동에 휩쓸리는 행동만큼은 부디 자중하십시오."

"……그래, 알다마다. 더는 두 번 다시 말하지 않겠다. 단지 푸념이었다."

엘가는 지쳐서 한숨 쉬었다가 곧 억지 미소를 지어 보였다.

그리고 알현장. 엘가가 옥좌에 앉았고 좌우 옆쪽에는 이루반과 노엘이 시립했다. 좌측에 줄지어 선 인원은 적륜군의 인물들, 신시아, 리그렛, 낫지 등등이다.

우측 대열에는 엘가를 섬기기로 결정한 무관 및 문관들이 줄지어 섰다. 항복한 인원 중에는 로이에와 페리우스 등등이 있다. 그 밖에도 엘가에게 애수를 불러일으키는 여러 얼굴들이 한 곳에 모였다. 그들이 어떤 심정으로 이곳에 서 있는지는 알 길이 없다.

신시아, 리그렛을 제외하면 남북 출신자가 좌우에서 대치하고 있는 형태였다. 아니나 다를까, 적의 섞인 시선이 오가고 있다.

'지난 3년 동안 남북의 골은 더욱 깊어지고 말았지. 어떻게든 융화 방안을 찾아 화해를 주선해야 할 텐데. 아버님께서도 제법 고생을 겪으셨더랬지.'

망부 그롤의 고뇌를 떠올리며 엘가는 눈앞에 무릎꿇림을 당한 배반자를 내려다봤다.

밧줄에 묶여 엄중하게 구속되어 있는 인물, 창을 든 병사가 꼼짝 못하도록 짓눌러 놓은 전대 태수 윌름 그란블. 이를 갈면서 엘가, 그리고 로이에와 리그렛을 쏘아 죽일 듯 매서운 안광으로 노려본다.

이 상황에 처하고도 반항할 만한 기력이 아직 남아 있는가 보다.

"오랜만이다, 윌름. 무탈히 지낸 듯 보이니 참 다행스럽군."

"엘가! 네놈, 자비를 베풀어 살려주었거늘 은혜를 원수로 갚을 셈인가!"

"네 녀석에게 은혜를 받은 기억은 티끌만큼도 없군."

"닥쳐라! 네놈들은 이제 제국을 거역한 역적의 군대가 되었다!"

"기막혀라. 배반자 나부랭이가 무슨 염치로 지껄이는 거람. 얼굴 가죽 두껍기로는 천하무쌍이야. 서글퍼라, 실력은 왜 따라주질 않았을까. 뭐해, 패배자답게 무릎이나 꿇어."

리그렛이 앞에 나서서 윌름의 등을 강렬하게 걷어찼다. 신음 소리를 내지르며 윌름이 앞쪽으로 나자빠진다. 얼굴을 세게 부딪히는 바람에 입에서 피가 흘러나왔다.

"큭! 리, 리그렛!!"

"있잖아, 패군의 수장이 된 기분은 어때?"

"닥쳐라! 헌병의 임무를 방기하는 것도 모자라 아버지를 버리고 악귀에게 혼을 팔아넘기다니! 그 죄는 만 번 죽어 마땅하다!!"

"우후후, 너를 몰락시키기 위해서라면 무엇이든 전부 다 팔아넘길 수 있어. 이제 마지막이니까 더 발악해보시지? 발악하면 발악할수록 너의 최후는 더더욱 꼴사납게 역사에 기록될 거야."

"네, 네년이 어찌 감히!"

"그건 그렇고, 고작 이틀 만에 마들레스를 함락당할 줄이야. 견고하기로 유명한 마들레스가 고작 이틀에! 전대미문, 경천동지의 사건 아니야? 그야말로 무능의 증명이네."

"다, 닥쳐, 닥쳐라!! 배반자만 아니었다면 이리될 리 없었다!"

"자기 주변도 살필 줄 몰랐다는 가장 큰 증거잖아. 그래 가지고 잘도 장군이며 태수 자리를 해먹었네. 윌름이라는 이름은 어리석고 무능한 장수의 상징이 돼서 영원불멸히 남게 될 거야. 아아, 『한때』나마 딸이었다는 게 죽도록 부끄러워라. 저기, 조금이라도 부끄러운 줄을 안다면 지금 당장 혀 깨물고 자결해줄래? 어서, 빨리 죽으라고."

리그렛이 쉴 새 없이 다그치며 욕설을 쏟아붓는다. 윌름은 혈관이 터질 기세로 격한 분노를 표출했다.

"네, 네년이! 얼마나 더 나를 우롱할 작정인가!!"

"그래그래, 그거야. 내가 보고 싶었던 게 이런 꼴사나운 얼굴이야! 아아, 너무 행복해서 덜커덕 죽어버릴 것 같아!"

리그렛이 입가를 부여잡은 채 복받치는 웃음을 애써 견디고 있다. 그렇게 잠시 동안 몸을 떨다가 다시 노엘을 보면서 돌아섰다.

"우후후, 행복도 정도가 지나치면 몸에 독이 되나 봐. 어때요, 노엘 대장은 알고 계셨나요?"

"나는 몰랐는데. 저기, 음, 어쩐지 다들 질겁하는 분위기니까 그 표정은 좀 단속하는 게 좋지 않을까?"

"우후후후! 그런 게 도대체 무슨 상관이라고. 저기요, 좀 봐요. 이 버러지의 울분 가득한 낯짝! 정말 못 견디겠어. 기념 삼아서 그림으로 남겨 놓고 싶어라! 누가 시가지에 나가서 화가를 불러주면 안 될까? 맞아, 이게 마지막이니까 너도 뭐라고 말 좀 해주렴."

노엘이 애써 타일러도 리그렛의 과하게 거침없는 입은 멈추지 않았다. 억지로 앞에 끌려 나오게 된 로이에는 얼굴을 돌린 채 입을 한일자로 꾹 다물고 있다.

"……아, 아버님."

"로이에, 어째서 이따위 애송이에게 꼬리를 흔들었나! 자신이 무슨 짓을 저질렀는가 알기는 아는 것이냐?!"

"……저는."

"너를 기다리는 것도 나와 똑같은 파멸이란 말이다! 어째서 거기까지 생각이 못 미치는 게냐!"

격앙하는 윌름에게 로이에는 간신히 시선을 맞췄다.

"……전부 감수한 바입니다. 그럼에도 고향을 위해서 저는 최선의 선택을 하고 싶었습니다. 결국 제 자신이 파멸할지라도. 그것이 제가 할 수 있는 유일한 속죄입니다."

"이런 천치를 보았나! 이제 와서 이것들에게 굴하면 쓸데없이 전화가 번져 나가게 됨을 어째서 모른단 말인가! 이런다고 전쟁이 끝난다는 망상이라도 하는 것이냐!!"

"……코임브라를 이 상황으로 이끈 사람은 당신입니다, 아버님. 전대 태수 그롤 님께서는 적어도 백성들의 안위를 염려할 줄 아는 분이셨습니다. 당신은 욕망에 빠져 주변을 전혀 돌아보지 못했죠. 우리의 말에 일절 귀를 기울이지 않은 채 무모한 원정에 정신이 나가 맞이한 결과가 이 참상입니다."

"나는 사욕에 사로잡혔던 게 절대 아니다! 원정은 머지않아 궤도에 올라 반드시 우리에게 부를 가져다줄 것이다!"

"저는 동의할 수 없습니다."

"애당초 제국이…… 아밀 폐하께서 이대로 잠자코 지켜보실 것 같은가? 당장에라도 대규모 토벌군이 들이닥치겠지. 너희가 한 짓은 결국 전화를 불러들일 뿐이다! 구제 불능의 어리석은 놈들!"

격하게 열을 올리며 역설하는 월름. 엘가가 손을 들어서 신호하자 창병이 월름의 몸을 또다시 짓눌렀다.

"작작 떠들고 말조심해라. 너는 패배자이니까."

"큭!"

치욕으로 얼굴을 붉힌 월름에게 엘가는 선고했다.

"월름, 네놈의 죄는 도저히 용서할 수 없다. 아밀의 어리석은 계획에 동조하여 백성들이 차마 감당하기 버거울 만큼 무거운 세금과 노역을 부과한 죄. 군비 증강에 몰두할 뿐 역병과 기아가 만연함에도 방치함으로써 위정자의 의무를 다하지 않은 죄. 이렇듯 맞이하게 된 결과는 모두 자업자득이다. 이제라도 깨끗하게 죄를 인정하도록 하라."

"애송이 놈! 네 녀석의 목적이란 그롤의 복수가 전부 아닌가! 그딴 정신으로 주를 다스릴 수 있을 것 같은가!"

"네 녀석에게 훈계를 들을 만큼 망종은 아니라네. 아버님, 그리고 백성들의 기대를 배반한 끝에 쭉 훔쳐 앉아왔던 태수의 의자는 많이 편안했던가?"

"……나는 태수가 되고자 하여 배반했던 게 아니다! 배, 백성을 위해."

"어리석은 가디스는 네 녀석에게 속아 넘어간 격이었지. 따라서 놈은 목숨만큼은 부지할 수 있도록 용서해줬다. 살아서 백성들의 원망을 한 몸에 짊어져야 하는 중대한 임무가 남아 있으니까. 그러나 네 녀석은 죽어줘야겠어. 온몸의 피를 다 쏟아 백성들의 분노를 가라앉힘으로써 통일 코임브라의 주춧돌이 되어라."

북부는 가난하기에 부흥을 이룰 때까지 제법 긴 시간이 걸린다. 그때까지는 백성들이 불만을 쏟을 제물이 필요했다. 가디스는 골수까지 코임브라를 위해 헌신하게 될 터이다.

그러나 월름은 죽인다. 기필코 죽인다. 이 남자를 살려 놓아서는 반란이 종결을 맞이하지 못한다.

월름이 피를 쏟아야만 남북 코임브라는 통합될 수 있고 적륜군의 난 또한 종료된다. 무엇보다도 심복의 위치에 있었으면서도 아버지를 배반했던 이 남자를 살려 놓을 리 없었다. 기필코 죽인다.

"자, 잠깐! 아니, 잠시만 기다려주시오! 내게는 만 단위 병사를 지휘했던 경험도 있소. 곧 도래할 제국과의 전쟁에서도 반드시 도움이 될 테지. 나를 죽이면 당신의 반란은 아버지의 복수였다고 간주될 뿐 대의를 얻지 못할 것이오!"

정중하게 바뀐 말투로 느닷없이 목숨을 구걸하는 월름. 어찌해서든 살아남고자 하는 의도가 뻔히 들여다보였다.

그 딱한 광경을 보고 주위의 병사, 가신들이 씁쓸하게 웃는다. 이것이 일찍이 코임브라의 장군, 아울러 태수까지 올라섰던 남자의 말로인가.

"그래서 뭐가 어쨌다는 말인가. 네 녀석의 헛소리며 목숨 구걸 따위는 듣고 싶지도 않다."

"나 역시 가디스와 마찬가지로 살려서 부려주시오! 나 또한 코임브라의 안위를 염려하여 한 행동이었소! 다만, 불행히도 길이 갈라졌을 뿐. 모쪼록, 냉철하게 헤아려주시오. 나 하나야 언제든 죽일 수 있지 않소이까!"

"그러니까 당장 죽이겠다고 말해주지 않았나. 어떤 문제가 있단 말인가?"

"도, 도련님!"

"닥쳐라, 비열한 놈! 훔친 자리일지언정 태수의 지위에 올랐던 자이거늘 차마 볼 수가 없구나! 3년 전 그날, 내 아버님께서는 떳떳하게 죽음을 받아들이셨다. 네 녀석도 조금이나마 본받으란 말이다! 이 죄인을 당장 형장으로 끌고 가도록!!"

엘가가 호령하자 창병이 억지로 일으켜 세웠다. 더는 낯짝을 보고 싶지 않을뿐더러 목소리도 듣고 싶지 않았다. 본심을 말하자면 일족 전원을 몰살하고 싶었다.

그러나 그렇게 하면 리그렛까지 연좌를 면치 못한다. 따라서 윌름 한 사람만 처벌한다. 이것이 복수가 아님을 증거하기 위하여.

"자, 잠깐! 제발 기다려주시오! 나는 리벨덤의 태수와도 친분을 맺어 두었소. 살려 놓을 가치는 충분할 터! 도련님, 지금은 코임브라를 위해서 나를 활용하십시오. 나를 살리면 통치는 더욱 원활해질 것이오! 원한은 아무것도 낳지 못하는 법. 아무렴, 관용이야말로 태수에게 필요한 능력 아니외까! 사람을 살릴 줄 모른다면 코임브라의 부흥은 결코……."

몸부림치며 아득바득 저항하는 윌름에게 노엘이 다가가서 말을 건넸다.

"애고, 이제는 좀 포기하자. 아마도 여기 마들레스에 네 편은 한 명도 없을 테니까. 살다 보면 포기하는 것도 중요하더라."

"다, 닥쳐라, 악귀! 도련님, 나는 코임브라를 위해서 활약하고 싶소! 태양신께 맹세코 다짐할 수 있소! 사욕에 휩싸여서 그롤 님을 배반했던 게 아니란 말요! 에잇, 놓아라! 나는, 오명을 뒤집어쓴 채 죽을 수는 없단 말이다!"

"이렇게까지 못 봐줄 지경이면 오히려 후련해지는구나. 살짝은 재밌기도 하고."

노엘이 아무에게도 들리지 않게 농담을 늘어놓았다.

사실을 말하자면 로이에와 함께 리그렛의 부하로 넣어주면 재미있지 않을까, 불쑥 엉뚱한 생각도 떠올랐었는데 금방 지워 없앴다.

잘 맞아떨어질 리가 없었다. 오히려 주변에 불행만 불러올 테지. 윌름은 지금 확실하게 죽이는 게 맞다.

"놓아라, 어리석은 놈들! 나는 태수란 말이다! 이따위 짓을 하고 나중에 어떻게 될지 모르는 게냐! 내게서 손 떼라!"

윌름은 마지막까지 시끄럽게 저항하다가 창병에게 몇 차례 구타당한 뒤 제압되어 바깥으로 강제 연행당했다.

엘가와 다른 사람들도 뒤를 따른다.

처형은 그롤과 마찬가지로 마들레스의 대광장에서 집행된다. 백성들에게 윌름을 처형한다 공고한 터라 예전과 마찬가지로 수많은 사람들이 구경차 몰려들었다. 목이 단두대에 고정된 윌름에게 백성들이 돌을 집어 던지며 끊임없이 욕설을 퍼붓는다. 아무것도 바뀌지 않은 광경이었기에 엘가는 하마터면 절망할 뻔했다.

집행인은 노엘이다.

역시 철퇴로 머리를 부수는 것은 지나치게 야만스럽다는 이유를 들어 엘가는 애용하는 검을 넘겨줬다. 장검은 아직 익숙하지 않은 듯 몇 번인가 허공에 휘둘러 대며 감촉을 확인하고 있다. 그 모습을 본 백성들이 붉은 머리의 악귀라면서 술렁거리다가 환성을 내질렀다. 적으로 두면 무시무시해도 아군이라면 이보다 더 마음 든든할 수가 없으리라.

엘가는 마지막 말을 윌름에게 건네기 위해 단두대로 다가갔다.

"다른 그란블 가문의 일원은 거역하지 않는 한 처벌하지 않는다. 안심하고 죽어라."

"……설마, 그롤과 같은 말로를 밟는 처지가 될 줄이야. 큭큭, 내가, 어디에서 잘못을 저질렀는가. 혹여 그롤 님을 배반했던 게 애당초 잘못이었단 말인가? 아밀 님에게 운명을 맡기자는 판단이 잘못이었다고?"

"……."

엘가는 말없이 죄인을 단지 내려다봤다.

"눈부신 영광이 나를 기다리고 있었을 텐데. 분명 태양의 광채가 보였었다. 그런데 어찌 이리되었단 말인가?"

"글쎄, 어째서일까. 그냥 운이 나빴던 탓일지도 몰라. 세상은 원래 그런 법이니까 어쩔 수 없어."

상단 자세로 검을 들어 올리고 노엘이 말하자 이제야 체념한 듯 윌름은 씁쓸하게 웃음 지었다.

"……운이라. 역시 너는 적대하지 말고 포섭하는 게 옳았던 게야.

설마 이렇게까지 나를 방해할 줄이야. 정말이지 마지막까지 눈에 거슬리는 계집이로구나."

"아하하, 맨 처음부터 나를 막 싫어했었지? 대화도 전혀 안 나눠 보고 너무했어."

"불길한 예감이 들어서였다. 네가 나를 파멸로 몰아넣는다는 예감이 들었지. 그러니까 서둘러 실각시켜서 죽이고 싶었다."

"그렇구나. 실은 말이야, 나도 줄곧 네 머리를 깨부숴주고 싶었어. 맨날 날 방해하고 험담만 늘어놓고. 후딱 죽여 버리면 일이 더 잘 풀릴 것 같았거든."

"큭큭, 하하하! 서로 간에 똑같은 생각을 품고 있었다는 말인가. 그리고 최후의 승자는 바로 너다."

그렇게 말한 뒤 윌름이 두 눈을 감았다.

"노엘, 이제는 되었을 테지."

"그러게. 이제 죽일게."

"……도련님. 이러한 말씀을 올릴 입장은 감히 못 되오나, 아무쪼록 코임브라를……."

"노엘, 쳐라!"

엘가가 명령하는 동시에 노엘의 검이 윌름의 목을 절단했다. 피가 튀어 오르더니 앞쪽에 놓아둔 통 속으로 털썩 굴러떨어진다. 주군을 배반하고 태수의 자리를 거머쥐었던 남자의 초라한 최후였다.

『매국노가 죽었다!』

『엘가 님 만세!』

『그롤 님 만세!』

『우리의 코임브라 만세, 만세!!』

공허한 환성이 엘가의 귀에 들어온다. 실로 불쾌하지만 태도에 드러내서는 안 된다. 백성들은 새로이 맞이하게 된 지도자를 기대하고 있다. 결코 감정을 노출시켜서는 안 된다.

'……복수는, 이제 끝났다. 가디스는 굴복을 받아 내었고 윌름은 죽였다. 배반자는 이제 없어.'

엘가는 상상과 달리 기뻐지지 않음을 깨달았다. 뭐랄까, 온갖 감회에 가슴이 벅차오를 줄 상상했건마는 전혀 아니었다. 관중들은 무너진 둑처럼 소리 높여서 격한 기쁨을 표출하고 있다. 그 기세가 거세짐에 따라 엘가는 더욱 암담한 심정에 휩싸였다.

노엘에게 눈길을 돌렸더니 검을 휘둘러 끈적이는 피를 떨치고 있었다.

"이제 아버님께서는 기뻐해주실까? 어머님께서는 편안하게 잠들어주실까? ……정말로, 잘 마무리를 지은 것일까?"

"이 사람만큼은 안 죽이면 다들 납득하지 못했을 거야. 만약 살려 놓았다면 틀림없이 못된 짓을 저질렀을 테고. 내 보물을 전부 걸 수도 있어."

노엘이 내밀어 건네주는 검을 받아 들고 그대로 검집에 집어넣었다.

"……그래, 맞는 말이다. 네 말이 옳아."

"게다가 말야, 아직 할 일이 잔뜩이잖아. 이제부터 더 열심히 나아가야 돼."

노엘이 등을 톡 두드려준다. 엘가는 고개를 끄덕거리고 성을 향하여 걸음을 옮겨 놓았다.

도중에 로이에, 리그렛과 엇갈렸다. 로이에는 하늘을 올려다보며 감정을 눌러 죽이고 있다. 그와 대조적으로 리그렛은 눈물을 흘리면서 행복하게 웃고 있었다.

윌름의 처형을 지켜본 뒤 다시 회의실로 모인 사람들. 해야 할 일은 무척 많았다. 그런데 무엇부터 손을 대어야 할까.

"코임브라의 영주들은 동향이 어떠한가? 불온한 움직임은 없나?"

"공공연하게 반항의 낌새를 보이는 자는 없습니다. 지위를 보장해주면 군이 저항은 않을 테지요. 영지를 갖고 있는 윌름의 일가도 역시 당분간은 눈감아주는 게 좋을 듯싶습니다. 체재가 갖추어지는 대로 경질하십시다."

"좋다, 조정에 대해서는 이루반에게 맡기겠네. 페리우스와 상담한 다음 적절히 처우하게. 불만을 늘어놓는 자가 있거든 윌름과 같은 말로를 밟게 되리라 겁주도록 하고."

"분부대로."

코임브라 점령의 소식은 곧 대륙 전체에 퍼져 나갈 것이다. 추후의 향방을 알 수가 없는 까닭에 태도를 보류하는 자는 많을 터이나 저항하면 군대가 출동하게 된다. 제국에 대한 충성을 보여 과감하게 싸우려는 귀족은 거의 없으리라. 영지를 보전해주면 일단은 얌전하게 있을 것이다.

"엘가 님, 적륜군의 목적은 이제 달성되었다고 볼 수 있겠습니다. 고향으로 돌아갈 자는 돌려보내서 일손을 늘리는 것이 우선 과제가 아닐는지요. 그런 다음에 군을 재편하십시다."

"북부에는 대관을 두어 내정에 전념시키는 것이 좋겠습니다. 가능하면 북부의 사정에 해박한 인물이 옳겠지요."

이루반에 이어서 투항했던 페리우스가 의견을 제시했다. 엘가는 남코임브라의 무관, 문관을 곧장 등용하기로 결정했다. 숙청 따위로 쓸데없이 갈등을 벌일 시간도 여유도 없다. 쓸 만한 인재는 닳아 떨어지도록 부려 먹어야 한다. 그렇게 하지 않으면 코임브라를 파멸에서 구하겠다는 뜻은 결단코 이룰 수 없다. 상황이 안정되는 대로 다시금 인재를 모아들일 계획이었다.

"좋다, 방위에 필요한 인원을 남기고 민병들은 고향으로 돌려보낸다. 적륜군은 해산을 맞이할 터이나 그들의 혼은 깃발의 문장으로 영원히 남기도록 한다. 이루반, 귀환병들에게 가능한 한 넉넉하게 보수를 건네어 당분간은 생활할 수 있도록 조치해주게."

통일 코임브라의 문장은 코임브라의 천칭에 적륜을 덧대어 넣은 모양이다. 악정을 일삼았던 폭군이 토벌되었다는 상징으로 삼겠다는 뜻이다.

"분부대로."

"도련님, 아니, 엘가 님. 한 가지 여쭙고 싶습니다. 어째서 그리 다액의 자금을 적륜군이 보유하고 있는 겁니까? 북부는 가난한 땅입니다. 그러한 수입을 얻을 방도가 없을 텐데요. 대체 무엇을 어찌 하셨기에?"

"조만간 자네에게도 알려줄 걸세. 그러나 아직은 말할 때가 아니군. 눈앞에 백성을 구할 돈이 있다, 지금은 이 한마디면 충분하지 않겠나?"

확답을 피한 엘가에게 의문을 품으면서도 페리우스는 물러났다. 확실히 지금은 달리 도리가 없는 상황이니까.

"알겠습니다, 그러나 정세가 안정되는 대로 반드시 가르쳐주십시오. 코임브라의 부흥이야말로 저희의 사명. 그롤 님께서도 같은 바람을 가지고 계실 겁니다."

"……그래, 알다마다."

엘가는 애매하게 답할 수밖에 없었다. 실태를 알면 페리우스는 틀림없이 격앙한다. 엘가가 적대 관계에 있는 주에 과오초를 퍼뜨려서 얻은 이익이니까. 사실상 다른 주의 백성들을 불행에 빠뜨려서 얻은 돈이었다. 청렴한 페리우스의 이해를 구하자면 시간이 더 필요하다.

게다가 지금은 과오초를 버릴 여유가 없다. 이미 귀중한 수입원으로 자리매김되고 말았다. 과오초의 재배로 이익을 얻고 있는 농민들 또한 수긍할 리 없었다. 이루반의 말이 머릿속에 스쳤다.

『과오초는 금기의 식물. 사용한 자와 만들어 내는 자에게 평안과 고뇌를 가져다줍니다. 마지막에 기다리는 것은 아마도 지옥이겠지요. 그런 각오를 진정 가지고 계십니까?』

이루반과 이루 교도는 씨앗과 재배 방법을 전수했을 뿐 실제 재배에는 일절 관여하려고 들지 않았다. 손댄 자가 어찌 되는가 뼈에 사무치도록 잘 아는 눈치였다. 사용하는 자뿐 아니라 재배하는 자에게도 해가 들이닥침을 분명히 알고 있었다.

실제로 엘가는 과오초를 포기할 수 없었다. 어찌 본다면 말기 과오초 중독자와 같은 신세가 아닌가?

'……언젠가는, 필히 처분해야겠지. 그러나 지금은 아직 안 된다. 자금도 없이 부흥을 이룩하기란 불가능하겠지.'

엘가는 일순간이나마 스치고 가는 파멸의 광경을 떨쳐 내고자 다음 지시를 내렸다.

"북부의 대관은 낫지, 자네에게 맡기도록 하지. 보좌로 익숙한 사람을 붙여줄 테니 전력을 다하여 임하도록!"

"엑. 제, 제가 말입니까?!"

"그렇다. 문관들의 말을 잘 듣고 백성들을 위해 최대한 힘을 써주면 된다. 자네라면 북부의 백성들도 뭔가 바뀌리라고 믿어줄 테지. 물론 가능한 한 지원도 이루어질 것이다."

잠시 얼떨떨한 모습을 보이다가 엘가가 진심임을 깨달은 낫지는 이제껏 보인 적 없는 진지한 표정으로 고개를 끄덕거렸다. 고난의 길일 터이나 낫지라면 끝까지 완수할 수 있을 것이다.

사실은 이를테면 페리우스가 적임일 테지만 남부 출신인 까닭에 강한 반발이 예상됐다. 그렇다고 가디스의 휘하에 있던 무관에게 맡길 순 없는 노릇이었다.

"코임브라 남부는 세율을 낮춘 뒤 곤궁에 처한 자들에게 구휼을 베풀면 현 상황의 불만은 억제할 수 있을 겁니다. 무리한 징병이 없음을 알게 된다면 굳이 반란을 일으킬 이유도 없겠지요."

"좋다. 그 부분은 페리우스, 자네가 담당하게. 남부의 상황은 자네가 가장 잘 알고 있을 테니까. 마음껏 재량을 발휘해도 무방하네."

"분부대로 따르겠습니다."

"……그나저나 엘가 님. 주도를 두 곳 함락한 이상 남북 코임브라의 통일은 이루어졌다고 말할 수 있겠습니다. 그러면 추후 엘가 님께서는 어떠한 입장에 서서 백성과 병사를 이끌고 나갈 계획이십니까?"

엘가의 추후 지위에 대해 이루반은 묻고 있었다.

지금까지는 적륜군 총대장을 자처했으나 앞으로도 그럴 순 없는 노릇이다. 왕으로 군림할 것인가, 혹은 새로운 체재를 만들 것인가.

"당분간은 통일 코임브라의 대표 자격으로 통치를 수행한다. 추후 방침은 우리를 지원해준 겐부 공 등등과 상담해서 결정해야 한다. 아마도 반기를 든 지역들끼리 공동으로 제국과 대립하자는 방침이 정해질 테지. 그런 까닭에 그들도 독립은 선언했으나 왕국의 수립 따위는 아직껏 선언하지 않은 셈이다."

물론 제국의 산하에서 머물러 있을 마음은 결코 없었다. 이미 바르데카 가문의 일원이라는 의식은 털끝만큼도 갖고 있지 않았다. 그러나 국왕이 되고 싶다는 의지도 없다.

결기 이전에 겐부의 사절에게서 어느 정도 복안을 들어 두기는 했다. 어찌하든 간에 코임브라 탈환을 제대로 성공하지 못할 경우는 전부 헛짓이었다. 훗날의 방침까지 자세하게 협의할 만한 여유는 이쪽에도 없었다. 이렇게까지 빨리 사태가 끝날 줄은 예상하지 못했던 까닭도 있다. 주도권은 분명 겐부에 빼앗길 터이나 그럼에도 어쩔 수 없다는 것이 엘가의 생각이다.

"말씀은 숙지했습니다. 그러면 겐부의 시덴 님에게 사절을 파견하여 코임브라의 탈환, 아울러 통일이 이루어졌음을 보고하도록 하시지요. 아마도 그들의 전쟁도 고비를 맞이했을 무렵입니다."

겐부는 롱스톰 주 탈환을 위해 무시무시한 맹공을 펼치고 있다는 보고가 들어왔다. 고립무원의 롱스톰은 속절없이 각 요새와 도시를 함락당했고, 이미 주도까지 몰린 상황이라던가. 반대로 기브, 캄비즈는 열세라는 듯하나 이쪽에는 상세한 정보가 전해지지 않았다.

"저기, 잠깐만 말해도 될까!"

"뭐지, 노엘."

"응, 중요한 문제를 잊어버린 게 아닌가 싶어서!"

얼마 전부터 무엇인가를 말하고 싶은 눈치였던 노엘이 손을 들어 올리며 대화에 끼어들었다. 긴급한 용건임을 강조하겠다고 제자리에서 발을 동동 구른다. 너무나 아이 같은 동작인지라 웃음이 새어 나올 뻔했지만 꾹 참았다.

"이, 이 녀석아. 노엘, 멈춰라! 실례잖나!"

"그래도 급하단 말야! 어때? 이러면 급한 사람처럼 보일까?"

"에잇, 시끄럽다! 그 발구름부터 어서 멈춰라, 이 바보 녀석아!"

신시아의 노성과 노엘의 변명. 몹시도 반가운 광경이지만, 감상에 젖을 때가 아니었다.

"그렇게 허둥거리다니 무슨 일인가? 의견이 있다면 거리낌 없이 말해주거라."

"응. 나한테 또 병사 5천을 내주면 좋겠는데. 잠깐 나가서 바하르 군을 깨부수고 올 테니까. 월름도 금방 원군이 도착한다고 막 소리쳤었잖아?"

신시아에게 강제로 발 구름질을 제지당한 노엘이 제안했다. 그 쾌활함은 잠시 산책을 다녀오겠다는 정도로밖에 안 보인다.

"잠시 기다려주십시오, 노엘 공! 마들레스가 함락됐고 윌름이 처형당한 이상 목적을 잃은 그들은 이미 철수했을 겁니다. 게다가 척후를 보내 상황을 조사한 뒤 결정해도 늦지 않습니다. 아군이 먼저 출진해서 불필요한 전투를 벌일 필요는 없단 말입니다. 무엇보다도 연전이 이어진 터라 병사들도 몹시 지쳤잖습니까!"

거친 목소리로 외치며 이루반이 우려를 표명한다. 엘가도 그 의견에는 찬성이었다.

"바하르 사람들은 용감하다고 소문이 자자하잖아. 그러니까 틀림없이 이리로 쳐들어올 거야. 한 번도 싸우지 않고 돌아간다는 게 말이 안 되거든. 하다못해 어디든 도시를 점령해서 교두보 한 곳은 마련하려고 하지 아닐까? 그런 사태를 막기 위해서라도 유리한 장소에서 요격하는 게 좋아."

만약 헛걸음으로 끝나더라도 걱정은 덜 테니까 딱히 상관없지 않냐고 노엘은 말을 이었다.

"그렇다면 저희 이루 교도가 주력이 되어 요격하겠습니다. 병력은 제게 맡겨주십시오. 무엇보다도 노엘 공의 부대는 마들레스 공략으로 가장 피로한 상태잖습니까!"

이루반이 몸짓을 더해 강조한다. 그리고 이쪽에 호소하는 시선을 보내왔다. 말하고 싶은 바는 알겠다. 노엘이 지나치게 활약하면 통일 코임브라 내부에서 알력이 발생한다는 우려였다. 노엘은 자신의 지휘 아래에서 북코임브라의 주도 에벨, 더욱이 남코임브라의 주도 마들레스를 도맡아 점령해버렸다. 불쑥 나타난 신참인데도 전공은 누구보다도 앞서 나간다. 백성, 병사들의 평가도 노엘이 압도적인

지경이었다. 엘가보다 지도자로서 걸맞은 인물이 아니냐는 등 병사들 사이에서 나돌고 있는 은밀한 발언도 파악됐다.

따라서 균형을 맞추기 위해서라도 자신을 보내달라는 것이 이루반의 말뜻이었다. 더 이상은 방관할 수 없노라고.

“전혀 안 지쳤으니까 괜찮아. 다들 햇살을 쬐면 기운이 날 테고.”

“대단히 실례되오나 그대에게는 결정권이 없습니다. 엘가 님, 당신이 통일 코임브라의 지도자이십니다. 모든 결정권은 당신께서 갖고 계십니다. 노엘 공이 아닐뿐더러 저 또한 아닙니다. 아무쪼록 올바른 판단으로 본을 보여주십시오!”

이루반이 강하게 채근하자 엘가는 결단했다.

“알겠다. 이번에도 전부 노엘에게 일임한다. 필요한 물자, 병력을 데리고 가라. 그 밖에 주의해야 할 사안이 또 있겠는가?”

“에, 엘가 님!”

“음, 있잖아. 리벨덤의 해군이 접근했을지도 모르니까 일단 경계는 하는 게 좋겠어. 이쪽은 기껏해야 위협일 테니까 시험 삼아서 로이에한테 맡겨보는 게 어떨까?”

“……로이에를 쓴다? 그 인선은 아무래도 좀 위험하지 않겠나?”

엘가가 로이에에게 시선을 보낸다. 배반할지도 모른다는 말은 꺼내지 않았으나 아버지가 처형당한 만큼 충분히 우려할 수 있는 의견이었다.

“괜찮아. 배반할 만한 상황이 아니니까. 게다가 배를 다루는 데는 꽤 뛰어나다잖아. 분명히 명예를 회복하기 위해 죽기 살기로 임무를 맡아줄 거야. 지금 의심해서 안 써먹으면 써먹을 데가 전혀 없는걸.”

확실히 아버지를 배반하고 포로로 잡아 이쪽에 바친 로이에가 이제 와서 리벨덤에 투항할 수는 없겠다. 그런 짓을 한다면 애써 살려놓은 일가친척은 몰살을 면치 못한다. 엘가에 대한 충성심은 없을 터이나 의무는 확실하게 수행하리라. 무엇보다도 로이에 휘하의 병사는 피해가 거의 전무했다.

"그렇군, 이치에 닿는 말이다. 전부 네가 말해준 대로 실행하지. 그래, 출진은 언제쯤 할 계획인가?"

"내일, 해가 떠오르는 동시에 출발할 거야. 요격에 딱 적당한 장소가 있거든."

"잘 알겠다. 이제 우리의 방침은 결정됐다. 바하르 군 요격에는 노엘, 리벨덤 해군 경계에는 로이에를 보내도록 한다. 회의는 이상으로 종료하겠다! 각자 전력을 다하여 통일 코임브라를 위해 활동해주게!"

『넷!』

모든 인원이 퇴출한 뒤 회의실에는 엘가와 이루반 둘만 남았다. 이루반의 눈에는 분노의 의심이 역력하게 떠올라 있다.

"엘가 님. 어째서 노엘 공의 의견을 이리 곧이곧대로 중용하시는 겁니까?!"

"……뭔가 문제가 있는가?"

"노엘 공을 누구보다도 신뢰하시겠다는 뜻은 저 또한 잘 알고 있습니다. 거듭 말씀을 들려주셨던 터라. 그러나 공사 구별은 필요합니다. 병사들 중에는 노엘 공이야말로 지도자에 걸맞은 인물이라고 공공연하게 떠드는 자까지 나타나는 상황. 입장을 분명히 하지 않는다면 통일 코임브라의 통치는 제대로 이루어지지 못할 겁니다!"

"그 말은 노엘을 신용할 수 없다는 뜻인가?"

"그렇지 않습니다. 노엘 공을 대신하여 저를 중용하라는 뜻으로 드린 말씀이 아닙니다. 가신들이 공적을 쌓을 기회는 균형을 맞춰 배분해야 한다는 취지에서 드린 말씀입니다. 분명히 노엘 공은 견줄 인물이 없는 맹장일 테지요. 그러나 한 사람을 계속 특별히 편든다면 다른 인재가 달가워하지 않습니다. 그런 불만이 쌓이면 머지않아 엘가 님께 반심을 품는 인물도 나타납니다. 코임브라가 문장으로 삼은 천칭처럼 다른 사람들의 위에 서 있는 지도자에게는 공평한 판단이 요구된단 말입니다."

엘가는 익히 동의하는 간언이었기에 고개를 끄덕였다. 노엘의 의견을 곧이곧대로 채용했을 때 불만을 보였던 무관, 문관들의 안색은 감지했었다. 그들 대부분이 남코임브라에서 임관했던 인물들, 북부 평민 출신의 노엘이 여전히 마음에 들어 하지 않는다. 아직껏 출신 따위에 사고방식이 묶여 있다니, 한탄스럽기는 하나 오래도록 쌓인 역사는 일조일석에 고쳐지지 않는 법. 그러한 자들을 잘 추슬러서 조금씩 개선해 나가는 능력이야말로 통일 코임브라의 지도자에게 필요한 자질이다.

—그러나.

"그렇다 해도 나는 노엘에게 일임하겠네. 나의 아버지 그롤은 윌름의 모함에 속아 노엘을 멀리하셨고, 그 결과 죽음으로 내몰리셨다. 그 전철을 밟을 마음이 내게는 전혀 없군."

"제가 사욕에 휩싸여 모함한다는 말씀입니까! 저희 이루 교도는 당신께 재산, 기술, 그리고 목숨마저도 바치지 않았습니까. 이제 와서 저희의 충성을 의심하시는 겁니까!"

"결코 의심하지 않는다. 나는 자네를 의지하고 있을 뿐 아니라 이제부터 힘껏 보답할 마음이기도 하지. 그러나 노엘을 배제할 뜻은 일절 없다. 노엘의 행동을 막아야겠다는 뜻도 전혀 없군."

"……엘가 님, 어째서 이토록 고집부리십니까? 그 이유를 꼭 듣고 싶습니다."

"그 녀석의 말을 따라서 몰락할지라도 여한이 없기 때문이다. 자네들이 내게 정이 떨어져 잠든 사이에 목을 벤다 하여도 상관없네. 내 목숨은 일찍이 노엘의 도움 덕분에 살아났었지. 노엘을 믿은 결과로 어떤 앞날을 맞이하더라도 후회는 없다. 그때는 기뻐하면서 운명을 받아들이도록 하지."

엘가는 더 이상의 반론은 용납하지 않겠다는 듯 단호하게 잘라 말했다.

백성들이 태양신을, 이루반이 이루교의 신을 신앙하듯 엘가도 믿어 의심치 않을 따름이다. 자신을 구했고, 아버지를 버리지 않고 마지막까지 줄곧 싸웠던 소녀를. 일찍이 나눈 약속을 잊지 않고 다시 돌아와 준 노엘 보스하이트를.

마들레스 점령 후 회의가 끝나고 이루반은 어느 인물을 귀빈실로 초대하기 위해 심부름꾼을 보냈다. 초대한 인물이란 코임브라의 젊은 영웅인 노엘 보스하이트다.

점령을 마친 지 얼마 되지 않은 까닭도 있어 성내는 대단히 어수선하다. 무관, 문관들도 새 임무를 맡아 수행하고자 분주하게 돌아다니고 있다. 이런 상황에서 귀빈실을 이용할 만한 사람은 한 명도 존재하지 않는다. 손님을 초대하기 위해 만들어진 그 구획은 다른 곳과 다르게 인기척이 거의 없었다. 이루반의 행동을 미리 알아차린 사람은 전무하다고 말할 수 있다.

이루반은 귀빈실 주위에 무장한 교도를 배치, 더욱이 숙련된 암살자를 천장 위쪽에 대기시켰다. 숫자는 도합 서른 명. 이들을 저지 가능한 사람은 아무도 없다.

'엘가 님께서 노엘에게 보이는 맹신은 우리에게 너무나 위험하다. 썩 내키지는 않으나 대화 결과에 따라서는 그 여자를 치워버릴 수밖에 달리 도리가 없군.'

처단하겠다면 지금이 최대의 호기였다. 성은 한창 혼란스러운 와중이고, 지금이라면 월름 잔당의 소행으로 꾸밀 수도 있겠다. 반대로 이 기회를 놓치면 두 번 다시 건드릴 수 없다. 상당히 위험한 모험을 하는 셈이지만, 죽은 사람에게는 입이 없다.

그렇다 해도 의도가 노출되어 주살당할 위험이 있었다. 그러나 주도권을 빼앗긴 채 천천히 눌려 죽을 바에야 먼저 움직여서 죽는 게 차라리 낫다. 절대로 가만히 앉아 파멸을 기다리지는 않는다. 도박에 연전연승하는 정도가 아니면 이루교가 다시 세력을 떨치기는 전혀 불가능하기 때문이다.

엘가에게는 이루반의 딸 이룸을 혼약자로 인정받았다. 얌전한 아이이며 이루반의 명령에 충실히 따른다. 정략결혼의 인재로 부족함은 없다. 게다가 경건한 이루 교도였다. 현재의 괴로운 처지를 충분히 이해하고 있다. 다행히 엘가와의 관계도 비교적 양호한 듯싶었다. 노엘이 나타나기 전까지는 극히 순조로웠건만.

언뜻 보아도 엘가가 노엘에게 특별함 감정을 품고 있음은 분명했다. 만에 하나라도 혼약이 깨지고 노엘을 정실로 맞아들인다면 결국 언젠가는 파멸을 면치 못한다. 골칫거리 이교도에 불과한 자신들은 확실하게 버림받는다.

이 대륙에서 이루 교도는 엘가 이외에 뒷배가 없고 도망칠 땅도 없다. 보유했던 재산은 모두 엘가에게 투자했다. 결기의 준비를 갖추기 위해 적잖은 희생도 감수했다. 이 땅에서 생존권을 확립하기 위해서 이루반은 젊은 지도자에게 전부를 걸었다. 그 결단이 드디어 햇빛을 보려고 하는 이때에 느닷없는 인물에게 빼앗긴다니, 농담이라도 웃을 수 없다.

'제아무리 무용이 뛰어나더라도 기습을 펼치면 반드시 죽일 수 있

다. 어떤 영웅이든 간에 인간이라는 점은 다르지 않잖은가.'

자신의 힘을 과신하는가, 혹은 단순히 바보이기 때문인가 잘은 모르겠지만, 초대를 받은 노엘은 경계심 없이 수락했다. 먼 대륙의 맛있는 술을 내어드릴 테니까 괜찮다면 함께 마시지 않겠냐는 말을 전했을 뿐이다. 거절당할 경우는 엘가와 관련하여 내밀하게 대화를 나눌 사안이 있다는 구실을 들어 낮 중에 꾀어낼 작정이었다. 그마저도 거절당했을 경우는 이미 이쪽을 위험시하고 있다는 증거. 실력 행사에 나설 각오였다.

'어느 쪽이든 간에 아직 실행의 여부는 결정되지 않았다. 되도록 원만하게 수습하고 싶군.'

이루 교도의 명줄은 새롭게 수립된 통일 코임브라에서 발언권을 유지하는 것. 그렇지 않으면 태양신교가 대다수를 점하고 있는 이 땅에서 소수파인 자신들은 가볍게 집어삼켜져버린다. 따라서 술을 들이켜고 있는 눈앞의 소녀, 장래에 정적이 될 가능성이 있는 노엘 보스하이트의 진의를 파악해야 했다.

"……노엘 공, 어디, 마음에는 좀 드십니까?"

"응, 이거 진짜 맛있어. 이쪽에 특이한 과일도 엄청 맛있고!"

"그 술은 베르타 와인이라고 합니다. 마들레스의 와인도 상당히 뛰어난 맛입니다만, 먼 대륙의 맛에는 또 다른 풍취가 있지요. 그리고 녹색의 과일은 베르타 멜론입니다. 농후한 단맛과 짙은 향, 녹아내리는 식감이 특징이지요."

"으음, 저쪽 대륙에는 이것저것 많은가 봐. 살짝 흥미가 솟기도 하네. 그래도 놀러 가기에는 좀 멀어."

고개를 갸웃거리면서 노엘은 스푼을 들고 우걱우걱 입에 넣었다. 베르타 와인을 입에 머금고 내용물까지 단박에 꿀꺽 삼킨다. 귀족다운 예법은 전혀 존재하지 않는 모습이었다.

“두 물품의 값을 더하면 서민이 몇 년은 생활할 만한 가치를 지닙니다. 그만큼 희소한 물품이지요.”

“그렇구나.”

“그러나 이토록 마음에 들어 해주시니 저희도 고생하며 가지고 온 보람이 있지 싶습니다. 어쨌든 당신은 코임브라의 영웅이시니까요.”

“음, 내가 코임브라의 영웅이야?”

“겸손한 말씀 거두십시오. 백성의 목소리를 들은 적이 없으십니까? 폭군 윌름을 타도한 영웅이라며 모두가 칭송하고 있지 않습니까. 말을 들으니 황제 아밀도 당신의 무용을 두려워한다더군요. 그래서 어떻게든 꼭 친분을 쌓고 싶다는 생각에 이렇듯 초대한 겁니다.”

“그렇구나. 귀한 술이랑 과일을 대접해줘서 고마워. 이루반은 좋은 사람이구나.”

노엘의 너무나도 천진한 얼굴을 보고 이루반은 독기가 서서히 빠져나가는 기분이 들었다. 조금 더 격한 언사를 주고받으며 견제를 벌일 줄 긴장했건마는 정말이지 허탈한 심정이다.

저도 모르게 쓴웃음을 짓고 본제에 들어갈 준비를 갖추고자 때를 살핀다. 에둘러서 화두를 던진들 알아들을 것 같지 않아서였다.

“하하하, 제가 좋은 사람이 맞는가 그야 모를 일이지요. 그러나 사람들의 위에 선다면 그만한 책임을 짊어져야 합니다. 제 어깨에는 모든 이루 교도의 목숨이 달려 있지요. 따라서 무용으로 이름 높으신 노엘 공과 친목을 깊이 다지고 싶었습니다. 교도들을 위해서라면 저는 노력을 아끼지 않습니다."

"그렇구나. 나도 동료들을 위해서라면 힘낼 수 있는걸. 다들 비슷한가 봐."

노엘이 와인을 쭉 삼키는 때를 노려서 이루반은 본제를 꺼내고자 했다. 아직 이 소녀의 성격은 미처 다 파악하지 못했다. 수려한 용모는 부정할 수 없다만, 행동거지는 숙녀라 부르기에 걸맞지 않다. 군인으로 보자면 강건하다고 표현할 수도 있겠다. 실제로 병력을 지휘해서 성을 함락한 만큼 실력도 뛰어날 테지. 그러나 정작 내면은 어린아이, 정신적인 측면은 미숙하다고 평함이 타당하겠다.

엘가가 이끌리는 까닭도 다소나마 이해할 수 있었다. 줄곧 지저분한 꼴을 목격하면서 살아왔을 소년에게 노엘의 순수함은 몹시 매력적으로 비쳤을 테니.

그러나 정적이 되어 앞길을 가로막겠다면 설령 어린아이일지라도 용납할 수는 없었다. 이루반은 왼손에 유리잔을 들었다. 이 잔이 떨어질 때 노엘의 목숨도 함께 깨지게 된다. 암살 및 은폐 공작은 이루 교도들의 가장 뛰어난 특기. 이 기술을 구사하여 이제껏 살아남아왔다.

"사실은 이런 밤중에 당신을 초대했던 까닭은 노엘 공의 진의를 묻고 싶었기 때문입니다."

"내 진의? 뭘 묻고 싶은데?"

"솔직하게 여쭙겠습니다. 노엘 공은 저희들 이루 교도를 어떻게 생각하십니까?"

“음, 뭐랄까. 도련님이 의지하고 있는 동료, 그리고 나랑 같은 편이기도 하고. 이루반은 맛있는 술과 과인을 준 좋은 사람, 요런 느낌이려나.”

특별히 긴장감이나 경계심을 품은 기색은 없었다. 눈앞의 자신이 장래의 정적으로 맞설 수 있음을 인식조차 않는 모습이다.

“정말 감사한 말씀이군요. 저 또한 노엘 공처럼 마음 든든한 동료와 함께할 수 있어 기쁠 따름입니다.”

“아하하, 나도 다른 대륙의 사람과 이야기할 수 있어서 기뻐. 서로서로 좋은 일이 한가득이네.”

“……그러면 한 가지 더 묻겠습니다. 엘가 님과 제 딸아이 이룸의 혼약에 대해서 어떤 생각을 갖고 계십니까? 제가 보기에 엘가 님께서는 당신께 특별한 감정을 갖고 계신 듯합니다. 어쩌면 당신도 마찬가지이신가 하여. 물론 쓸데없는 참견임은 잘 알고 있습니다. 그러나 결혼이란 진실로 서로 사랑하는 사람끼리 맺어져야 하는 법. 불행한 엇갈림이 있어서는 안 되겠지요.”

이루반은 일부러 속내를 떠보고자 질문했다. 이제 분노의 감정이라도 보여준다면 판단은 쉽다. 노엘은 확실하게 적대 관계로 돌아선다. 여인의 질투란 무시무시한 법. 때로는 나라를 멸망시킬 행동도 감행한다.

이 혼약에 대해 적륜군이었을 때부터 반대 의견이 많았음은 잘 알고 있다. 코임브라의 옛 신하들, 특히 신시아가 반발했다는 사실도. 훗날의 재앙, 불씨가 될 수밖에 없다며 거듭 재고를 청했다던가.

그럼에도 신시아를 제거하지 않은 이유는 장해가 되리라는 생각이 들지 않아서였다. 우직하고 병사들의 신뢰도 두터운 여기사. 그러나 정치력은 결여됐다. 혼약이 실현됐다는 것이 가장 큰 증거다. 신시아는 다른 사람을 억지로 끌어들이는 정치적 행동을 하지 못한다. 정적을 박살 낼 때는 많은 찬동자를 모아서 의견을 올리는 것이 가장 효과적이다. 이루반이 반대 입장이었다면 절대로 혼약이 성립되도록 좌시하지 않았다.

이루반은 이제부터 코임브라에서 세력을 떨쳐 이루 교도들의 생존권 확대를 목표로 매진해야 한다. 이루교의 포교 활동도 적극 실행하고, 신뢰할 수 있는 아군도 불려 나갈 필요가 있다. 엘가라는 강력한 뒷배의 곁에서.

서로가 서로를 이용하는 이해관계에 불과하지만, 그게 투자한 이유의 전부는 아니었다. 이루반은 엘가의 장래성에 기대를 걸었다. 어린 나이에 지옥을 본 소년은 어떤 굴욕을 겪을지라도 살아남아 목적을 달성하겠다는 기개와 집념을 갖고 있었다. 거기에 경험과 지식만 더 쌓는다면 훌륭한 지도자가 될 테지.

“노엘 공은 어떻게 여기시는가, 꼭 생각을 듣고 싶군요.”

“도련님이 결혼한다는 말은 신시아한테 들었어. 새 가족이 생긴다는 뜻이지. 응, 행복하게 살면 좋겠다. 앗, 결혼식에는 불러줄 거지? 내가 결혼식은 한 번도 참석한 적이 없어서 가까이에서 보고 싶거든. 맛있는 요리랑 즐거운 음악으로 축하해준다면서?”

“그, 그렇군요. 이쪽에선 혼례를 어찌 치르는가 알지는 못합니다만, 저희 대륙에서는 성대하게 축복해주는 게 관례입니다.”

“그래, 그렇구나. 응, 정말 기대된다!”

웃으면서 멜론을 완식하는 노엘. 붉은 머리카락을 쓸어 올리더니 맛있었어~ 한숨을 돌리고 있다.

저 대답에서는 질투도 적의도 전혀 느껴지지 않았다. 친구의 결혼 소식을 듣고 솔직하게 축하하는 모습으로 보일 뿐이다. 혹여나 전부 연기라면 정말이지 여간내기가 아니겠다.

이루반은 더욱이 한 걸음 더 파고들고자 했다. 문제는 훗날 정적으로서 맞설 뜻이 있느냐는 것. 포섭할 수 있다면 그리 진행해도 딱히 상관없었다.

"……노엘 공. 이 황폐한 코임브라를 풍요롭게 가꾸고 싶은 마음은 같을 겁니다. 앞으로는 한층 더 긴밀한 협력 관계를 맺고 싶습니다. 당신의 무용, 저희 이루 교도가 보유하고 있는 대륙의 지식. 두 요소가 더해진다면 코임브라에 반드시 좋은 결과를 가져다줄 수 있지 않겠습니까?"

"저기, 문도노보 대륙에는 뭔가 대단한 게 잔뜩 있다면서?"

물음에는 답하지 않고 반대로 질문을 꺼내는 노엘.

"아, 네. 뭐, 이쪽에는 없는 게 많이 있습니다만."

"마법을 쓸 줄 아는 사람이 있다던데 진짜야?"

"……이쪽에서는 우스갯소리에 불과합니다만, 먼 땅에 그리 불리는 자들이 실제 존재함은 분명합니다."

이루반은 정직하게 대답해줬다. 알려진다고 한들 문제는 없다. 이쪽에서는 마법이 실재한다는 말을 아무도 믿지 않을뿐더러 증명도 불가능하다. 이유는 알 수 없으나 이곳 리베리카 대륙에서는 행사가 불가능하기 때문이었다. 이루 교도의 마술사도 완전히 무력해지고 말았다. 마법으로 자신들의 가치를 선전할 계획도 고려했었던 터라 제법 타격을 받았지만, 문도노보 대륙 유래의 지식 및 기술과 물자로 어떻게든 여기까지 버텨 냈다.

"굉장하다. 혹시 하늘도 날 수 있어?"

눈을 반짝거리는 노엘. 혹시 이루반을 동화 속에 나오는 마법사라고 생각하는 걸까. 자신은 마법을 못 쓴다고 전제한 뒤 설명해줬다.

"하늘은 날지 못합니다만, 불꽃을 쏘아 내거나 물을 흘려보낼 수는 있습니다."

"앗, 나도 불꽃을 쏘아 내는 창은 갖고 있어. 나중에 보여줄게!"

기분 좋게 웃음 짓는 노엘. 이루반도 기대된다면서 사교용 웃음을 머금었다. 마지막까지 허탈하기 짝이 없는 교섭이었다만, 어쨌든 제법 만족스러운 결과라 말할 수 있겠다. 이루반은 내심 득의의 미소를 지었다.

"으음, 그건 그렇고 마법이라~. 나도 공부하면 쓸 수 있게 된다거나?"

"그, 글쎄요. 어떨는지."

마법을 다루고자 하면 타고난 재능을 갖고 있어야 한다. 애당초 후천적인 습득이 불가능하다.

"별로 가고 싶다는 생각은 없었는데 생각이 살짝 바뀌어버릴 것 같아. 아, 앞으로 같이 협력하자는 말은 나도 좋아. 동료끼리 함께 열심히 해보자!"

노엘이 과즙에 젖어 끈적끈적해진 손으로 악수를 청하기에 이루반은 정성스럽게 손을 닦아준 뒤 맞잡았다. 어쩐지 진짜 어린아이를 상대하는 듯싶어 정신적 피로가 늘어남을 느낀다. 외모만 보면 10대 후반, 혹은 20대를 맞이했을 정도이다만. 정신 연령이 너무 어리다.

'……잘은 모르겠다만 경계가 필요한 상대는 아닌 듯싶군. 그렇다면 어쨌든 좋은 결과가 아닌가. 불필요하게 피를 흘리지 않아도 되니.'

"정말이지 뜻깊은 대화를 나눌 수 있었습니다. 그렇지, 노엘 공과 저희 이루 교도의 우호를 증거하기 위하여 뭔가 선물을 드리고자 합니다. 노엘 공은 무엇인가 갖고 싶은 물건이 있으십니까? 돈, 희귀한 술, 귀금속, 보석, 대륙의 예술품 등 희망하실 만한 물품은 두루 갖추고 있습니다. 사양하지 마시고 말씀해주시지요."

지나치게 과한 요구가 아닌 한 받아들일 수 있었다. 젊은 남자를 원한다면 제물로 바칠 수도 있었다. 『대가』를 덥석 무는 인간은 대단히 다루기 쉬운 터라 편리하다. 골치가 아픈 것은 고집이나 의리 따위의 개념을 중시하여 흔들리지 않는 자들이다.

"음, 그럼, 대륙의 신기한 장난감을 갖고 싶어. 가능하면 신시아랑 리그렛이랑 같이 놀 만한 물건이 좋겠어."

"……예?"

"대륙에는 신기한 물건이 잔뜩 있겠지? 저쪽 아이들이 어떤 장난감을 갖고 노는지 알고 싶거든."

"……그, 그렇군요. 예, 그럼요, 물론, 있고말고요. 나중에 적당한 물건을 골라 가져다드리겠습니다."

저도 모르게 동요하고 말았다만 이루반은 즉각 수긍했다. 뜻밖에도 큰 성과를 얻었다. 고작 어린아이의 장난감을 건네주면 전부가 잘 이루어질 테니까. 쓸데없는 투자는 전혀 없고 보상만 크다. 일단 노엘이 정적이 될 일은 없겠다.

그리고 깨달은 사실이 있었다. 이 소녀는 역시 바보다. 정신은 어린아이와 다를 바 없고 타고난 무력에 힘입어서 살아남아왔다. 그렇게 살 수밖에 없었겠지만. 에벨 및 마들레스를 함락한 책략을 짜낸 사람은 아마도 리그렛. 그 여자가 영웅의 지낭인가.

그렇다면 전혀 문제없겠다. 리그렛은 그란블 일가의 딸이라는 출신만 갖고도 걷어찰 근거는 충분. 방해를 하고 나서는 즉시 헛소문을 살짝 퍼뜨려주면 죽음으로 몰아넣을 수 있다. 조사한 바에 따르면 병사와 백성들의 평판도 대단히 나빴다.

이루반의 속내도 모른 채 노엘은 콧노래를 흥얼거리며 일어나서 태평하게 방을 뒤로한다. 그 뒷모습을 일별한 뒤 이루반은 자리에 앉았다. 신호를 보내기 위해 놓아두었던 유리잔에 와인을 따라 승리의 미주에 잠긴다.

'언제나 이리 잘 풀린다면 정말 고맙겠군. 우리를 내버렸던 신께서 이제야 손을 내밀어주시려는가.'

"있잖아."

웃음이 새어 나올 뻔했던 그때, 뒤쪽에서 갑자기 말소리가 들렸다.

너무나도 급작스러웠기에 저절로 호흡이 멈춘다. 심장이 격렬하게 고동을 쳤다.

"……노, 노엘, 공?"

"나를 죽이고 싶다면 삼백 명은 더 데려왔어야지. 겨우 서른 명 갖고는 어림없어. 다 함께 죽을 각오로 단박에 쳐들어와서 한꺼번에 태워 죽이는 게 좋겠네. 이왕 하려면 뼈까지 태울 기세로 해야지, 아님 전부 다 길동무로 데려갈 거야."

"……무, 무슨 말씀을."

"아하하, 이루반은 좋은 사람이니까 이번에는 못 본 척해줄게. 특별히, 이번 한 번만. 동료를 죽이면 역시 마음이 무거울 테고. 그러면 갈게, 다음부터는 조심하자?"

노엘은 웃음 지으며 이루반의 녹색 로브를 살짝 어루만지더니 천천히 문을 닫고 떠나갔다. 그러나 그 눈이 결코 웃고 있지 않았음을 이루반은 깨닫고 말았다.

호흡이 격하게 흐트러진다. 핏기가 가심을 느낄 수 있었다. 몸이 떨린다, 흐르는 땀이 멎질 않는다. 손에 들고 있었던 유리잔에서 와인이 핏방울처럼 흘러넘쳤다.

천장 위쪽에 잠복 중이던 암살자가 조용히 나타났다. 그리고 주위에 배치해 놓은 교도들도 들어온다. 다들 하나같이 낯빛이 핼쑥했다.

"……이루반 님. 저자, 저희의 위치를 알고 있었습니다. 틀림없습니다. 내내 이쪽을 주시하는 느낌이었습니다. 게, 게다가, 등 뒤에 기척이."

"저, 저희도 마찬가지입니다. 분명 아무도 없을 텐데도, 등 뒤에서 묘한 기척이 줄곧 느껴졌습니다. 저희는 사슬에 묶인 것처럼 꼼짝도 할 수 없었습니다."

"……만약, 내가 신호를 보냈다면?"

"분명히 전원 다 살해당했을 테지요. ……이루반 님, 저자는 괴물입니다. 저희를 파멸로 몰아넣었던 괴물이 이 땅에도 존재했습니다!"

"……오오, 신이시여!"

"……어찌 이런 일이."

이루반은 비틀거리며 탁자에 두 손을 짚었다. 자신은 어찌 이리도 무시무시한 짓을 저질렀단 말인가. 하마터면 괴물의 역린을 건드릴 뻔했다. 지금 살아 있는 것은 단순히 행운에 불과하다.

"……추후 노엘의 감시는 어찌하시겠습니까? 감시를 속행하면 언제 변덕을 부려 살생을 벌일까 모릅니다."

"……이루반 님. 지금은, 위험한 행동은 피하는 것이 옳습니다."

몹시 겁먹은 기색의 암살자들. 이제껏 순조로운 줄 알았던 감시는 전부 다 간파당했었다. 자기 목덜미에 사신의 낫이 맞닿아 있는 처지와 다르지 않다. 이루 교도는 죽음을 두려워하지 않는다. 그러나 공포라는 감정은 한계를 초월하면 억제하기가 어렵다. 불에 닿으면 뜨겁고 얼음에 닿으면 차갑다. 그와 마찬가지였다. 한도를 넘어서면 이성은 휙 날아간다.

"중지다. 전부 중지해라. 추후 절대로 저자에게 손대지 마라. 혹여 오해일지라도 적대 행위로 간주될 만한 짓은 삼가라. ……알겠나?"

"네, 네엣, 명심하겠습니다."

"다행히도 저자는 우리를 적대시하지 않으려나 보다. 우리의 존재 따위는 안중에도 없을 테니까. 저자가 어떤 목적을 갖고 있는지는 모르겠다만, 그 앞길을 막지 않는 한 휘말릴 일은 없을 터이다. 방해만 하지 않는다면 분명 괜찮을 게야."

희망적 관측에 불과할지라도 이루반은 그렇게 판단했다. 엘가에게 특별히 연애 감정을 갖고 있지도 않다. 어떠한 야망을 갖고 있는지 모르겠다만, 코임브라를 재건하고 싶은 마음은 있는 듯싶다. 어쨌든 휘말리지 않는 게 중요하다.

노엘은 이번 한 번만 못 본 척해주겠다고 말했다. 아마도 사실이리라. 다음은 없다.

"저자는, 틀림없는 괴물이다. 우리들 이루 교도를 파멸로 몰아넣었던 괴물과 동류. 그리고 대륙 곳곳에 죽음을 흩뿌리고 다녔던 그 괴물과 동류다. 명심해라, 절대로 자극하지 마라. 괴물을 자극해서는 안 된다!"

이루반은 힘주어 잘라 말했다. 다른 교도들 역시 두려움을 숨기려고도 않고 수긍했다.

이 세계에는 『괴물』이 있다. 그렇게 부를 수밖에 없다. 무시무시한 자가 분명히 존재한다. 고향 대륙에만 있는 줄 여겼던 괴물이 이쪽에도 존재했을 줄이야.

그 위협을 이루반은 어린 시절에 자기 눈으로 본 적이 있었다. 결코 자극해서는 안 된다는 사실도. 성교회를 좌지우지하며 패권을 거머쥐었던 아버지는 불길한 괴물과 맞부딪쳤던 까닭에 파멸하였고 비참한 최후를 맞이했다. 그 여파를 받아 이루반을 비롯한 일파는 대륙에서 이단으로 낙인찍히고 말았다.

그리고 이단 선고를 받은 이루 교도를 집요하게 추적한 것은 또 다른 괴물이었다. 사신처럼 낫을 장비한 심문관의 손을 벗어나지 못한 채 재기를 다짐한 뒤 몸을 숨겼던 형들과 친족이 모두 살해당했다. 저항한 교도들도 전원 살해당했다. 어린 이루반만이 홀로 운 좋게도 살아남았다. 그러니까 괴물의 공포는 사무치도록 잘 알고 있었다. 저것은 절대로 자극해서는 안 되는 존재이다.

'어쨌든 간에 나는 살았다. 살아 있다, 살아남았다. 괴물과 맞닥뜨렸건마는 운 좋게도 또 살아남았다! ……아아, 신이시여!'

가까스로 목숨을 건진 이루반은 또다시 신이 내려준 자비에 진심으로 감사의 뜻을 바쳤다.

노엘은 자기 방에서 아주 불쾌하다는 표정을 짓고 있는 리그렛과 이루반이 선물해준 장난감을 갖고 놀았다. 복면으로 얼굴을 가린 남자가 그 이후에 곧 가져다줬던 물건이다. 게다가 친절하게 가지고 노는 방법까지 가르쳐줬다. 나중에 꼭 이루반에게 답례하자고 노엘은 다짐했다.

이것은 『성탑(星塔)』이라는 이름의 입체형 장난감이다. 복잡하게 구성돼 있는 크고 작은 갖가지 부품을 짜 맞춰서 높게 쌓아 올린 탑. 거기에서 순서대로 부품을 뽑아 나가다가 무너뜨린 사람이 패배. 한 개부터 세 개까지 빼낼 수 있다. 상대를 불리한 입장으로 몰아넣는 것이 요령인데, 그러다 허탕을 치면 오히려 자승자박의 결과로 이어질 수도 있겠다. 어찌하든 간에 붕괴는 피할 수 없는 것이 탑의 운명. 복면 남자는 『저희가 이룩했던 위업을 충실하게 재현한 완구입니다.』라고 어쩐지 어두운 얼굴로 말해줬다.

"아직 멀었어? 진짜 멀었어? 아, 갑자기 막 졸음이 몰려오네."

크게 하품을 하는 노엘. 사실은 전혀 졸리지 않다. 그러나 이 놀이에서는 상대의 조바심을 자극하는 방법도 중요한 역할을 하다.

아니나 다를까, 리그렛의 관자놀이에 핏대가 섰다. 한 번만 더 몰아붙이면 결정타가 될 듯싶은데 일부러 여기에서 멈췄다.

"……시끄러워. 정신 산만하니까 조용히 좀 있어!"

"분부대로."

무심코 이루반의 흉내를 내고 말았다. 이 말이 결정타로 작용해버렸을까.

"조용하라니까 왜 자꾸 쫑알거려!"

혀를 차는 리그렛. 손가락이 덜덜 떨린다. 윌름의 죽음은 벌써 다 흘려보냈는지 평소 모습으로 돌아왔다. 지금은 로이에를 어떻게 한껏 괴롭혀줄까 궁리하는 듯싶다. 자기 직속에 배치한 뒤 여봐란듯이 못살게 굴 계획인가 보다.

유감스럽게도 이루어질 수 없는 바람이다. 엘가는 리그렛의 밑에 배치할 마음이 전혀 없는 눈치였으니까. 구태여 부대 내부에 뻔한 불협화음을 만들려는 사람은 딱히 없지 않을까.

덧붙이자면『행복을 손에 넣었다면 이제 은퇴해도 좋아. 지금까지 고생 많았어.』라고 친절을 베풀어 말해줬다가 이제껏 가장 기운찬 혀 차기로 보답받았다. 아무래도 아직은 더 많이 함께 놀아주려나 보다. 노엘은 기쁨이 솟아 답례했다가 되레 혼났다. 혼났지만 이렇게 같이 놀아주니까 노엘에게는 떼어 놓을 수 없는 친구 중 한 사람이다.

어쨌든 간에 리그렛은 손이 아주 멈춰버렸다. 부들부들 떨리지는 않아도 이번에는 부품에 손을 가져다 댄 자세에서 미동도 하지 않는다. 이래서는 영원히 끝이 안 오겠다.

"후, 후후. 집중하면, 이쯤은……."

"애고, 내일도 일찍 일어나야 하니까 이제부터 10초 제한 시간을 붙일게. 10초, 9초……."

"자, 잠깐. 갑자기 비겁하게……."

리그렛이 허둥지둥 부품을 빼내자 탑은 우르르 허물어졌다. 요란한 소리를 내며 부품이 흩어진다. 결판이 났다.

"응, 리그렛이 졌어. 자, 패배자님? 뒷정리 잘 부탁할게!"

승리자 노엘은 기지개를 켠 다음 재빨리 잠옷으로 갈아입었다. 끙, 신음 흘리는 리그렛은 방치하고. 침대에 몸을 던져서 뒹굴 때 느껴지는 서늘한 감촉이 무척 기분 좋았다.

"아, 이불이 기분 좋아라. 금방 잠 오겠다."

아마도 이루반의 머리는 안 깨부수고 넘어가도 되지 싶었다. 엘가와 앞으로도 사이좋게 지내고 싶은데 곧 장인이 될 사람을 덜컥 죽인다면 화를 내겠지. 작정하고 겁줬으니까 보통은 다시 수작을 부리지 않는다. 그럼에도 같은 행동을 반복한다면 다음에는 사양하지 않겠다. 이루반은 물론 덤벼드는 교도들도 전부 죽인다.

"으음, 너무 봐줬을까?"

"야! 비겁하게 갑자기 시간제한을 붙여 놓고서 뭘 봐줬다는 거야! 이 악귀!"

"아하하, 리그렛은 진짜 재미있다니까."

"시끄러워!"

거칠게 뒷정리를 리그렛을 바라보면서 노엘은 천천히 눈꺼풀을 닫았다. 다음에는 신시아라든가 엘가와 함께 가지고 놀아야겠다.

그래도 다들 바쁜 까닭에 놀아줄까 잘 모르겠다. 높은 사람이 될수록 자기 시간이 줄어들어서 아쉬워도 어쩔 수 없다.

'나는 얼마나 더 높이 올라갈 수 있을까? 혹시 장군이 되면 멋있는 사람으로 바뀔 수 있을까?'

장군 갑옷과 근사한 훈장을 착용하고 거들먹거리면서 몸을 젖히고 있는 자신의 모습을 상상해봤다. 음험한 월름의 얼굴이 괜히 떠오르는 바람에 뭔가 좀 별로였다. 그러면 대장군은 어떨까 싶어 상상했더니 어찌 된 영문인지 신시아의 잔소리와 철권이 날아들었기에 노엘은 빨리 잠이나 자기로 마음먹었다.

꿈속에서도 리그렛이 분한 듯 끙끙거리기에 일단 위로해줬다.

노엘은 5천의 병력을 이끌고 의기양양하게 마들레스에서 출발했다. 피로가 역력한 인원, 부상을 당한 인원은 별동대로 편성한 뒤 카난 가도의 중간에서 모종의 임무를 맡겨 떠나보냈다. 노엘 휘하의 본대 4천은 의도적으로 가도를 지나지 않고 목적지로 향했다. 작전 개요는 오늘 아침에 모든 지휘관에게 막 지시한 참이다. 정보가 새어 나갈 우려는 일단 없을 것이다.

별동대의 지휘는 리그렛에게 맡겼다. 전투 경험이 적은 밀트와 같은 병사들도 그쪽으로 보냈다. 이 작전을 섬에서 함께 연구했던 사람이 리그렛인지라 무엇이 중요한지 가장 잘 알고 있었다. 노엘은 리그렛을 신용해서 도르커스의 반대를 물리치고 별동대를 맡기기로 했다.

"그건 그렇고 꽤나 대담한 작전을 세웠군."

"그래도 제법 잘 먹혀들 거야. 실패해도 적의 이동을 방해할 수는 있고, 안 나타나도 이대로 복귀하면 그만이니까. 어느 쪽으로 진행되든 간에 우리는 손해를 보지 않아. 그러니까 회의에서 고집부렸던 거야."

"엘가 님께서는 너를 진심으로 신뢰하시니까 말이지. 솔직히 이루반 공의 반대를 물리칠 줄은 예상하지 못했다."

"요청을 척척 들어주니까 참 편해. 사실 도련님이랑 더 많이 놀고 싶었는데 되게 바빠 보였거든. 그러니까 나도 할 수 있는 일부터 해야겠다 싶더라."

노엘은 엘가, 그리고 신시아와 한 약속을 지키기 위해 돌아왔다. 그 약속은 지금 이렇듯 이루어진다 말할 수 있겠다. 전쟁이 끝나서 코임브라가 풍요로워진다면 다들 즐겁게 살아갈 수 있다. 그렇게 되면 분명히 노엘도 즐거워질 테지.

"……이 작전도 역시 윌라 섬에서 연구했었나?"

"응, 맞아. 종이 한가득 갖가지 상황을 써서 어떻게 대처할까 하나씩 궁리했었어. 참고로 지금 상황은 제법 좋은 느낌이야. 최악은 마들레스를 함락도 못한 채 흑양기가 쳐들어오는 경우니까. 그렇게 되면 어딘가에 숨어서 교란 전법을 펼칠 수밖에 없겠네."

실제는 거기까지 궁지에 몰린다면 코임브라를 일단 버린 뒤 겐부에 합류하는 게 정답이라고 생각했다. 협공당할 상황에 놓인 뚜렷한 열세를 뒤집기란 노엘이 제아무리 분발해도 무리다.

3년 전 전쟁에서 자신 혼자 가능한 일과 불가능한 일을 정확하게 판단할 줄 아는 중요성을 알았다. 죽는 사람이 자신 혼자라면 괜찮다. 그러나 다른 사람들 모두의 목숨도 짊어진 만큼 무책임한 짓은 못 한다. 그러니까 열심히 고민했다.

'그래 봤자 가장 큰 문제는 전혀 해결이 안 됐지만 말야. 으음, 정말 어떻게 한담.'

노엘의 고민거리는 흑양기의 대처 방법이었다. 어떻게 하면 승리할 수 있을까, 리그렛과 함께 연구하고 연구하고 또 연구했다. 그러나 좋은 방안을 떠올리지 못했다. 정면으로 부딪치는 것은 최대의 우책이다. 병사를 아무리 많이 늘어세운들 그 돌파력 앞에서는 일격에 패주를 강제당한다.

허를 찔러서 기습하더라도 상대는 기병, 간단하게 대응할 수 있다. 그러면 거마목(拒馬木) 및 참호를 견고하게 구축한 다음 기다리는 게 어떨까 싶기도 한데, 그런 장소로 굳이 와줄 거라는 생각도 들지 않았다. 저런 방해물 따위로 대처 가능한 부대였다면 흑양기는 먼 대륙에서 이미 격파되었을 테니까.

역시 깊숙이 끌어들인 뒤 포위해서 대타격을 가하는 게 가장 좋다고 생각되는데 결국은 실행 방법이 관건이다.

'정말 난처하다니까. 방심해줄 상대도 아니고.'

붉은 머리의 파리드가 가장 문제였다. 그자를 이길 수 있다는 전망이 전혀 그려지지 않는다. 3년 전 일대일 대결에서도 그 녀석의 움직임은 전혀 보이지 않았다. 아마 지금 또다시 싸워도 같은 결과를 거듭 맞이한다. 뭔가 대책을 마련해서 승부에 임하지 않는 한 승리를 기대할 수는 없겠다.

노엘은 섬에서 놀러 다니면서도 머릿속 한쪽 구석으로 언제나 고민했었다. 요즘 들어서 아지랑이 같은 발상이 드디어 형태를 막 갖추려고 하는 참이다만.

어쨌든 간에 빠른 단계에서 파리드는 처단해야만 한다. 새벽 강화병들이 증강된다는 소문은 이미 들었다. 시간을 주면 그들은 경험을 쌓고 지식을 습득해서 더욱 강력해진다. 제2, 제3의 흑양기가 나타나기 전에 지휘관 파리드를 죽일 필요가 있다.

그자를 죽인다면 통솔 체계는 틀림없이 흐트러진다. 충성이 아닌 무력을 동원하여 억지로 제압한 분위기였다. 일전에 레베카라는 흑양기에게 구타를 당했을 때 바로 곁에서 목격했던지라 잘 기억하고 있다. 무리의 우두머리를 처치하면 짐승들은 분명 자기 멋대로 움직인다. 최종적으로는 새벽 계획의 근원까지 박멸하고 싶었다.

"흑양기라. 아마도 이대로 가면 또다시 대결하게 될 테지. 실로 까다롭고 위험한 상대다. 정면에서 싸우는 상황만큼은 피하고 싶군."

"뭐, 그때는 나한테 맡겨. 내가 어떻게든 할 테니까."

"……나도 물론 힘을 보태겠다. 다음에는 기필코 이겨 보이도록 하지."

"응, 고마워. 마음만 받아 둘게."

노엘은 분명하게, 그리고 명확하게 거절의 뜻을 표시했다. 분명 신시아는 일격에 살해당한다. 집단으로 에워싸도 실컷 농락한 끝에 유유히 빠져나갈 테지. 소중한 친구와 전우들을 허망하게 죽게 놓아둘 수는 없는 노릇이다. 그러니까 열심히 힘껏 고민했다. 온갖 수단을 동원하고 필요 최소한의 희생만 감수해서 그들을 처단하겠다. 그러니까 그들을 죽이는 사람은 반드시 자신이어야 했다. 그게 목숨을 짊어지고 싸우는 지휘관의 역할이다.

신시아는 도저히 납득하지 못하겠다는 기색인지라 노엘은 억지로 대화 주제를 바꾸기로 했다.

"그나저나 말이야, 이루교의 이루반은 좋은 사람이더라. 눈매는 좀 무서워도 이래저래 아는 것도 많고."

"……이루반 공 말인가? 무슨 일이 있었나?"

눈살을 찌푸리는 신시아. 대화 주제를 바꾸기 위해서 꺼낸 얘깃거리가 긁어 부스럼이었나 보다. 왠지 몰라도 혼날 것 같은 분위기여서 곧바로 얼버무렸다.

"아니야, 그냥 그렇게 생각했을 뿐이야!"

"어째서 눈을 피하지? 그래, 오늘 아침 무렵에 불쑥 이루반 공에게 고맙다며 인사말을 건넸더랬지. 도대체 뭐가 어떻게 된 거지?"

"아하하, 글쎄? 왤까. 잘 기억이……."

"얼버무리지 마라."

한 번 물면 놓아주지 않는 여자, 그게 신시아다. 고집스러운 성격은 예전과 달라지지 않았다. 별로 숨길 일도 아닌지라 솔직하게 이야기하기로 했다. 싸우기 전에 지쳐버리면 안 좋다.

"오늘 아침에는 어제 초대해줘서 고맙다고 인사한 거야. 술이랑 멜론을 대접해줬거든. 게다가 장난감까지 선물해줬어."

"도대체 언제 초대받았단 말이지? 거의 대부분 나와 함께 있었던 만큼 딱히 시간이 안 났을 텐데."

"응, 중요한 이야기가 있다면서 한밤중에 부르러 왔어. 그때 만났지, 뭐."

"잠깐, 뭐라고! 설마 너, 그런 제안을 받아들여서 혼자 어슬렁어슬렁 따라간 건가?!"

신시아가 고함을 지르는 통에 노엘은 귀를 틀어막았다.

"같은 편이니까 별로 경계할 필요는 없잖아."

"……어찌 이리도 부주의한가. 확실히 이루반 공의 힘과 지식을 우리는 떼어 놓을 수 없지. 그러나 덮어놓고 신용하지는 마라. 그들은 그들 나름의 목적을 갖고 있으니까."

"무슨 말이야?"

"그들의 목적은 이루교의 포교, 그리고 자신들의 안식처를 확보하는 데 있다. 훗날 재앙을 불러일으키게 될 수도 있겠지. 이미 조짐이 엿보이는 상황이다."

신시아가 험한 표정을 짓고 말했다. 아마도 그들이 가지고 왔다는 과오초를 두고 한 말이었다. 노엘도 자금원의 정체는 말을 들었다. 뭐라더라, 대량 복용하면 거짓된 행복에 잠길 수 있다던가.

그런 물건에는 전혀 흥미가 없다만, 통증을 달래준다는 효능은 편리하겠다. 부상 따위의 고통을 없애준다면 더할 나위가 없었다. 그 밖에도 유용한 사용법이 있지 않을까. 철저한 관리하에 두고 사용법만 잘못되지 않으면 아무 문제가 없다고 생각하지만, 결국은 뭐든 문제가 일어날 수밖에 없을 것이다. 인간이란 본래 그런 법이니까.

도르커스의 말에 따르면 북부에서 재배하고 있는 사람들 가운데서도 중독자가 빈번하게 발생한다고 했다. 과오초를 길러 판매함으로써 돈을 벌고, 스스로 복용함으로써 거짓된 행복에 잠긴다. 그리고 언젠가 죽음에 다다른다. 복용을 중지시키려 해도 도저히 대책이 없다고 한다.

'건강에 나쁜 줄 알면서도 못 끊는 거야. 아주 짤막한 극도의 행복 뒤에는 못 견딜 고통이 기다리고 있어서 과오초일까?'

그렇다면 냉큼 태워서 처분해버리는 게 좋을 텐데 이권이 얽혀 있는 까닭에 그러지도 못한다던가. 정치란 역시 어렵다. 자신이라면 다소의 반발은 각오하고 철저하게 소각할 텐데. 혹은 사용을 엄격하게 제한하는 법을 제정한다든가. 적뿐 아니라 아군에게 피해가 미치는 상황이라면 당연한 조치였다. 조만간 엘가에게 말을 꺼내봐야겠다는 생각도 들었다. 금기라든가 천벌이라든가 그런 말을 믿는 마음은 전혀 없다. 왠지 몰라도 그런 식물을 계속 보유하고 쓰면 안 좋을 것 같았다.

"……왜 그러나, 갑자기 입을 다물고."

"아냐, 잠깐 생각 좀 했어. 그럼 볼일이 끝나면 이루 교도들은 전부 죽여 버리는 거야?"

쥐어짤 대로 쥐어짜고 휙. 대단히 간단한 방법인데 좋은 결말을 불러오는 선택은 아닐 듯싶다. 다른 사람들에게 다음 차례는 자신이 아닐까 하는 공포를 가져다줄 테니까. 노엘의 악명이야 억제력으로 작용한다지만, 이쪽 경우는 아마 도처의 반심을 들쑤시게 될 것이다.

"아, 아니. 그렇게까지 하자는 말은 아니다. 다만, 과하게 마음을 놓지 말라는 뜻으로 한 말이다. 우리의 눈이 있는 한 그들도 터무니없는 짓은 못 할 테지. 그게 억제력이 되어 좋은 방향으로 나아간다면 충분하지 않겠나."

"응응, 긍정적이어서 참 좋네. 인간은 밝게 살아가야지!"

"……그래, 정말로 아무 일도 없었던 건가? 한밤중에 불러냈다는 게 도무지 이해가 안 된다만."

의혹은 전혀 풀리지 않았나 보다. 그러나 실제로 아무 일도 안 일어났으니까 더는 할 말이 없었다.

“응, 괜찮았어. 같이 코임브라를 풍요롭게 발전시키자고 즐겁게 대화 나눈 게 전부야.”

“……그런가. 뭐, 그렇다면 잘된 일이군.”

그렇게 말한 뒤 잠시 침묵이 찾아들었다. 부대는 순조롭게 진군 중이다. 노엘과 신시아는 보병의 속도에 맞춰서 말을 달리고 있다. 지나치게 앞서 나간들 의미가 없다.

잠시간 시간이 흐른 뒤 신시아가 결연한 표정을 짓고 고개 돌렸다. 그러다가 느닷없이 말에서 내려 자세를 똑바로 하고 섰다.

“노엘.”

“부, 불렀어?”

“줄곧 말하고 싶었지만 기회가 없었지. 코임브라를 탈환한 지금이야말로 더 늦기 전에 말해야겠다.”

“으, 응.”

뭔가 결투라도 신청하는 분위기였던지라 노엘은 아주 살짝 긴장하고 말았다.

“보르보에서는 정말이지 미안한 짓을 저질렀다. 벗에게 검을 겨누다니 결코 용서받을 수 없어. 너의 신뢰를 배반하는 행위였다. 코임브라 탈환, 그리고 통일이 이루어진 이상 이제는 어떤 응보라도 받아들일 각오다.”

깊숙이 머리 숙여서 사죄하는 신시아. 이대로 목을 쳐달라고 말할 기세다. 노엘은 허둥지둥 말에서 내려 친구의 어깨에 손을 얹었다.

“괜찮아, 이렇게 사과할 일도 아닌걸. 난 전혀 화나지 않았어. 그때 안 말려줬음 나도 어떻게 됐을지 모르잖아. 지금은 이렇게 모두들 함께 지내고 있으니까 그럼 다 괜찮은 거야."

"그렇지만, 너 혼자서 섬에 유배되는 벌까지!"

"섬 생활은 즐거웠다니까. 정말로 즐거워서 눈 깜짝할 사이였어. 그러니까 이제 신경 안 써도 괜찮아!"

노엘이 억지로 신시아의 몸을 일으켜 세웠을 때 친구의 눈은 붉게 물들어 있었다. 저 눈을 가리키면서 놀리고 싶은 기분은 안 들었던 지라 가만히 넘어갔다. 신경 쓰인다거나 알고 싶다는 이유 때문에 뭐든 막 물어보면 안 된다. 그렇게 공부했다.

혹여나 다른 병사에게 보이면 민망할 것 같아서 가만히 손수건을 건네줬다.

"자, 이걸로 얼굴 닦아."

"그래, 정말이지, 미안하구나."

"거기에서 지내는 동안 잔뜩 놀고 이것저것 공부도 하고 차분하게 생각할 여유도 가질 수 있었어. ……게다가 그 섬에서, 내가 찾아다녔던 무언가를 아마 발견한 것 같거든."

"……혹시 네가 줄곧 해답을 찾아다녔던, 행복해질 수 있는 방법 말인가?"

"살짝은 비슷하달까? 행복의 꼬리를 이제야 발견했다는 기분이 들어."

"해답이 무엇인지, 가르쳐줄 수는 있나?"

"아하하, 그건 안 돼. 틀렸으면 부끄럽잖아. 그래서 아직 아무한테도 말 안 했어."

노엘은 얼버무리는 웃음을 지어 보였다. 지금은 아무에게도 말하지 않는다. 행복 수첩에는 또박또박 써 놓았다. 만약 나에게 무슨 일이 일어나도 괜찮도록. 그때는 분명 리그렛이든 다른 누구든 발견해서 다른 사람들에게 전해주겠지.

그러고 보니 코임브라, 그리고 윌라 섬에서 지내는 동안 사람들에게 행복해지는 방법에 대해 물어보는 버릇이 사라졌다. 언제부터였더라, 스스로도 잘은 모르겠다.

"……그런가. 어쨌든 간에 찾아냈다니 잘됐구나."

"고마워, 신시아. 나중에 꼭 가르쳐줄게. 도련님한테도 가르쳐줘야 하니까. 리그렛은……. 뭐, 마음이 내키면. 아마 바보 취급이나 할 것 같고."

실은 순순히 가르쳐줄 마음이 없다. 심술부리고 싶은 게 아니라 그래야 더욱 재미있어서다. 이게 행복해지는 방법이랍니다, 불쑥 알려줘도 전혀 재미있지 않다.

"그거 영광이군. 음, 뭐라고 해야 하지. 이런 말밖에 감사의 뜻을 표현할 수 없는 자신이 부끄럽구나."

"아하하. 애써 멋지게 칭찬해줘도 이제는 아무것도 없는데? 겐부에서 받은 선물은 벌써 다 나눠 줬는걸."

노엘과 신시아는 서로 웃음 짓고 다시 말에 올라탔다. 줄곧 딱딱했던 신시아의 표정도 다소나마 편안하게 풀렸다. 오늘 이때까지 그날의 사건을 미처 떨치지 못했을 테지. 혹시 노엘이 형을 받아서 죽었다면 틀림없이 뒤를 따랐을 것이다. 진짜 고지식하다니까, 노엘은 혀를 내둘렀다.

그래도 그게 신시아가 살아가는 방식이니까.

—코임브라 측 영지, 바하르 주와 맞닿은 경계선 부근.

바하르 주의 대관이자 장군의 지위에도 있는 발자크는 병력을 멈춘 뒤 추후 방침을 결정하고자 군사 회의를 열고 있었다.

"밀정이 보낸 보고에 따르면 마들레스는 불과 이틀 만에 함락되었고 윌름은 처형당했답니다. 이제 와서 달려간들 시기는 이미 늦었다고 봐야 하겠습니다."

"어찌 이리도 한심할 수가 있는가. 옛 주군과 같은 말로를 맞이하다니."

발자크는 마치 벌레를 씹은 사람처럼 오만상을 지었다.

"각하. 일단 물러났다가 다시 토벌군을 편성하시지요. 저희는 마들레스를 구원하라는 지시를 받아 출진했을 뿐 함락까지 해내라는 명령은 받지 않았습니다. 이 병력으로 단기간에 성을 점령하기에는 적잖이 무리가 있습니다."

참모들이 신중한 의견을 제시한다. 지금 휘하 병력은 기병이 1천 기, 전차가 1천 대. 거기에 탄 병사가 3천, 그리고 보병 부대까지 6천을 더하여 도합 1만의 군세다.

전차대는 홀시드 제국 재상이 된 밀즈에게 물려받았다. 문관 최고 위직에 오른 밀즈가 병력을 이끌고 전선에 나설 상황은 더 이상 없기 때문이었다. 코임브라, 겐부, 기브 등 주변 지역을 엄중하게 감독하기 위해서 바하르에 전 차량이 배치되었다.

물론 상당한 병력이기는 하나 마들레스 성을 함락하기에는 적잖이 부족한 감이 있었다. 공성 병기의 종류를 갖추지 못한 까닭에 적이 철저하게 수비에 임한다면 도저히 마들레스를 함락할 방법이 없다. 즉 탈환은 불가능했다.

"그러나 이대로 아무것도 안 하고 물러날 수는 없다. 코임브라를 점령한 역적 놈들의 사기를 꺾기 위해서라도 한 번은 타격을 가하고 싶군."

발자크가 힘주어 단언했다. 군사 작전은 어린아이의 심부름이 아니다. 이미 늦었다는 말 한마디로 넘어갈 수는 없다. 미리 다음번 공격을 위한 포석을 놓음으로써 한시라도 빨리 코임브라를 탈환해야 한다. 황제 아밀은 대륙 원정 때문에 한창 고심하는 중이다. 쓸데없는 일로 기운을 쏟게 만들고 싶지 않았다.

'아밀 님께서는 정말로 잘 해내고 계신다. 다만 흐름이 잠시 나빠졌을 뿐.'

지금은 톱니바퀴가 조금 어긋났다 뿐 머지않아서 원래 위치로 돌아갈 터이다. 아밀에게는 그만한 재능이 있다. 실제로 대륙의 베르단 주는 아직껏 건재하잖은가. 적을 몰아내면서 영토를 확대하고 있다.

그럼에도 불구하고 약간의 침체를 호들갑스럽게 퍼뜨리고 다니는 인간들이 있다. 근시안적인 시야밖에 지니지 못한 자들의 불안을 들쑤셔서 반제국 감정을 부추기려는 수작이다. 주범으로는 물론 겐부 주 영주 시덴을 꼽을 수 있겠다. 놈이 은밀하게 책략을 부려 겐부, 기브, 캄비즈가 독립을 감행케 했다. 그 여파가 코임브라까지 미친 듯싶다.

'저번 전쟁 때 그롤과 함께 그 자도 처단해야 했다. 아니, 그놈이야말로 가장 큰 불씨였거늘. 원정 전 불필요한 혼란을 방지하고자 했던 게 뒤늦게 발목을 잡는구나.'

"우리는 위대한 황제 폐하를 위해 코임브라 탈환 임무에 온 힘과 온 기운을 쏟아야 한다. 기병과 전차대를 선행시켜서 도시 록벨을 공략하고 싶군."

성을 함락하기는 무리여도 도시 하나를 점령하기에는 충분한 전력이었다. 그곳을 함락해서 코임브라에 쐐기를 박아 넣고 싶었다.

"그 말씀은, 잠시 기다려주십시오. 이 앞쪽에는 길이 좁고 험난한 야비츠 고개가 있습니다. 보병을 먼저 보내고 경계하면서 전진하지 않으면 너무 위험합니다."

"물론 위험성은 숙지하고 있다. 따라서 미리 척후를 보내 야비츠 고개와 카난 가도의 상황을 정탐하도록 지시 내렸다."

"그런 줄도 모르고 주제넘은 말씀을 올렸습니다. 사죄드리겠습니다."

"아니, 전혀 개의치 않네. 전황을 두루 살펴서 의견을 제시하는 게 귀관들 참모의 직무잖은가. 이제껏 해왔던 대로 기탄없이 말해 주게나."

발자크는 그렇게 답한 뒤 참모들과 방침에 대해 더욱더 의논을 거듭했다. 나올 만한 의견은 대체로 전부 나왔을 때 드디어 척후가 귀환했다.

"임무에 수고 많았네. 상황은 어떠하던가?"

"넷, 보고드리겠습니다! 통일 코임브라를 자처하는 역적 놈들은 카난 가도의 중간쯤에서 거마목, 말뚝의 설치를 개시했습니다."

“저희 기병과 전차를 두려워하는가 보군요.”

“다만 작업은 순조롭지 않은 양상이었습니다. 그 서투른 모습을 보고 판단한 바, 작업에 임한 인원은 급히 소집된 백성들이 아닐까 싶습니다.”

“……흠.”

발자크는 턱을 문지르면서 생각했다.

“그래, 야비츠 고개의 정황은 어떠했는가?”

“고갯길에 적 세력은 보이지 않았습니다. 그러나 고개 전역을 정찰하기에는 시간이 부족했던지라, 조금만 더 기다려주신다면.”

“아니, 고개에 진을 치지 않았다면 충분하다.”

소수의 복병은 각오했다. 전차를 활용하면 피해도 줄일 수 있다. 좁은 고갯길에 목책이나 말뚝을 설치해 놓았다면 골치 아팠을 텐데 기우인가 보다. 거기까지 손을 쓸 여유는 없었을 테지.

“근방의 사냥꾼에게 말을 들으니 병력 대부분은 마들레스 주위에 모여 있다고 합니다.”

“……아무래도 주도를 최우선으로 지키려나 봅니다. 카난 가도의 중간쯤에서 준비를 갖춰 기다릴 의도겠지요.”

“각하, 보고의 내용을 들은 바 야비츠 고개 돌파는 가능하다 판단됩니다. 상대도 코임브라를 막 점령한 참이니 군대를 당장 움직이지는 못할 겁니다. 급습하려면 지금이 최대의 호기회겠지요.”

참모가 신중책을 거두고 적극책을 제안했다. 발자크도 같은 의견이었다. 오히려 시간을 끌어 거마목의 설치를 허용한다면 두고두고 귀찮은 꼴을 겪을 것이다. 수송대 및 공성 병기 따위는 가도를 쓰지 않으면 이동에 시간과 노력이 과하게 소요된다. 마들레스를 함락하기 위해서 카난 가도의 제압은 빼놓을 수 없는 요소였다.

"좋군, 기병과 전차대를 선행시키겠다. 전선 지휘는 내가 맡는다. 보병은 수송대를 호위하면서 뒤를 따르도록."

"외람되오나 장군께서 전선에 나갈 필요는 없지 않겠습니까? 다른 자에게 맡겨도 문제가 없는 임무입니다."

"아니, 현 상황에는 임기응변의 지휘가 요구된다. 후방에서 느긋하게 지켜볼 여유는 없군. 늙은이일지언정 이래 봬도 바하르의 기사다. 젊은 녀석들에게 뒤처지지는 않는다."

발자크가 잘라 말하자 반론은 일절 나오지 않았다. 참모들은 경례 후 서둘러 준비에 착수했다. 이제부터는 시간 승부였다. 상대가 방비를 완성시키기 전에 습격하여 작업에 임하고 있는 병력을 격파, 더욱이 록벨을 점령한 뒤 후속 부대를 기다려야 한다. 다소 고단한 작전이어도 숙련된 바하르의 기병이라면 감당할 수 있었다. 전차부대에는 신병도 많이 포함됐으나 기병은 고참 병사를 모아 조직한 정예 부대이다. 발자크는 그들의 무력과 용맹함을 진심으로 믿어 의심치 않았다.

야음을 틈타 발자크가 지휘하는 기병대, 그 뒤에 전차대가 열을 이루어 야비츠 고개를 나아간다. 밤낮을 따지지 않고 강행하여 먼저 가도에서 작업 중인 적 세력부터 쫓아 보내야 했다.

'달빛이나마 비춰주는 게 다행이나……. 그렇다 쳐도 과하게 고요하군.'

산의 나무들 사이에서 새어 들어오는 새 울음소리가 섬뜩하다. 아직 여름은 다 지나가지 않았는데도 적잖이 쌀쌀함이 느껴진다.

뭔가 불길한 예감이 들어 참모에게 확인했다.

"적군 복병의 낌새는 없나?"

"현시점에서는 이상 없습니다."

"그런가. 특이 사항 발생 시 즉각 보고하도록. 서둘러 전진해야 하나 허를 찔려서 피해를 입는다면 아무 의미도 없잖은가."

"넷!"

발자크는 좌우에 높이 뻗어서 울창하게 자라나 있는 나무들을 주시했다.

가장 위험한 시점이 바로 지금이었다.

물론 대비는 갖춰 놓았다. 만에 하나 기습당했을 경우는 말에서 내려 전차를 방패 삼아 싸우라고 지시를 전달했다. 4천 병력이 한 덩어리가 되어 싸우면 소수 복병이야 가볍게 물리칠 수 있다. 그 때문에 발자크는 위험이 동반되는 야간 이동을 감수하면서 급습책을 실행에 옮겼다.

"……역시 과하게 고요하다."

발자크는 방금 전과 비교도 되지 않는 큰 위화감에 휩싸였다. 무엇이 원인인지는 모르겠다. 적 병력의 모습은 아직껏 발견되지 않았다. 아무 문제도 없을 터인데. 참모들의 분위기도 변함없었다.

등줄기에서 식은땀이 흘러내린다. 오랜 세월에 걸쳐서 쌓은 경험이 자신에게 거듭 경고를 보내온다. 지금 당장 후퇴하라고.

'그러나 어떤 확증도 없이 후퇴한다는 건 말이 안 된다. 우리는 바

하르의 기병. 그 이름을 더럽힐 짓은 할 수 없어.'

지휘관이 불쑥 겁에 질렸다는 사실을 눈치채여서는 안 된다. 발자크는 공포를 떨쳐 내고자 전방에 게양한 세 검 깃발을 바라봤다. 횃불의 불빛에 비추이면서 바하르의 긍지가 당당하게 나부끼고 있다.

"각하! 앞쪽의 길이 벌목된 나무에 막혔습니다! 행군에 지장이 있는 관계로 제거 작업에 착수해도 되겠습니까?"

"알겠다, 전군을 일단 대기시킨다. 전방의 병사는 제거 작업에 임하도록!"

발자크가 명령하자 경례를 올린 뒤 병사가 달려 나간다. 얼마 전 보고에는 없었던 사안이다. 아마도 시간을 끌고자 하는 목적일 텐데 헛짓이었다. 기껏해야 대략 한 시간밖에 벌지 못할 것이다. 기왕 하려면 낙석으로 완전히 틀어막아야 했다. 다만 길을 아예 막아버리면 주의 외곽 영토와 연결이 두절된다. 방해 공작이 어설펐던 이유는 그 때문이리라.

"적륜군을 운운하여 백성의 대변자를 자처한 이상 영토를 내버리지는 못하는 터라 이리되었는가. 우리에게는 잘된 일이다만."

발자크가 잠시 긴장을 푼 순간. 전방에서 무시무시한 수의 불화살이 쇄도했고 고개에 비명 소리가 메아리쳤다.

"저, 적습!! 코임브라의 복병입니다!"

"역시 벌레 놈들이 숨어 있었나! 전원, 말에서 내려 전차를 방패 삼도록! 상대는 소수, 침착하게 대처하면 아무 문제도 없다!!"

발자크의 호령에 따라 전원이 일사불란한 움직임을 보였다. 재빨리 전차 뒤쪽에 숨고 말을 앉혀서 피해를 최소한으로 억제한다. 적의 위치가 파악되면 그곳에다가 즉시 병력을 보내서 섬멸하기로 계획을 갖춰 놓았다.

그러나.

“가, 각하! 저, 전차가!”

참모가 딱딱하게 굳은 얼굴로 경악하여 소리 질렀다. 불화살이 지면, 아니, 바위와 같은 무엇인가에 꽂히는 순간 귀청을 울리는 소리와 함께 작렬했다. 여파에 휩쓸린 전차는 홱 뒤집혔고 아래에 깔린 병사들은 몸이 움직이지 않는다.

『다, 단순한 불화살이 아니었나?! 도대체 뭐가 어떻게 된 거야!』

『이봐, 땅속에 뭔가 파묻혀 있군!』

『적습! 적습!!』

또다시 불화살이 몰아치더니 사나운 나팔 소리와 함께 적 세력이 노성을 질러 대며 높은 위치에서 달려 내려왔다. 적은 격렬한 혼란 상태에 빠진 바하르 군을 덮쳤고, 전차에는 항아리 같은 물체를 집어 던졌다. 그렇게 몇 초가 지났을 때 전차에서 빛이 터져 나오며 비명과 폭음이 쏟아졌다.

“도대체 무슨 일인가! 어째서 견고함을 자랑하는 전차가 저리 맥없이 파괴된단 말인가?!”

“모, 모르겠습니다만, 이곳은 위험합니다! 지금은 물러나야 할 때입니다! 후속 부대와 합류하여 태세를 정비하시죠! 이래서는 제대로 싸워보지도 못할 겁니다.”

“그래, 전원 다 일단 물러난다!! 태세를 갖춰 반격에 나서겠다!!”

발자크가 호령한 다음 물러나려고 했을 때 후방의 벼랑 위쪽에서 대량의 통나무가 산사태처럼 굴러 떨어졌다. 뒤쪽 대열에서 비명이 메아리친다. 숲의 나무로 위장해서 준비해 놓은 함정인가. 캄캄한 한밤중인지라 분간할 도리가 없었다.

아래에 깔린 자들은 도움을 구하면서 죽기 살기로 버둥거렸으나 그리로 곧 불화살이 날아들었다. 불꽃이 무시무시한 기세로 타오른다. 통나무에도 기름을 적셔 놓았을까. 불꽃의 벽이 밤하늘 높이 성대하게 뻗쳐오른다. 앞뒤가 모두 막혀서 퇴로가 없다.

"……어, 어찌 된 일인가."

발자크는 차마 말을 못 이었다. 완전히 사지에 몰아들고 말았다.

『끄아아아아아아악!!』

『누, 누가, 사, 살려줘! 뜨, 뜨거워! 부, 불이!』

『바, 발자크 님!! 사, 살려주십시오!』

도움을 요청하는 병사들의 목소리. 불꽃의 빛이 비춰주기에 이쪽을 내려다보는 적 세력의 깃발을 이제는 확인할 수 있었다. 낯익은 두 철퇴의 문장. 노엘 보스하이트의 깃발이다. 카르나스 성채를 불살라서 병사들을 연옥에 몰아넣었던 불꽃의 악귀.

"……저것은, 저 깃발은, 악귀 노엘 보스하이트인가!! 언제 윌라 섬에서 빠져나왔단 말이더냐?!"

적이 연전을 치러 몹시도 지친 군세였기에 발자크는 과감한 선택을 했다. 적중 노엘이 있음을 미리 알았다면 결코 급습책을 채택할 리 없었다. 저자는 과거에도 이곳에서 아밀을 처단하고자 기습을 계획했던 전력이 있다.

"각하! 말과 전차를 버리고 산속으로 도망치십시다! 이대로 버텨 봤자 타 죽습니다! 어둠을 틈타 이동하면 더 이상의 추격은 받지 않습니다!"

"분하지만 어쩔 수 없군! 적은 지독하다 이름난 악귀, 이 상태에서는 노저히 싸울 수 없다! 지금은 희생을 최소한으로 억눌러야 한다!"

"철수, 철수하라!! 말을 버리고 산속으로 들어가라! 서둘러라!"

"죽다 살아난 악귀 년!! 그러나 이 빚은 조만간 갚아……."

분노와 치욕에 젖어서 검을 꽉 쥐고 있었던 발자크의 말이 갑자기 멎는다.

"……각하?"

의아하게 여겼던 참모들이 장군의 얼굴을 돌아봤을 때…….

"흐, 흐악!!"

"가, 각하! 각하!!"

발자크의 미간에 활활 타오르는 불화살이 깊숙이 박혀 있었다. 화살촉이 두꺼운 투구를 꿰뚫어서 붉은 액체가 끊임없이 흘러나왔다. 두 눈을 커다랗게 부릅뜬 채 발자크는 절명했다.

참모들이 허둥지둥 미간에 박힌 화살을 뽑으려고 한다. 그러나 구해보고자 나섰던 참모들에게도 목을 노리고 불화살이 날아들었다. 잇따라 비명이 터져 나오며 주검이 포개어졌다.

"화살이 동날 때까지 마구마구 쏴. 항복할 마음도 없는 것 같고."

"알겠습니다!"

노엘은 가차 없이 연속 사격을 명령했다. 전차의 잔해에 적이 숨어 있다는 것은 방금 전 확인했다. 이제 와서 불필요한 피해를 감수

할 필요는 없다. 화살이 아깝기는 해도 나중에 다시 만들면 그만이다. 그러나 연소석은 정말로 얼마 안 남았다. 이 이상은 함부로 쓸 수 없었다. 또 채굴하고 싶어도 그쪽에 인력을 투입할 여유가 없다. 나중에 보충하고 싶기는 한데, 그 시간을 제국이 과연 허락해줄까.

다행히 전차에 기습을 가한 도르커스 부대는 거의 피해를 입지 않았다. 혼전을 각오한 야습이었기에 뜻밖의 요행이라고 할 수 있었다.

한편 최고 지휘관을 잃은 발자크의 기병대, 전차대 4천은 마지막까지 혼란 상태에서 벗어나지 못했다. 산속으로 도주한 자는 대부분 살아남았지만, 제자리에서 싸우기를 선택했던 자는 불타 죽거나 화살촉에 꿰뚫려 죽는 신세를 면치 못했다.

"대장, 이제는 슬슬 괜찮지 않겠소? 보다시피 적장의 목도 베어 왔소이다. 이름은 잘 모르겠소만."

도르커스가 지휘를 맡은 신시아와 열중해서 화살을 날리고 있는 노엘에게 투구 쓴 수급을 보여줬다.

"이 사람이 적장이야?"

"이, 이자는 발자크로군! 설마 전선에 나왔을 줄은!"

"신시아, 이 사람 알아?"

"그러면 모를 리 있겠나. 발자크는 바하르의 장군이자 대관의 지위도 겸하고 있는 남자다! 즉 바하르의 최고 지휘관을 토벌한 거다. 정말이지 큰 공을 세웠어!"

신시아가 흥분해도 노엘은 개의치 않고 활에 화살을 메겼다. 적당한 적 병사를 쏘아 죽이려고 했을 때 날카로운 소리를 울리면서 시위가 끊어져버렸다. 운 좋은 적 병사는 검을 버리고 두 손을 들어 항복의 뜻을 표시했다. 곧이어 다른 병사들도 검을 버린다. 구태여 죽일 필요도 없었기에 흰개미당에 명령해서 포박했다.

"이래서 활은 못 써먹겠어. 너무 약하다니까."

휙 집어 던지는 노엘. 이 활은 보물이 아닌지라 버리면서도 아쉬움을 느끼지 않는다.

"제법 튼튼하게 만들었는데 말이오. 시위도 아주 특제라오. 이게 다 대장의 힘이 굉장하다는 뜻 아니겠소."

"으음, 그러면 상성 문제일까? 한 번 전투마다 매번 하나는 망가지는걸. 분명히 활은 안 맞는 거야. 음, 좋아. 다음에는 작살이라도 던져볼까."

그렇게 웃음 짓고는 불화살을 잡아서 대충 집어 던졌다. 도중에 기세를 잃고 뚝 떨어진다. 당연하게도 기세가 부족했다. 작살을 쓰면 전차를 곧장 꿰뚫을 것 같다. 그래도 몇 자루씩 자꾸 집어 던지면 재고가 금방 떨어져버리겠지. 어려운 문제였다.

"자, 슬슬 승리 선언을 외쳐주십쇼. 아무래도 상당한 공적인가 보오."

"응, 그러자. 오랜만에 힘차게 외쳐볼게! 자, 간다?"

노엘이 한껏 숨을 들이마셨다.

"통일 코임브라 군 노엘 보스하이트! 바하르 장군 발자크의 목을 베었다!! 와아~!!"

고개 전역에 울려 퍼지도록 큰 목소리로 외친 뒤 노엘은 드높이 이지창을 치켜 올렸다. 그러자 맞은편 산속에 숨어 화살을 퍼붓던 병사들도 거하게 환성을 터뜨린다. 신시아도 어느 틈인가 주먹을 들어 올린 채 기뻐하고 있었다. 얼굴에 원기가 돌아온 터라 노엘은 기뻐졌다.

"역시 노엘 대장이다! 흰개미당은 평생 따라가겠소!"

"월라 섬의 자랑이다! 악귀 님 만세!"

"야, 인마! 뭘 뻔뻔하게 나서는 거냐! 노엘 대장은 우리 대장이라고! 딴 데서 온 신참은 저리 가라!!"

"시끄럽군! 함께 행동한 날은 우리가 더 길잖아! 너희가 저리 가야지!"

"아앙?! 우리는 3년 전부터 대장의 부하였는데? 네 웃기는 낯짝을 후려쳐주랴?"

"1년도 못 따라다닌 주제에 떠들지 마라! 전직 해적의 힘을 뼈저리게 가르쳐주마!"

싸움까지 벌이는 병사들을 차마 못 봐주고 결국 도르커스가 나서서 제지했다. 전투 중이었다면 전원 징계를 받았을 텐데 이미 다 끝난 상황이니까 특별히 문제는 없다. 기운 넘쳐서 참 잘됐다고 노엘은 만족스럽게 고개만 끄덕였다.

"자, 이제 어찌할 텐가? 적 후속 부대는 철수를 시작한 듯싶다만. 추격은……."

"그건 그만두자. 좀 지치기도 했고. 적군도 높은 장군이 불쑥 죽은 덕분에 당분간은 못 움직일 테고. 전공은 충분하지 않을까?"

노엘이 의기양양하게 웃음 짓자 신시아도 찬성이라며 고개를 끄덕였다.

"너답지 않은 침착한 판단이군. 정말로 많이 성장했어."

그러나 노엘은 잠시 고민한 뒤 의견을 도로 철회했다.

"역시 잠깐만 쫓아가볼까? 어쩐지 지금은 막 몰아쳐도 될 것 같아."

"이 녀석아, 칭찬하자마자 의견을 철회하지 마라!"

"에이, 괜찮아. 내 깃발을 걸고 살짝 겁만 줄 거야. 잘 먹히면 공포심을 심을 수 있을지도? 리그렛이 맨날 하는 말인데 이렇게 쌓인 게 나중에 분명 효과가 나온다니까."

노엘은 발자크의 수급을 이지창에 묶어 달고 추격을 개시하기로 결정했다. 연전을 치른 병사들도 승리의 흥분 덕택에 아직 충분히 움직일 수 있을 듯싶다. 노엘은 도르커스에게 나팔을 불라 지시한 뒤 공격 명령을 내렸다.

"전군 돌격하겠어! 철저하게 추격해서 코임브라 군의 진정한 힘을 가르쳐주자! 적은 죽이고 물자는 빼앗아버려!!"

『오오!!』

이미 적군은 전의를 상실했기에 노엘의 두 철퇴 깃발과 지휘관의 말로를 목격한 순간 바하르의 병사들은 곧장 도주에 나섰다. 적에게 별반 타격은 주지 못했지만, 수송대의 물자는 고스란히 확보할 수 있었다.

"큰 전공이기는 한데 리그렛이 나중에 불만을 늘어놓을 것 같아."

"이토록 큰 전공을 거둘 줄은 예상을 못 했을 테지."

"헤헹, 그 음험한 여자한테는 좋은 약이 될 거요. 요즘 들어서 아주 기고만장하더라니까. 도저히 시끄러워서 견딜 수가 없더군!"

"그래 보여도 조금은 밝아진 거야. 잘 살피면 차이점이 보일 텐데."

"거 대장, 눈이 나빠졌다는 증거외다. 예전에 그 안경을 다시 쓰는 게 좋겠소."

"역시 그럴까? 어디 보자, 잠깐만 써봐야겠네."

노엘은 안경을 꺼내 들고는 의기양양에게 쓱 올려 보였다. 도르커스는 음음, 만족스럽게 고개를 끄덕였다. 신시아가 기막히다는 표정을 짓고 있었다.

"이제는 좀 많이 낡았군. 나중에 새 안경을 사주도록 하지."

"아냐, 아니야. 이게 좋아. 자, 슬슬 복귀할까! 도련님이랑 이루반도 잔뜩 선물을 갖고 돌아가면 기뻐하겠지! 멋진 말도 이렇게 잔뜩이니까!"

노엘은 주인을 잃은 수송대의 말을 끌어안았다. 기병 육성은 쉽지 않아도 말은 여러모로 활용할 수 있다. 맨 처음 떠오른 용도는 말타고 산책이었지만, 그 문제는 나중에 느긋하게 고민하면 되겠다. 당분간 시간이 생길 것은 틀림없을 테니까.

그나저나 요즘은 승리가 계속되고 있다. 머지않아 패배를 겪을 수도 있겠지만, 죽지 않는다면 문제없었다.

그러나 지위가 높아졌으니까 그런 소리를 할 입장이 아니게 될 때도 있을 것이다. 노엘은 자기 혼자뿐 아니라 수많은 동료의 목숨까지 두루 책임지고 있었다. 예전에 항복했을 때보다 훨씬 더 많이. 내버리기는 이미 불가능하다.

'높은 사람이 될수록 동료가 늘어나서 좋기는 한데 여러모로 큰일이구나. 그래도 혼자 쓸쓸하게 죽기보다는 낫겠어. 게다가 매일매일 진짜 즐겁고.'

구덩이 속에서 이름조차 지니지 못한 채 빗방울을 맞으며 죽는 상상을 하면 어떤 상황이든 천국과 마찬가지다. 만약에 정말 죽을지라도 이번에는 혼자가 아니었다. 다른 사람들도 함께다. 온 힘을 쏟아부은 다음이라면 웃으며 죽을 수 있지 않을까? 물론 막상 겪어보지 않으면 어떤 표정일지는 모를뿐더러 확인할 방법도 역시 없다만.

노엘은 그런 생각을 떠올리면서 말 등에 뛰어올랐다.

CHAPTER 9 떠오르는 해와 가라앉는 해

—홀시드 제국, 제도 필즈.

회의실에서는 황제 아밀, 재상 밀즈, 무관, 문관들이 열석하여 현안 사항에 대해 의견을 주고받고 있었다. 안건은 리베리카 대륙에서 발생한 반란의 대처, 문도노보 대륙 원정, 그리고 극한의 인체 강화를 추구한다는 천양(天陽) 계획의 검토였다.

"아이고. 천양 계획을 개시하자는 데 반대 의견이 많은가 봅니다."

"……밀즈 님. 외람되오나 여쭙겠습니다. 그리 막대한 돈, 자원, 인원이 대체 어디에 존재한다는 말씀이십니까? 베르단에 보낼 병력을 증강하라는 사안만으로도 재정은 곤궁에 처한 게 현 상황입니다."

"이런, 세상에, 참 이상한 말씀을 하십니다. 잘 들으세요. 없는 건 만들어 내거나, 혹은 쥐어짜면 되는 겁니다. 예를 들어서 코임브라를 한번 보자고요. 힘들다, 힘들어, 떠들어 댔던 주제에 우리 제국에 반항할 기운은 남아 있었잖습니까. 이게 다 아직껏 너무 관대했다는 증거예요."

어디까지가 진심인지 알 수 없는 밀즈가 익살 부리며 손을 들어 보였다.

"그들은 죽음 직전까지 몰렸던 탓에 반란을 일으켰습니다. 더 이상 쥐어짤 것이라고는 피밖에 없을 겁니다. ……폐하, 더 이상의 군비 증강은 자제하심이 어떻겠습니까?"

"저도 같은 의견입니다. 이 기회에 다액의 군사 예산에 대해서도 재검토가 필요하다 말씀드리고 싶습니다."

신중책을 논하는 문관들의 말을 가로막고 무관이 끼어들어서 반론했다.

"가당찮은 소리는 말게. 그래서는 베르단 주의 유지가 위태롭잖은가. 지금은 성공을 기대하기 어려운 신규 계획이 아닌 현행의 새벽 계획에 전력을 투입하는 게 옳겠지."

"아직껏 문도노보 대륙에 미련을 못 버린다면 진정 돌이킬 수가 없습니다. 차라리 베르단 주를 포기하는 방안도 고려합시다. 정작 제 발을 디디고 있는 주변이 흔들리는 상황에서 신규 영토를 획득한들 의미가 없잖습니까."

"그게 웬 말인가! 그런 짓을 한다면 이제까지 흘린 피가 모조리 허사로 돌아가지 않는가! 우리는 기필코 승리해야 한다!"

"귀관은 매번 강경한 말씀을 하십니다만, 상황은 더욱 괴로워지기만 하지 않았습니까!"

"문관 따위가 나를 우롱할 셈인가!!"

무관과 문관들이 노성을 질러 대며 응수를 주고받아도 결국 의견은 정리되지 않았다. 평소와 다를 바 없는 광경이었다.

"자, 자, 일단 진정들 하시죠. 먼저 반란을 즉시 진압하는 게 가장 중요합니다. 그런 다음에 반역자들을 피 한 방울까지 싹 쥐어짜면 되는 거죠. 그들의 고귀한 희생에 힘입어서 문도노보 대륙의 지배권을 넓혀 나가십시다. 그곳에서 대량으로 물자를 착취함으로써 제국을 풍요롭게 가꾸면 되는 것 아니겠습니까."

밀즈의 말에 일동이 침묵했다. 아밀은 딱히 반응을 나타내지 않는다. 현재 방침을 유지하겠다는 의미였다. 원정 중지 따위는 애당초 머릿속에 없었다.

"……밀즈. 천양 계획도 좋지만, 제2차 새벽 계획은 어찌 진행되고 있는가? 상세한 경과를 알려다오."

"예, 추가분이라면 이미 작업이 완료됐습니다. 현재는 대륙에서 끌고 온 아이들을 제3차에 투입하고자 육성 중입니다. 그중에서 경과가 좋은 대상을 천양 계획으로 전속하고자 고려 중입니다."

"그런가. 예정된 숫자를 만들 수 있다면 문제는 없다."

"아밀 님의 힘이 되고 싶다면서 베프남 님은 대단히 의욕이 넘치십니다. 천양 계획이 성공하면 비용은 보다 저렴하게, 육체는 더욱 강인해지죠. 게다가 충성심을 부여하기 위한 시간이 절반으로 줄어든다는군요. 그야말로 경사에 겹경사가 따로 없겠습니다."

"역시 아버님께서는 대단한 분이시군. 나 또한 더더욱 분발해야겠어."

아밀은 살짝 고개를 끄덕거린 뒤 표면상은 감사의 뜻을 나타냈다.

현행의 새벽 계획은 황제의 지위에서 물러난 베프남이 지휘를 맡고 있다. 그와 병행하여 오로지 교회 연구소에 틀어박힌 채 광기의 실험을 되풀이하고 있다. 그 행동을 명목상 통괄하고 있는 사람이 밀즈였다. 베프남이 독단을 부리지 못하도록 견제하기 위한 감사역이다.

강화 처치를 받은 인간들은 육성소로 보내져서 엄격한 훈련과 교육이라는 이름의 세뇌를 받게 된다. 이렇듯 길들이는 과정에서 걸리는 시간을 줄이는 것이 현 상황의 과제이다. 소요 시간 절감에 성공하면 장기적으로 봤을 때 이익은 더욱 커진다.

'아버님이 이 지경으로 강화병과 관련된 계획을 사유화했다는 건 다소 뜻밖이군. 태양제의 비법을 은닉하고 있다는 소문도 들었다만. ……의외로 사실일 수도 있겠어.'

곤경에서 벗어나기 위해서라도 새벽 계획에 전력을 쏟아붓고 싶지만, 연구소 내부는 아밀의 손이 닿지 않는다. 베프남이 계획의 상세 과정을 이쪽에 넘겨주려고 하지 않는 탓이었다. 사절을 보내도 간섭하지 말라며 문전 박대만 당했다. 아밀이 황제의 자리에 오른 현재에도 여명, 새벽 계획의 전모를 미처 파악하지 못했다.

감사역을 맡은 밀즈도 깊이 개입하지는 못하는 듯싶다. 연구소의 주위는 베프남의 입김이 닿은 강화병들이 단단하게 지키고 있다. 습격해서 연구 자료를 탈취하기란 대단히 어려우리라.

밀즈의 말에 따르면 현재는 베프남 없이 새벽 계획의 실행 자체가 불가능하단다. 계획에 필수적인 『무엇인가』를 절대 몸에서 떼어 놓지 않는다던가. 선불리 건드렸다가 자취를 감춘다거나 혹은 파괴라도 된다면 전부 헛수고로 끝난다.

'역시 아버님은 일찌감치 「병사」하시도록 손써야 했나. 그러나 아버님은 이미 노령이시지. 머지않아 내가 전부를 이어받게 된다. 이때까지 기다린 이상 조바심을 낸들 의미가 없겠지.'

아밀로서는 베프남에게 쓸데없이 간섭을 당하기보다는 연구소에 틀어박혀주는 편이 더욱더 기껍다는 심정이었다. 아무러면 즉위 직후에 죽이기에는 너무 적나라하다고 판단했기 때문이다. 베프남에게 충성을 맹세한 인간들에게 불필요한 반감을 살 수밖에 없다.

"아버님께서 지휘를 맡으신 이상 천양 계획의 성공은 틀림없을 테지. 자금과 물자는 마련하겠다. 필요한 인원은 대륙에서 더 조달하도록 하지. 엘나즈에게 연락하여 조속히 준비를 갖추라고 해라."

"넷!"

아밀은 명령을 내린 뒤 미간을 손으로 문질렀다. 원정은 예상 이상으로 난항 중이다. 본래는 제2차 원정 때 대륙 북동부를 점령할 예정이었다. 설마 새벽 계획의 병력을 더한 부대가 격퇴당할 줄은 예상하지 못했다. 그만큼 적 또한 무력을 아낌없이 투입했다는 증거다. 이제는 어느 쪽이 먼저 항복하는지의 승부다.

먼 대륙을 지배하고 있는 성교회는 독자의 병력, 영토는 별반 갖고 있지 않음을 파악했다. 신의 권위를 빌려 영주들을 명목상 지배하는 것에 불과하다. 그 때문에 현재 지배하에 둔 베르단 주는 손쉽게 점령할 수 있었다. 대륙 남동부는 신앙심이 미약할뿐더러 영주들은 이해를 따라 움직이는 자가 많았다. 아밀에게는 대단히 다루기 쉬운 지역이었다.

'베르단 주의 영토를 넓히는 한편 강화병을 증산해서 보내도록 하자. 제국 내부는 한시라도 빨리 반란을 수습할 필요가 있군. 본을 보이기 위해서라도 이번에는 철저하게 징벌을 내려야 한다.'

기브, 캄비즈의 반란에는 파리드 휘하의 흑양기와 10만 군세를 보냈다. 현재 파리드는 홀름즈 주 외곽에서 전투에 들어섰다. 우세라고 보고가 들어왔으므로 머지않아 캄비즈로 치고 들어갈 수 있을 터이다.

겐부가 탈환을 노리고 있는 롱스톰에는 동부 지대에서 원군 3만을 보낼 계획이었다. 주도가 함락되기 전 도착하면 장기전으로 끌고 가는 정도는 가능할 테지.

코임브라에서 결기했다는 적륜군은 애당초 상대할 마음도 없다. 다만 바하르르의 발자크에게는 긴급 시 원군을 보내도록 지시를 내려두었다.

고작 평민이 무엇을 할 수 있겠느냐는 의문이 강했다. 애당초 남북 코임브라에는 도합 5만의 병력이 있다. 진압하기에는 충분한 전력이었다. 작은 불은 금세 꺼져서 사라지리라. 골치 아픈 곳은 겐부뿐이다.

일부 가신들이 소리 높이는 원정을 중지하자는 진언은 결코 용납할 수 없었다. 그런 사태가 벌어진다면 황제의 권위가 곤두박질친다. 모든 투자도 허사로 끝난다. 최대이자 최악의 우책이었다.

당면 목표는 먼 대륙을 더욱 혼란의 도가니로 몰아넣는 것. 이미 공작을 개시하여 대륙 각지에 반교회의 불씨를 심어 놓았다. 그게 불꽃에 휩싸여서 업화가 되는 것도 시간문제다. 아밀은 적이 불타 문드러지기를 기다렸다가 칼날을 쑤셔 박으면 된다.

아밀은 살짝 숨을 내쉬었다가 오늘 회의를 종료하고자 입을 열었다.

"짐의 뜻은 굳어졌다. 조만간 지시를 내릴 터이니……."

그때, 문 두드리는 소리가 울려 퍼졌다. 회의 중에는 위급 사태가 아닌 한 입실이 금지되어 있다. 즉 무엇인가 긴급 사태가 발생했다는 의미.

“들어와라.”

“실례하겠습니다!”

근위병이 입실한 뒤 경례했다. 아밀은 조바심을 견디며 보고를 재촉했다.

“도대체 무슨 일인가.”

“넷! 북코임브라, 아울러 남코임브라가 반란군의 손에 떨어졌습니다! 적 지휘관은 엘가 루트윙입니다!”

“쉽사리 믿기 어려운 말이로군. 윌름과 가디스는 대체 무엇을 어찌했다는 말이더냐. 설마 어린아이와 농민 따위에게 패배했는가?”

아밀은 진심으로 기가 막혔다. 적륜군이 공세를 펼치기 시작했다는 정보는 전해 들었다. 그러나 설마 이 짧은 기간에 함락될 줄은 예상하지 못했다. 이래서는 발자크의 원군은 절대로 제때 당도하지 못한다. 고작 평민에게 패배하다니 군인의 수치였다.

“넷. 사, 사실은…….”

“뭔가, 빨리 말하라.”

“네, 네엣. 적륜군 중에 윌라 섬에서 탈출했던 노엘이 목격됐다고 합니다. 배반이 속출하여 반란군의 기세는 그야말로 성난 파도와 같았다는 보고입니다.”

노엘. 악귀. 노엘 보스하이트. 아밀이 자비를 베풀어 윌라 섬에 유배를 보냈던 계집아이. 그 무용을 버리기 아쉬워하여 수차례 권유했음에도 거듭 거절했던 어리석고 고집스러운 계집. 그것이 다시 어금니를 드러내고 과거의 원한을 풀겠노라 일어섰단 말인가.

"정말이지 바보 같은 계집이구나. 마지막까지 형세를 읽지 못했다는 말이군. 발자크에게 연락하여 코임브라로 병력을 진출시키도록 전달하라. 이러한 사태에 대비하여 바하르에는 정예를 배치해 놓았다. 제도에서도 토벌군을 보낼 터이니 먼저 공세를 펼쳐 기세를 꺾어 놓아야겠지."

아밀의 명령을 듣고 당황하는 근위병.

"왜 어물거리는가. 짐의 명령이 들리지 않았는가?"

"……바, 발자크 장군은."

"발자크 장군에게 뭔 일이 났습니까? 몹시 신경 쓰이는군요. 자, 빨리 말해주세요."

밀즈가 재촉하자 근위병은 눈물을 뚝뚝 흘리면서 소리 질렀다.

"발자크 장군께서는 남코임브라 주, 야비츠 고개에서 전사하셨습니다! 장군을 살해한 자는, 반란군의 노엘 보스하이트!"

"……발자크가, 죽었, 다고?"

아밀은 눈을 크게 떴다.

"마들레스를 구원하고자 이동하기 위해 기병과 전차대를 이끌고 선행하셨다가 그때 적군의 기습을 받았답니다! 바하르 군의 사상자는 1천을 넘었습니다!"

회의실에 비통한 목소리가 울려 퍼졌다. 발자크의 전사는 그만큼 무거운 의미를 지닌다. 그는 단지 장군일 뿐 아니라 대관의 역할도 수행했다. 그런데 반란군, 게다가 일찍이 바하르를 괴롭혔던 악귀에게 살해당했다면 적은 당연히 기세를 떨치게 된다.

"실례하겠습니다! 바하르 서부의 도시 라르도에서 바하르 해방 전선을 자처하는 자들이 반란을 일으켰습니다! 현재 역적 놈들은 도시 토르드를 향하여 진군 중입니다!"

회의실에 뛰어들어 온 병사가 위급 소식을 전했다.

"……해방 전선."

이전부터 불온한 움직임이 있었던 바하르 서부. 발자크의 죽음을 호기회로 보고 움직였을 테지. 제국에 지배당하기 이전의 영광을 되찾고자 하는 역사의 유물, 패배를 받아들이지 못하는 어리석은 자들의 집단이다. 이제껏 관대한 자세로 상대해줬거늘 도리어 화로 돌아왔다. 아밀은 이제껏 베푼 자비가 이 같은 사태를 초래했는가 싶어 다소나마 후회했다. 역시 철저하게 숙청을 실시하는 게 옳았다.

"폐하, 이것은 중대한 사태입니다!"

"어찌하시겠습니까, 폐하!"

아밀은 동요를 마음 깊숙한 바닥에 가라앉히고 평소의 표정으로 명령 내렸다. 자신은 리베리카 대륙의 패권자이다. 패배는 절대로 없다. 있어서는 안 된다.

"동부에서 준비 중인 3만의 병력을 바하르에 파견하여 즉각 방위를 담당토록 하라."

"그래서는 롱스톰이 버티지 못할 겁니다!"

"롱스톰의 장병, 백성, 물자는 일시적으로 홀름즈에 피난시키도록. 애당초 그 주는 겐부를 감시하기 위해 설립한 곳이다. 토지 자체에 큰 가치는 없잖은가. 다른 지역을 수습하는 대로 다시금 탈환하면 된다."

겐부는 옛 영토를 되찾기 위해 집념을 불태우고 있다만, 아밀이 보기에는 별반 가치가 있는 주는 아니었다. 현 상황을 감안해도 돌출되는 형태가 되어버린 롱스톰을 지키기는 지극히 어려웠다.

"아, 알겠습니다."

"파리드와 흑양기는 홀름즈 방위에 필요한 전력을 남기고 시기를 가늠하여 바하르에 이동하도록 전하라."

"그리한다면 기브, 캄비즈의 두 주는 어찌하시렵니까? 공세를 펼쳐 머지않아 적 영지에 밀고 들어갈 것이라고 원수에게서 보고가 들어왔습니다만."

"그따위 나약한 주는 언제든 다시 점령할 수 있다. 그곳보다는 대륙의 요충지인 바하르는 절대로 잃어버릴 수 없는 노릇이다. 악귀를 저지하려면 다시 흑양기의 힘이 필요할 테지. 즉각 태세를 갖춰 역적을 뿌리째 뽑아내야 한다. 이번에는 전원 목을 베어도 좋다! 가담한 자는 일가친척까지 싹 죽여 버려라!"

"예엣!"

아밀은 분주하게 움직이는 부하들을 바라보면서 입술을 깨물었다. 바하르가 함락되면 제국의 장병, 백성들 사이에서 확실하게 동요가 퍼져 나간다. 특히 제도의 병력은 바하르 출신이 많았다. 기브와 캄비즈는 더없이 눈에 거슬린다만, 해방 전선을 운운하는 역적을 방치할 수는 없는 노릇이었다. 무엇보다도 골치 아픈 곳이 겐부다. 롱스톰은 유감스럽지만 버릴 수밖에 없다. 바하르를 방어선 삼아 태세를 갖추고 하나하나 박살 내겠다.

'노엘, 괘씸한 년. 설마 목숨을 살려준 은혜를 원수로 갚을 줄이

야. 해방 전선과 다 함께 목을 쳐서 발자크의 묘에 공양해주마!'

조용히 분노에 몸을 떠는 아밀에게 여전히 변함없이 온화한 표정을 짓는 밀즈가 다가들었다.

"폐하. 잠시 한 가지, 시험해보고 싶은 게 있습니다만."

"뭔가. 기탄없이 말해보게."

"아이고, 감사합니다. 실은 코임브라와 겐부를 떼어 놓을 수 있는 계책을 살짝 시험해보고자 합니다. 실패해도 본전치기, 잘만 먹히면 아주 횡재를 할 수 있겠죠."

"……이간책인가."

아밀은 잠시 숙고한 뒤 히죽 입가를 비뚤어뜨렸다.

"그래, 재미있겠군. 자네가 알아서 실행해보게."

"황공무지로소이다. 저에게, 제국 재상 밀즈에게 맡겨주십시오."

—코임브라 주, 마들레스 성.

거주 지역에서 바하르 군을 철두철미하게 격파하고 온 노엘 부대를 백성들이 미친 듯이 기뻐 날뛰며 맞이해줬다. 백성들의 증오는 자신들에게서 세금을 쥐어짰던 윌름, 그리고 원정을 되풀이하는 아밀에게 쏟아지고 있다. 즉 황제의 고향 군대를 격파한 노엘은 완전무결의 영웅이 된 셈이다.

마치 황제를 맞이하는 것처럼 모인 인파를 밀어 헤치며 노엘은 표정을 바꾸지 않고 마들레스 성내로 진입했다. 손에는 「어느 물건」을 든 채.

"완전히 영웅이 다 됐군. 이제는 코임브라에서 네 이름을 모르는 자가 없겠어."

"별로 아무래도 좋아. 패전 한 번이면 금방 떠나갈 사람들이고. 중요한 건 힘들 때 같이 있어주는 사람이야. 그러니까 저번 전쟁에서 마지막까지 같이 싸웠던 사람들은 전부 내 소중한 동료야."

알현장에서는 엘가가 기쁨 가득한 얼굴로 맞아주었다. 옆쪽의 이루반은 왠지 모르게 핼쑥한 표정이다.

"정말 잘 해냈다. 네 활약 덕분에 통일 코임브라는 무사히 새 출발에 나설 수 있게 되었군."

"넷, 감사합니다!"

노엘은 공손하게 무릎 꿇고 경의를 표시했다. 친한 사이에도 지켜야 할 예의가 있는 법. 겐부에서 배운 말이다. 친구를 곤란하게 만들고 싶지 않다면 자신도 마땅히 노력해야 한다.

"북쪽의 에벨, 그리고 이곳 마들레스를 함락한 데다 더 나아가서는 대관 발자크까지 처단했지. 코임브라의 영웅이라 부르기에 어떤 문제도 없다. 나로서는 그 활약에 보답하고자 네게 장군의 지위를 내리려는 마음이었다만……."

엘가는 거기에서 말을 멈췄다.

어쩌면 장군이 될 수 있지 않을까 기대했던 노엘은 살짝 실망했다. 높은 사람이 되면 자신의 판단에 따라 행동해도 저번처럼 방해를 받지 않는다. 동료도 더욱 늘어난다.

혹시 이루반이 말렸나 싶어 시선을 보냈더니 자신은 전혀 모르는 일이라며 고개를 휙휙 가로젓는다. 거리에서 언뜻 보았던 잘래잘래

인형 장난감 같아서 재미있었다. 아마도 진짜 아닌가 보다.

"실은 겐부의 시덴 공에게서 너를 곧바로 요직에 임명하지 말고 기다려달라는 강한 요청이 있었다. 본래 간섭을 받아들일 까닭이 딱히 없겠으나 그 사람에게는 적잖이 도움을 받아서 빚을 졌지. 그리고 너에게도 나쁜 이야기는 아니라는 당부가 있었다. 그러니까 승진 건은 잠시간 연기해도 괜찮겠는가?"

"네, 알겠습니다!"

기운차게 대답하자 엘가는 살짝 미소 지었다. 그리고 곧장 무표정으로 돌아간다.

"그러면 노엘. 이쪽으로 와라. 이제부터 초대하지 않은 손님을 불러들여야 한다. 내 곁에서 너의 의견을 꼭 들려다오."

"네!"

노엘은 천으로 싸맨 선물을 뒷짐 지어서 붙든 채 엘가의 옆쪽으로 이동했다. 정확히 이루반의 맞은편 위치가 되도록. 즉 두 사람이 비슷한 수준의 입장에 있다고 공공연하게 선언하는 격이었다. 노엘이 이루반에게 손을 흔들고 웃음 짓자 그는 경련이 일어나는 미소를 짓고 굳어버렸다.

"자, 별로 내키지는 않지만 특사를 모셔 오도록. 리벨덤에서 온 초대하지 않은 손님을 말이다."

위병이 한 사람의 남자를 데리고 돌아왔다. 일찍이 그롤을 방문했던 리벨덤의 사절 그리엘이었다. 뻔뻔하게 웃음을 머금은 채 공손히 한쪽 무릎을 꿇어 예의를 갖춘다.

“엘가 님, 오랜만에 뵈옵니다. 아이고, 아주 어엿해지셨습니다. 금번에 거두신 승리, 진심으로 감축드리옵니다.”

“그 말, 일단 고맙게 받아들이도록 하지. 그러나 귀공은 제국을 섬기는 리벨덤 주의 인간이다. 유감스럽게도 나와는 적대 관계에 있군.”

“하하하, 그리 결론을 급히 내리실 필요는 없잖습니까. ……그나저나, 용감하셨던 아버님과 참 많이 닮으셨습니다. 지금 이 모습을 보셨다면 필시 기뻐하셨을 테지요.”

“그리엘 공, 쓸데없는 말은 듣기 싫다. 먼저 말하겠는데 나는 귀공을 전혀 신용하지 않는다. 아버님께서는 그대의 감언이설에 넘어가서 파멸을 맞이하셨으니까. 나는 그 과거를 잊은 적이 한순간도 없다.”

엘가는 분노를 드러내면서도 거칠어지려는 말투만큼은 간신히 수습했다.

그런 모습을 본 그리엘은 자신이 주도권을 거머쥐었다고 확신했다. 교섭 분야에서는 백전노장이라는 자신감을 갖고 있다. 화를 불러일으켜서 감정이 혼란에 빠졌을 때 급소를 헤집는 것. 그리엘을 같은 수법으로 그롤을 함정에 끌고 들어갔다.

엘가는 지휘자로서 아직껏 경험이 많이 부족한 데다가 어리광이나 부리면서 자란 애송이에 불과하다. 지금은 지휘자의 지위에 있을지언정 허수아비에 다름없을 터. 갓난아기의 손을 비틀기보다 수월한 임무였다.

“아이고, 가차 없는 말씀이시군요. 그러나 오늘은 지난날의 무례를 사죄드리고자 멋진 선물을 갖고 왔습니다. 분명히 기뻐하시리라 기대합니다."

"……대체 무엇을 가져왔다는 말이더냐."

의아해하는 엘가. 그리엘은 품에서 한 통의 서찰을 꺼내 들었다.

"엘가 님의 숙부 되시는 황제 아밀 님께서 보낸 서찰이옵니다."

"귀공은 나를 놀리고자 왔는가!! 아밀은 내 아버님의 원수잖은가!"

"방금 전에도 말씀드렸으나 마냥 서둘러서는 안 되십니다. 우선은 내용을 확인하십시오. 어느 분인가, 이 서찰을 엘가 님께 전달해 주시겠습니까?"

이루반이 걸어 나와서 서찰을 받아 들었다. 황제의 인장이 찍힌 서찰. 엘가가 내용을 읽으라고 눈으로 신호했다.

이루반은 봉투를 뜯어 일동에게 들리도록 서찰을 낭독했다.

—코임브라의 궁핍한 상황은 익히 전해 들었다. 금번의 사태는 백성들의 목소리에 힘입은 의거인 줄을 분명히 안다. 본래 코임브라의 태수 자리에는 마땅히 바르데카의 일원이 앉아 있어야 하는 법. 불행한 다툼은 벌어졌을지언정 지금 이때야말로 바로잡을 수 있노라 인식하는 바이다. 홀시드 제국 4대 황제 아밀 바르데카가 고한다. 남북 코임브라의 통일을 인정하고 백성의 대변자로서 엘가 루트윙을 태수로 임명하노라. 아울러 이 서찰을 수령하는 대로 엘가에게 바르데카 성씨의 사용을 허락한다. 이 조치는 그롤에게도 적용되기에 망부의 명예는 즉각 회복될 것이다.

"……나를, 태수로 임명하겠다?"

"예. 솔직하게 아뢰자면 화평 제안이옵니다. 그리고 이제부터는 더불어 걸어 나아가고 싶다는 말씀도 덧붙이셨습니다. 저번 전쟁의 비극, 폐하께서는 항상 마음을 아파하셨지요. ……어떠신지요? 나쁘지 않은 조건이라 여겨집니다만."

"……."

두 눈을 감고 숙고하는 엘가.

"엘가 님의 뒷배로 있는 겐부는 분명 강합니다. 그러나 일찍이 태양제의 앞에 무참히 패배했던 과거를 잊어서는 안 됩니다. 이번에도 파리드 원수가 지휘하는 흑양기가 출진하면 같은 결과를 거듭 맞이하게 될 테지요. 이 이상의 전쟁은 엘가 님께도 대의가 없습니다. 단지 복수에 불과합니다. 제 말이 틀립니까?"

"확실히. 그리엘 공의 말씀도 어찌 본다면 일리가 있겠군."

엘가는 눈을 뜨고 흥미가 있다는 표정을 지었다.

"역시 엘가 님이십니다. 지금 중요한 것은 백성을 평안케 하고 나라를 부유하게 돌보는 일이지요. 다른 사람들의 위에 선 자는 사심을 버려야만 합니다. 원한을 버리고 다시 제국에 속하여 내정에 전념하는 게 옳습니다. 그리한다면 엘가 님께서는 위대한 코임브라의 태수로서 이름이 남고, 아버님께서도 역시 명예를 회복하실 수 있을 겁니다!"

그리엘은 마치 연기를 하는 동작과 함께 단언했다.

"그리엘 공의 말씀은 잘 들었소. 참으로 멋진 제안이라고 여기는 바요. 이루반, 자네는 어찌 생각하는가?"

"넷. 저희는 엘가 님께서 선택하신 길을 함께 나아갈 뿐. 아무쪼록 마음 가시는 대로 나아가십시오."

이루반은 대답을 보류했다. 지금은 자신이 나설 상황이 아님을 이해했기 때문이었다.

“그런가. 그러면 나의 벗 노엘이여. 그리엘 공의 말을 어찌 들었는가?”

남몰래 안경을 썼던 노엘이 웃는 얼굴을 만든다. 엘가는 그 엉뚱한 변모를 보고 웃음을 터뜨릴 뻔하다가 간신히 견뎌 냈다.

“저도 무척이나 멋진 제안이라고 생각했습니다. 백해무익의 허튼 소리입니다! 그리엘 공의 말대로 따른다면 다시 파멸의 길을 나아가게 되겠죠!”

“가, 갑자기 웬 망발인가!”

그리엘이 거친 목소리로 외치자 노엘은 안경을 척 고쳐 쓰면서 멋을 부렸다. 그리고 리그렛의 흉내를 낸다.

“잘 들어. 누구 눈으로 봐도 제국은 내리막길, 가라앉은 해야. 꼬맹이 같은 야망을 품고 다른 대륙까지 손을 뻗쳐서 자기 주변도 돌아보지 못하는 어리석은 황제잖아? 그런 인간에게 태수 지위를 인정받아 봤자 아무런 보증이 안 된단 말이야.”

“이리도 무례할 수가 있는가!!”

그리엘은 교섭의 기본을 잊고 고함질렀다. 눈앞에 있는 여자가 꺼낸 발언이 너무나도 부아를 건드렸기 때문이다. 자신을 벌레인 양 내려다보는 눈빛, 귀에 거슬리는 말투. 도저히 견뎌서 넘길 수가 없었다. 한번 선을 넘어버리면 더는 돌이키지 못한다. 그리엘은 아차 싶어서 한탄하면서도 차마 사죄할 수가 없었다.

“리벨덤도 여유가 없다는 정보쯤 벌써 다 파악했어. 그러니까 황제한테 포상을 받고 싶어서 굳이 심부름을 나온 거잖아?"

"아, 아니다! 나는 평화를 위해……."

"또 거짓말. 다 알아, 너희 동네도 역병 수습을 못 해서 내리막길이잖아. 아하하, 황제의 개 신세는 3년 전과 전혀 바뀌지 않았나 봐. 뭐해, 평소처럼 꼬리나 흔들어보던가."

깔깔 노엘이 웃음 짓자 엘가와 다른 인물들도 따라 웃었다. 그리엘은 분노에 젖어 부들거린다. 덧붙이자면 누구 흉내를 낸 언사인지 알아본 리그렛도 꽤 화가 났다.

"역적 놈들이 감히! 네놈들 따위, 제국이 진짜 무력을 발휘하면 한시도 버티지 못한다!"

"어머, 어머나. 그 역적을 태수로 인정하겠다고, 게다가 위대한 바르데카 가문으로 복귀시키자고 제안한 거야? 황제 폐하께서는 정말 머리가 나쁜가 봐. 그런 곳으로 돌아오라는 건 역시 웃기는 이야기야. 엘가 님, 저딴 서찰은 아예 태워버리시죠."

"이루반, 흔적도 없이 태워버려라. 정말이지 거슬리는군."

"분부대로."

이루반이 초의 불꽃에 갖다 대서 서찰을 태운다. 순식간에 재가 되어서 바람에 날려 형태가 사라졌다.

"후, 후회하지 마시오! 머지않아 아버지와 같은 말로를 밟게 될 거요!"

"그건 내가 할 말이다. 기필코 응보를 내려주겠노라 아밀에게 전하라!"

"엘가 님, 일부러 먼 길을 와준 그리엘 공을 빈손으로 돌려보낸다면 예의가 아닙니다. 선물을 건네 드려도 괜찮겠습니까?"

"그야 상관없다만. 대체 무엇을 줄 작정인가?"

"이제 보여줄 테니까 기대해!"

노엘이 발치에 놓아두었던 꾸러미를 들어서 휙 집어 던졌다. 그리엘이 무심코 받아 들었을 때 날아드는 서슬에 천이 쓰르륵 떨어졌다.

—그 정체는, 인간의 머리였다.

"히, 히익!!"

"내가 쏘아 죽인 발자크 장군의 수급이야. 위대한 황제 폐하께 가져다줄래? 분명 기뻐할 테니까."

"노엘, 조금 과하게 분발한 게 아닌가?"

"그렇습니까?"

의뭉을 떠는 엘가의 말을 노엘도 덩달아 받아준다. 한편 그리엘은 대경실색하여 제대로 서 있지도 못할 지경이었다.

"그렇지만 위대한 숙부님께 인사를 대신하여 보내드리기에는 마침 적당하겠어. 자, 더 이상은 나눌 이야기도 없겠지. 위병, 특사께서 돌아가신다는군. 저 수급과 함께 성 밖으로 쫓아내라!!"

"넷!"

그리엘이 강제로 끌려 나간 뒤 엘가는 전원에게 고했다.

"애당초 저딴 제안을 받아들일 마음은 없었다. 감정을 빼놓고 고려해도 제국에 복귀한다는 것은 어불성설. 또다시 착취당할 뿐이다."

"……전쟁이 벌어지겠군요. 그러나 다시 지옥으로 돌아가기보단 낫겠습니다. 내리덮이는 불티는 필히 치워버려야 합니다."

페리우스가 동의했다. 조금 전까지 잠자코 지켜봤던 이유는 전부 연극임을 간파했기 때문이다. 애당초 현 상황에서 제국에 복귀한다는 건 악수 중의 악수였다. 다른 주가 진압되는 대로 확실하게 멸망당하리라.

"엘가 님, 이번 수작은 일축당한다는 전제로 보낸 사절이라고 간주해야 합니다. 백성들의 안녕한 생활보다 아버님의 복수를 우선했다는 악평을 퍼뜨리기 위함이겠지요. 공작 임무를 맡은 밀정이 이미 잠입했다 짐작됩니다."

이루반이 굳은 얼굴로 우려를 표시했다.

"그렇다면 어찌 대처하는 게 최선이겠는가?"

"가만히 무시한다면 상대의 술책에 걸려듦과 다르지 않습니다. 차라리 솔직하게 백성들 앞에 사정을 밝히는 게 옳겠습니다. 각 도시에 포고문을 붙여서 이번 방문을 대대적으로 선전하시지요. 백성들은 지쳤고 전쟁에 증오를 보임은 분명합니다. 그러나 착취당하는 나날로 돌아가는 길 또한 바라지는 않을 터입니다. 제국의 화평 제안을 창자가 끊어지는 심정으로 일축했다는 인상을 심어 놓는다면 문제없습니다."

지옥에서 벗어나기 위해 백성들은 적륜군에 참가하여 검을 쥐었다. 다음 전쟁을 회피하기 위해 또다시 지옥으로 돌아가야 한다면 무엇을 위해 궐기하였나 알 수가 없다.

그러나 지쳐 허덕이는 백성들이 눈앞의 평안에 사로잡힐 가능성도 있었다. 따라서 빈틈없이 대처를 실시해야 한다.

"알겠다, 이번 건의 대처는 이루반에게 전부 일임하지."

"분부대로."

예를 갖추고 물러서는 이루반을 지켜보다가 엘가는 입을 열었다.

"우리는 승리를 거두었으나 함께 결기한 겐부, 기브, 캄비즈의 동포들은 지금도 제국군과 싸우고 있다. 코임브라의 피폐한 현실은 부정할 수 없으나 단지 지켜보기만 한다면 다시 제국의 침공을 받게 될 수도 있다. 애당초 겐부 등지에서 지원을 받지 못했다면 우리의 결기도 이루어지지 못했을 터. 은혜를 잊어서는 안 된다."

반론은 나오지 않았다. 고전하고 있는 기브, 캄비즈가 함락되면 다음 차례에 적군이 들이닥칠 곳은 코임브라가 될 가능성이 높았다. 막 점령을 마친 상황인지라 아직껏 방비 태세를 갖추기에는 많은 시간이 필요하기 때문이었다.

"따라서, 제국에 맞서 공동으로 대항하고자 방책을 의논하기 위하여『제후 회의』를 개최하기로 결정됐다. 연락을 받은 시기는 바로 어제, 제군들에게도 알리지 않아 미안했다. 그러나 만에 하나라도 누설되는 사태가 벌어져서는 안 되는 까닭이었다."

엘가가 말을 마치자 일동은「오오!」술렁거렸다. 제각기 떨어져서 싸웠던 각 주가 협력 체재를 마련할 수 있다면 홀시드 제국과 정면으로 대결할 만한 전투력이 숫자상이나마 갖춰진다. 제국은 이미 문도노보 대륙에도 손을 뻗쳤기 때문에 필연적으로 전력이 분산된다. 전황은 단번에 비등해지리라.

흥분한 무관 중 하나가 소리 높였다.

"엘가 님, 그 회의는 언제쯤 열릴 예정입니까!"

"열흘 뒤, 장소는 겐부 주의 프레즈노라 불리는 도시다. 제국에 반기를 든 자, 혹은 들고자 하는 자가 한곳으로 모인다. 이 대륙의 역사를 바꿀 행사가 될 수도 있겠지."

엘가는 다소 긴장한 낯빛으로 말을 이었다. 이 이야기를 겐부의 사절에게서 들었을 때 엘가는 떨리는 몸을 주체하지 못했다. 자신과 같은 젊은이에게 각 제후와 어깨를 나란히 할 만한 기량이 정말 갖춰졌는가 알 수 없었기 때문이다.

그러나 지금은 가능하다 믿는다. 자신에게는 많은 동료가 있다. 노엘도 와주었다. 모두를 위해서라도 중앙에 짓눌리지 않도록 분발해야 한다.

"이루반, 노엘. 자네들도 함께 가도록 하지. 이루반, 자네에게는 대륙인의 지혜를 빌리고 싶군. 그리고 노엘은 겐부 공께서 직접 지명하셨다. 결코 잊어버리거나 늦잠을 자거나 하지 말도록."

"분부 받잡습니다. 후세의 역사에 남게 될 회의에 참가할 수 있다니 저 이루반, 더할 나위가 없는 영광입니다."

"네, 알겠습니다."

몹시 감격하는 이루반과 대조적으로 건성으로 답하는 노엘.

"노엘, 출발일에 늦잠을 자는 일은 없노라고 소리를 내어 약속해다오. 네게는 흥미가 없는 사안이라면 일부러 잊어버리는 나쁜 버릇이 있지."

"……가능한 한 일찍 일어나기 위해서 있는 힘껏 노력하겠습니다."

노엘이 시선을 피했다. 어느 틈인가 뒤쪽에 서 있었던 신시아에게 붙들려서 얼굴째 시선이 원래 위치로 되돌아간다.

"엘가 님. 제가 주먹질을 하더라도 제 시간에 깨울 테니 이 녀석의 관리는 맡겨주십시오."

"괘, 괜찮아. 혼자 일어날 수 있어."

"그렇다면 엘가 님 앞에서 약속해라. 늦잠을 자는 일 없이 제때 일어나겠다고!"

"……아하하."

안경이 흘러 내려간 노엘이 정말이지 한심한 표정을 짓는 터라 일동에게서 웃음이 새어 나왔다. 엘가가 느끼고 있었던 중압감도 왠지 모르게 안개처럼 흩어지는 기분이 든다. 좋은 의미든 나쁜 의미든 긴장감이 티끌만큼도 없었다.

"후후, 정말이지 변한 구석이 없구나. 그러면 신시아도 호위로 함께 데려가도록 하겠다. 제군들, 이제부터가 중요하다. 더한 활약을 기대하겠네!"

『넷!』

경례한 뒤 노엘은 허둥지둥 도망치려다가 신시아에게 강렬한 철권을 얻어맞는 신세가 됐다.

이번에는 엘가도 차마 웃음을 견딜 수 없었다.

겐부 주, 프레즈노로 출발 전. 노엘은 리그렛과 도르커스 등등에게 배웅을 받았다. 리그렛은 도르커스에게 억지로 끌려 나왔나 보다. 유감스럽게도 이번에 다른 사람들은 남긴 채 떠나야 했다.

"음, 선물은 뭘 사다줄까? 겐부에는 신기한 게 잔뜩 있거든. 맛있는 음식도 되게 많아!"

"하핫, 나는 뭐든 다 상관없소. 아무튼 간에 무사히 돌아오시기를 바라겠소이다."

"저는 시시한 물건만 아니라면 뭐든 상관없습니다. 뭐, 마들레스 공략 때 제 활약을 보셨다면 상당한 귀중품을 기대해도 무방하겠죠?"

리그렛이 하늘에 닿을 만큼 의기양양한 표정을 짓고 말한다. 한편 그 모습을 본 도르커스는 대놓고 떨떠름한 얼굴이었다.

"음, 으음, 그러면 생선 건어물이 좋겠네. 구워도 맛있고 술이랑 무척 잘 어울리거든. 앗, 상상만 해도 군침이."

노엘이 입가를 닦는 시늉을 하자 도르커스가 희색이 돌며 고개를 끄덕였다.

"헤헤, 그거 괜찮겠군. 아, 혹시 시간이 좀 난다면 말이오. 겐부의 술이나 또 사다주시구려. 흐흐, 아주 중독될 것 같았다오."

손으로 잔을 만들어 술 따르는 동작을 하는 도르커스.

"알았어, 가장 맛 좋은 술을 사 올게. 이번에 다들 힘내줬는걸."

"흥, 나는 음식물이나 술에 넘어갈 만큼 값싼 여자가 아니에요. 웃기지도 않아."

언짢다는 듯 혀를 차는 리그렛. 그러나 함께 겐부에 갔을 때 식사를 대접받고 리그렛이 남김없이 먹는 모습을 노엘은 똑똑히 봤다. 자기 몫의 선물로 구입해서 섬에 가져갔던 장면도 놓치지 않고 봤다. 자기 나름대로 숨기려는 모양인데 벌써 다 들켰다.

덧붙이자면 겐부와 월라 섬은 요리의 양념에서 상당한 차이가 있다. 겐부는 순한 맛이 주류이고, 월라 섬은 향신료를 잔뜩 집어넣은 자극적인 맛이 많았다. 양쪽 다 맛있는데 리그렛은 아마도 겐부의 요리를 더 마음에 들어 한다.

"그렇구나. 그러면 리그렛은 아무것도 안 사줘도 되겠네. 드문 기회인데 아쉽다!"

"……뭐, 정히 꼭 사주겠다면 성의를 봐서 받아드릴 순 있죠. 괜히 남으면 아깝잖아요."

"그래? 그러면 천 마리 사 와도 괜찮아?"

"바, 바보 아니야?! 그 많은 양을 혼자서 어떻게 먹으라는 거야!"

"아하하, 전부 리그렛한테 준다는 말은 안 했는데. 열심히 싸운 병사들한테 선물할 거야. 지휘관답게 이때다 싶을 땐 분발해야지. 그렇죠? 리그렛 참모님?"

노엘은 손가락으로 리그렛의 코를 쿡쿡 찔러줬다. 리그렛은 얼굴을 새빨갛게 붉힌 채 쳐냈다. 여전히 반응이 재미있다. 덕분에 섬에서 지낸 3년간 전혀 지루할 틈이 없었다. 분명 앞으로도 마찬가지겠지.

"……대장. 말할까 말까 고민했는데 말이오. 음, 지난 3년간 살짝 성격이 고약해지지 않으셨소?"

"어라, 정말로?"

"틀림없소이다. 내 코는 못 속이지. 아무래도 대장 근처에서 음험한 냄새가 풀풀 풍겨 나오는 듯싶군. 빨리 씻어서 없애는 게 좋지 않겠소?"

"으음, 누구를 좀 닮았을지도? 도대체 누구일까? 왠지 걱정이 살짝 드네."

"헤헤, 걱정일랑 접어 두십쇼! 대장이 나가 있는 동안에 원인을 찾아 놓겠소이다!"

노엘이 능청을 떨자 도르커스가 받아준다. 리그렛은 기운 넘치는 혀 차기를 남긴 뒤 성으로 척척 되돌아갔다.

"뭐, 농담은 이쯤 하고, 진짜 조심하십쇼. 모두 대장의 귀환을 목 빼놓고 기다리겠소!"

『대장, 다녀오십쇼!』

『악귀 님, 아무쪼록 조심하십쇼!』

"응, 이제 다녀올게! 그동안 코임브라를 잘 지켜줘!"

노엘은 배웅 나온 사람들에게 손을 흔들어주고 말에 뛰어올라서 엘가를 찾아 나아갔다.

겐부의 주도에서 조금 동쪽으로 이동한 곳에 성채 도시 프레즈노가 있다. 긴급 사태 시 주도의 방패가 되기 위하여 설립된 견고한 거점이다. 얼마간 자급자족도 가능한 덕에 장기전에도 견딜 수 있다. 저번 대전 때 함락된 요새를 겐부 태수 시덴이 다시 건설하여 꾸린 곳이다. 머지않아 도래할 독립의 날에 대비하고자.

겐부는 지난 며칠 동안에 롱스톰 주를 완전히 점령하는 데 성공했다. 그 땅은 본래 겐부 사람이 많은 지역이었다. 롱스톰의 병사들 중 내통자가 속출한 덕에 전투에서 우위를 점한 채 몰아붙일 수 있었다.

롱스톰의 태수가 일찌감치 방어를 포기하고 전력을 홀름즈로 후퇴시켰던 까닭에 별반 저항도 없이 점령하는 데 성공. 시덴은 태수 취임 이후에 쭉 비원으로 품고 있었던 겐부의 옛 땅을 탈환하겠다는 뜻을 마침내 달성했다.

그 소식을 들은 겐부의 백성들은 승전에 열광했고 각 도시며 촌락은 축제를 벌인 양 법석이었다. 병사들의 전의도 향상됐고 제국군 따위 단숨에 격파하겠노라 모두가 기개를 떨치고 있는 상황이다.

그러나 이곳 프레즈노만큼은 험악한 분위기에 휩싸여 있다. 무기를 든 위병이 빈틈없이 문과 통로를 가득 메웠고, 성주의 저택 주변은 벌레 한 마리도 못 들어갈 만큼 삼엄한 경비 태세가 갖춰졌다. 도시 주변은 항상 순찰병이 왕래하며 불의의 사태에 대비한다. 실제로 제국의 밀정으로 짐작되는 자들이 몇 명 붙잡혀서 혹독한 고문을 받고 있었다.

그게 당연한 것이 지금 프레즈노에는 홀시드 제국에 대해 반기를 든 지도자들이 모여 있었다. 추후 대륙의 역사를 좌우하게 될 중요한 회의가 이제 곧 개최된다. 제국의 입장에서 보자면 어찌해서라도 방해, 혹은 일망타진하고 싶은 행사였다.

겐부 무관들의 활약 덕택에 습격 계획은 미연에 방지되었지만, 아직껏 경계 태세는 계속지고 있다.

—대단히 긴박한 분위기 속에서 제후 회의는 시작됐다.

저택 회의실에 원탁이 놓여 있고 엄숙한 분위기가 감돌았다. 각 지도자의 곁에는 서류와 펜을 든 참모가, 수행을 위해 동반한 호위는 항상 검에 손을 얹은 채 주위의 동향에 눈을 번뜩이고 있다.

참가자는 다음과 같았다. 겐부에서는 시덴, 참모 하쿠세키. 통일 코임브라에서는 엘가, 노엘, 이루반, 그리고 호위 신시아. 기브, 캄비즈의 태수도 측근을 데리고 참가했다. 그리고 바하르 해방 전선을 지휘하는 번즈. 햇볕에 타서 검붉은색을 띤 얼굴은 일동 중에서도 한층 더 눈에 띄었다.

노엘은 회의 따위는 빨리 마쳐버리고 겐부에서 선물거리를 찾으러 가고 싶었지만, 당장에 나다닐 수는 없었다. 의지를 통일하기 위한 교섭이 하염없이 이어졌기에 이미 사흘째에 돌입한 상황. 중간에 물론 휴식 및 수면 시간은 끼어 있었지만, 그 이외에 회의실은 완전히 봉쇄되었다.

노엘에게는 고문과 다를 바 없는 상태였다. 첫날에 인사한 이후 한 마디도 발언하지 않았다. 자신이 있을 필요성을 전혀 못 느끼겠다. 그럼에도 꾹 견딘 이유는 엘가가 온 힘을 다해 노력하고 있기 때문이었다.

그러나 어떤 경우든 간에 한계란 있는 법이다.

'……큰일 났다. 또 졸음이 오네. 그래도 잠들면 혼날 텐데. 왜 일일이 이야기가 자꾸 길어지는 거람.'

뻔히 아는 사실이어도 일일이 확인하자는 것이 이 회의의 규칙 같았다. 의사 진행을 맡은 사람은 시덴. 요점을 정리하는 솜씨는 능숙한데도 다른 참가자의 이야기가 자꾸 늘어지는 탓에 회의는 순조롭게 지연된다. 옆쪽의 엘가가 등을 똑바로 곧추세운 모습을 보면 여전히 긴장했음을 알 수 있었다. 이루반은 이런 자리에 익숙한 듯 때때로 엘가에게 알기 쉽도록 설명해주며 스승과 제자 같은 분위기마저 연출했다.

'잠깐만 산책 나갔다 오겠다고 하면 혼나겠지.'

정말 지루했던 노엘이 거하게 하품하려고 한 순간, 신시아에게 등을 꼬집히고 말았다. 등 뒤에 무시무시한 귀신이 있다는 사실을 깜빡 잊어버렸다. 집중력이 끊어졌다는 증거이기도 하다.

신시아는 호위인지라 자리에는 앉지 않는다. 거의 줄곧 서 있어야 하는데도 불만 한 마디 꺼내지 않는다. 자신도 본받아야겠다는 생각에 등을 똑바로 펴고 진지하게 귀담아듣는 시늉을 했다.

—30초 만에 졸음이 왔다.

제후 회의에서 갖가지 현안 사항에 대해 논의가 이루어졌고, 기탄없는 분위기 속에 소걸음처럼 느릿하게나마 진전했다. 제국에 대한 적개심, 증오는 모두가 공유하고 있다. 회의 진행을 방해하고자 마음먹고 온 사람은 이 자리에 없었다. 그러나 훗날 불리해지지 않기 위해서라도 어떤 안건이든 면밀하게 확인을 거쳐야 했다. 따라서 필요 이상으로 시간이 소요된다. 노련한 시덴도 실은 지긋지긋한 심정이었으나 속내를 얼굴에 드러내지는 않았다.

"그러면 원적 홀시드 제국에 대해 각 주— 아니, 각 나라가 일치단결하여 맞서기 위한 운명 공동체『리베리카 연방』을 수립하는 데 다들 동의하시겠소?"

『이의 없음!』

시덴의 물음에 각 지도자들은 한목소리로 답했다. 사흘째에 드디어 최중요 의제가 결말이 난 순간이다. 본래는 한나절이면 끝날 주제였는데도 이권 따위의 조정에 난항을 겪은 게 원인이다.

연방 수립에 임하여 겐부 부, 코임브라 주를 비롯한 각각의 지역은 독립 선언에서 더 나아가 곧장 국가로 격상. 연방 참가국은 상호 방위 의무를 반드시 준수하고 공격해 오는 대상에게는 모든 나라가 단결하여 대항하라는 의무가 주어졌다. 즉 연방 수립 선언과 동시에 홀시드 제국에 대해 선전 포고가 이루어지는 셈이었다.

각국은 리베리카 연방이라는 체재 안에 들어오게 됐지만, 통치권은 변함없이 현재의 지도자가 보유한다. 다만 지도자의 호칭은 태수에서 군주로 바뀌었다. 연방 전체의 방침 및 중요 사항은 제후 회의를 개최하여 의지를 통일한다. 의견이 갈라지는 경우는 다수결에 따라 결정된다.

의도적으로 제국 통일 이전의 왕정을 채택하지 않은 까닭은 아군끼리 벌일 수 있는 분쟁을 조장하지 않기 위한 배려였다. 명칭이 군주가 되었을 뿐 실제 역할은 동일하다. 하지만 국왕 폐하라고 숭앙받는 동안 자신이야말로 대륙의 지배자가 되기에 걸맞은 인물이라고 생각이 박일 가능성도 있었다.

각국 지도자가 웬 허튼소리냐고 일축하지 못한 까닭은 과거에 실제 발생했던 사례에서 증명이 끝났기 때문이다. 겐부와 기브 사이에는 진정 변변찮은 이유로 전쟁까지 번져 나갔던 역사가 있다. 물론 코임브라도 남 일이 아니다.

"그러면 연방을 상징하는 통일 깃발은 백성과 태양을 상징하는 적색과 백색, 두 가지 색의 깃발로 결정하겠소. 이렇게 하면 수고를 들일 필요도 없이 금방 마련할 수 있지. 다른 의견은 없으시오?"

"그렇게 진행하시죠. 돈이 부족하기는 어디든 마찬가지입니다. 피아 식별만 가능하다면 일단은 상관없겠습니다."

"저 또한 문제없습니다."

"저, 저도 마찬가지입니다."

엘가가 긴장한 채 마지막으로 찬성의 뜻을 표시했다. 연방 깃발은 적색, 백색을 세로로 나눈 단순한 형태가 채택됐다. 백색은 민중, 적색은 태양의 상징. 하늘에서 빛나는 태양은 황제의 사욕을 위함이 아닌 모든 백성을 동등하게 비춰준다는 뜻을 나타낸다.

—명목은 근사하나 실상은 단지 경비 삭감을 중시했기 때문이었다. 각국은 이제껏 부과됐던 원정비, 오늘에 이르기까지 치렀던 전쟁 때문에 재정이 좋지 않았다. 의장에다가 관심을 쏟을 여유는 일절 없었다.

“바다 건너 성교회에 친선 대사를 파견합시다. 이쪽의 상황을 자세하게 설명해서 적대를 피하도록 하죠. 이루반 공의 말씀을 들어보면 저쪽도 여유로운 상황은 아닌 듯합니다. 공통된 적과 싸우는 사이인 만큼 교섭이 통할 가능성은 높습니다.”

이루반에게서 먼 대륙의 정세에 대해 설명을 들은 일동은 먼저 친분을 만들자고 의견이 일치됐다. 자칫 제국과 화평이라도 맺는다면 좋지 않다. 이쪽의 상황을 확실하게 설명한 뒤 함께 횡포한 제국에 맞서 싸우자고 호소해야 한다. 최악은 복수에 불타는 저 대륙의 군대가 연방의 영토에 반대로 침공을 벌이는 경우이다. 그런 사태만큼은 기필코 피해야만 했다.

“제국에 피폐를 강요하기 위해서라도 아밀은 원정을 계속 고집해주는 것이 우리에게 유리하오. 성교회 지도자의 신뢰를 얻기 위해서 제국 선단의 방해 정도는 하는 게 괜찮을 수도 있겠소. 위협만 가할지라도 제국 선단의 입장에서는 여간 골칫거리가 아닐 테니까 말이오.”

“괜찮군요. 참으로 좋은 생각이십니다.”

“그 밖에도 이래저래 가능한 시도가 있을 게요. 노력은 적게, 대가는 크게. 이것이 우리 캄비즈의 강령이라오.”

먼 대륙에 대해 의견을 주고받는 지도자들. 느릿한 진행에 결국 인내심의 한계를 맞이한 인물이 거친 목소리로 외쳤다.

“실례!! 대단히 외람되오나 이제는 그만 본 주제로 들어갔으면 하오! 오늘로 벌써 사흘째, 더는 인내심의 한계가 와서 못 견디겠군!! 분명하게 말씀드리겠는데 깃발이며 바다 건너 대륙 따위는 별 관심도 없단 말이오!"

"번즈 공, 잠시 진정하시게."

"어찌 진정하란 말이오!! 지금 이 순간에도 우리 해방 전선은 제국의 맹공을 받는 와중이 아니외까! 연방의 군주분들께 원군 파견을 강력하게 요청드리는 바요! 나는 그 때문에 전투에서 빠져 이곳까지 왔단 말입니다!"

바하르 해방 전선의 번즈가 원탁을 내리치면서 주장했다. 느릿한 회의 진행에 분기를 달래지 못해 당장에라도 난동을 부릴 기세였다. 그러나 번즈의 거센 기세와 달리 해방 전선은 바하르 군대와의 전투로 몹시 열세에 몰려 있었다.

발자크가 코임브라에서 전사한 것을 호기로 판단하여 해방 전선은 바하르 서부의 도시 라르도를 점거하고 거병했다. 바하르 주에서는 대부분의 인물이 아밀에게 충성을 맹세했지만, 그럼에도 불만분자는 나타나는 법. 그들은 불만을 품은 인간을 오랜 시간에 걸쳐 끌어모아서 오로지 칼날을 숨긴 채 시기를 기다리고 있었다. 한때는 아밀의 잔꾀를 따라서 지난날의 코임브라와 거짓 내통을 벌인 이력도 있다.

결기한 해방 전선은 라르도 주변의 점령에는 성공했을지언정 정작 주도 베스타에는 다다를 수 없었다. 예상보다 빨리 적 원군이 나타났던 탓에 베스타 진출의 발판이 되는 도시 토르드 공략에 실패. 그 후는 차츰차츰 병력과 세력권을 갉아먹히다가 결국 본거지 라르도까지 몰린 상황이다. 여기에서 만회를 못 한다면 전멸당할 뿐. 번즈는 이 회의에 해방 전선의 명운을 걸고 있었다. 따라서 필사적인 태도는 당연했다.

"번즈 공의 급한 심정은 족히 이해됩니다. 나 또한 곤경에 처한 연방의 동포를 돕고 싶다는 마음을 진심으로 갖고 있지요. 그러나 증원군의 안건은 잠시 기다려주십시오. 연방의 각국은 우리 기브를 제일 먼저 원조해주시기를 요청합니다. 이대로 가면 기브의 영토가 엉망진창이 될 수밖에 없잖습니까. 지금 보유한 영토의 유지야말로 연방에 있어 우선시할 명제가 아니겠습니까?"

"그게 웬 말씀인가! 귀공은 우리 해방 전선을 외면하겠다는 거요!"

"그리 말씀드리지는 않았습니다. 다만 우선순위가 있다는 뜻으로 드린 말씀이지요."

"기브 따위가 얼토당토않은 소리를 늘어놓다니! 가장 역사가 긴 캄비즈의 구원이야말로 최우선일 텐데! 우리는 파리드의 흑양기와 정면으로 싸우고 있는 실정이란 말이오! 도대체 얼마나 큰 피해가 발생했는 줄은 아시는가!!"

"그 말씀은 폭언이시군요. 기브에도 파리드 휘하의 병력이 들이닥친 상황입니다. 괴로운 것이 자신뿐이라 여기지 마십시오!"

"네놈, 누구에게 하는 말버릇인가! 일찍이 우리의 속국이었던 주제에! 자기 처지를 분별하지 못할까!"

"지금은 같은 연방의 동포일 텐데요. 지금은 지금이니 옛날은 옛날로 접어 두고 함께 나아가자는 이야기는 어디에 갔습니까!"

기브와 캄비즈의 군주가 서로 노려본다. 제국에 지배받기 이전 두 나라는 종주국과 종속국의 관계에 있었다. 그 때문에 양측은 본래 소원한 사이였으나 혹독한 세금과 노역을 강제했던 제국에 대한 적대 감정은 같다. 그래서 더더욱 과거의 분쟁은 문제 삼지 말자고 손을 잡은 뒤 인접하는 홀름즈 주를 함께 침공했었다.

그러나 두 나라가 모두 전투의 지식은 있어도 경험이 없었다. 지휘관부터 병사에 이르기까지 실전다운 실전을 겪은 자가 없었던 까닭이다. 준비를 갖춰 기다렸다가 철저하게 방비만 하는 수비군을 돌파할 수 없었다. 결국은 제국 으뜸의 정예, 파리드 원수 휘하의 흑양기까지 나타났다. 평야에서 전투를 치러 대패를 당한 이후에는 오로지 패주. 이제 와서는 국경을 지키지 못한 채 반대로 영토를 침공당하고 있다.

제국에 일제 결기를 일으켰던 결과, 승리를 거머쥔 곳은 겐부와 코임브라뿐 다른 나라는 곤경에 빠졌다. 주도권을 쥐고 각국에서 어떻게든 협력과 원조를 이끌어 내고 싶다는 게 제후 회의에 임한 군주들의 본심이다.

"일단 진정하시오, 여러분. 아군끼리 서로를 증오하면 제국을 이롭게 만들 뿐. 일찍이 우리는 그 틈을 태양제에게 찔려서 패배, 속절없이 비참한 굴복을 강요당했던 과거를 벌써 잊어버리셨는가!"

시덴이 일갈하자 장내가 정적에 휩싸였다. 그들을 천천히 둘러보다가 숨을 내쉬고 다시 발언을 이어 나갔다.

"여러분께서 처한 곤경, 나 시덴도 족히 헤아리고 있다 말씀드리겠소. 지금이야말로 호기회라 판단하여 격문을 띄운 입장에서 책임을 통감하는 바요. ……따라서 미리 내밀하게 취지를 전달한 적이 있소만, 지휘관에게 강한 재량권을 맡기는 군사 조직, 연방군을 설립하는 게 어떠한가 제안드리는 바요."

"……연방군라니. 시덴 공, 진정 만들자는 생각이셨습니까?"

군주들이 얼굴을 마주 바라본다. 분명히 언급되었던 적은 있었으나 아무도 진지하게 설립을 고려하지 않았다. 애당초 연방 수립부터가 꿈같은 이야기였으니까. 상세한 구상까지 해본 사람은 결기의 수순을 지휘했던 시덴 한 명뿐이리라. 기브, 캄비즈는 자기들의 상황을 감당하기도 벅차고, 하물며 코임브라는 나라를 되찾아야 하는 처지였기에.

"물론 진지하게 생각했소이다. 연방의 최전선에서 제국과 싸울 사명을 지니게 될 자들이오. 각국의 정예를 여기에 모아야 할 테지요."

"……방금 전에도 말씀드렸습니다만, 우리에게는 딱히 여유가 없단 말입니다. 각출 가능한 병력은 극히 한정적이지요. 애당초 누구에게 병력을 맡기고, 대체 어디로 보낸단 말씀이십니까. 상세한 내용을 듣기 전까지는 병사 한 명도 내어드릴 수 없습니다."

기브의 군주가 의문을 나타냈다. 자신들을 도와준다면 기꺼이 병력을 각출하겠다. 그러나 단지 타국을 돕기 위하여 인력을 내어놓아야 한다면 절대 사절이다. 물론 캄비즈, 해방 전선도 마찬가지다. 코임브라의 엘가만 조용하게 단지 얼굴을 찌푸렸다.

"그야 당연한 말씀이오. 이제부터 전부 설명드리리다. 일단 피해를 적게 받은 우리 겐부가 주력이 되어 연방군의 설립에 진력할 작정이오. 그리고 연방군은 바하르의 도시 라르도에 본부를 두어 해방 전선의 번즈 공을 지원할 거요. 당면은 서바하르의 독립을 목표로 임하는 게 옳겠군."

"자, 잠시만. 무슨 말이십니까, 시덴 공! 지배권을 확립하지 못한 지역에 귀중한 전력을 파견한단 말입니까! 우리를 내버리겠다는 속셈인가, 귀공은 무슨 생각으로……."

"본인의 말을 끝까지 들으시게!!"

격앙하여 일어서는 기브의 군주를 매섭게 제지한다. 시덴의 기백이 가득 담긴 시선에 위축되어 순순히 자리에 앉을 수밖에 없었다.

"나 또한 흑양기의 위험성은 족히 숙지하고 있소. 그 사실을 뻔히 알면서도 어째서 바하르에 전력을 투입하는가. 대륙의 중심에 있는 바하르를 위협하면 아밀은 틀림없이 흑양기를 그리로 보낼 터이기 때문이라오. 이는 자신 있게 단언하는 바요."

"……그렇게 단언할 수 있는 이유를 들려주시지요. 우리는 큰 위험을 눈앞에 두고 있습니다. 근거가 없다면 납득하지 못합니다."

"차분하게 생각하면 극히 간단한 이치요. 바하르는 황제 아밀의 고향이잖소. 아밀이 의지하는 제도 병력의 상당수는 바하르 출신으로 구성되었소. 지리를 봐도 만에 하나 바하르를 잃어버리는 경우 제국령에 쐐기가 틀어박히는 모양새가 되지. 이 요충지는 제국의 전략상 절대 잃어버려서는 안 되는 곳. 요컨대 그 위치를 예리하게 타격하면 기브, 캄비즈가 현재 처한 위협은 자연히 줄어드는 거요."

"……일리가 있군."

"……확실히, 듣고 보니까 맞는 말씀입니다. 머리에 피가 솟아서 거기까지 생각이 미치지 못한 점, 정말이지 면목이 없습니다."

"나도 전쟁에는 익숙지 않는 까닭에 거기까지 내다보지 못했군. 시덴 공, 그리고 여러분, 잠시 언성을 높였던 실례를 진심으로 사죄드리오."

기브 군주가 순순히 사죄하자 캄비즈 군주도 뒤따랐다.

"우리는 함께 제국과 싸워야 하는 동포잖소. 사소한 오해일랑 전혀 신경 쓰지 마시오."

"그저 배려에 감사드립니다. 그러면 시덴 공. 도대체 누구에게 연방군을 맡기시렵니까? 파리드와 대등하게 맞싸우려면 어지간히 용맹한 자가 아닌 한 어림도 없을 터인데 말입니다."

원탁에 앉아 있는 일동이 마른침을 삼키며 주시한다. 총대장으로 선출된 지도자는 확실하게 연방의 주도권을 쥘 수 있겠다. 리베리카 연방의「얼굴」이 되는 셈이기에. 강력한 재량권도 약속됐다.

본래였다면 지도자들 모두가 두 손을 들고 수락하려고 할 지위이다. 야심을 지닌 인물이라면 당연했다. 그러나 입을 다문 채 아무도 먼저 나서지 않는다.

"혹시나 싶어 여쭙겠소, 이 자리에 본인이야말로 제격이라고 나설 분은 계시오? 총대장이 되는 분에게는 연방군의 재량권뿐 아니라 제후 회의에 행사할 수 있는 투표권도 드리게 될 거요. 그 대신 거대한 책임도 짊어져야 할 의무가 주어지겠소만."

연방 회의에서 다수결을 실시할 경우 투표권은 정세를 주도할 수 있는 가장 큰 권리이기에 웬만한 대가는 덮어놓고 감수할 만큼 확보하고 싶을 것이다.

그러나 총대장의 지위를 수락한다면 연방의「얼굴」이 될 뿐 아니라「검」과「방패」가 되어 싸워야 한다. 그리고 곧장 기다리고 있는 전투의 상대는 제국 원수 파리드. 확실하게 격전이 벌어지리라. 만에 하나라도 패배를 맞이한다면 모든 책임을 추궁당할 뿐 아니라 목숨마저 부지할 수 없을 것이다. 항상 파멸이 따라붙는 직무였다. 어지간한 정신으로는 감당하지 못한다.

"……아무래도 안 계시는가 보오."

시덴이 장내를 차분하게 둘러본 뒤 확인했다. 이곳에 있는 인간은 이대로 시덴이 떠맡겠다고 나서리라 판단했다. 겐부가 연방군의 병력 대부분을 각출한다면 딱히 불만은 없다. 게다가 전투에 능할뿐더러 롱스톰을 단기간에 함락했다는 실적도 보유하고 있었다. 여기까지 체재를 꾸린 정치력도 더할 나위가 없다. 각국의 지도자들도 지금은 어쩔 수 없겠다는 표정을 지어 보였다. 승리를 거두지 못하는 한 전부가 허사다.

"그러면 외람되오나 내 의견을 말씀드리겠소. 나는 제후분들과 면식이 있고 뛰어난 무용 및 지도력을 지녔으며 아울러 바하르의 사람들이 가장 두려움을 품는 인물이야말로 적합하다고 여기는 바요."

그 말을 듣고 장내가 술렁거렸다.

"그, 그게 누구입니까?"

"노엘 보스하이트 공이야말로 총대장으로 가장 적합할 테지. 우리 겐부는 이 사람을 총대장으로 추천하겠소."

"……하, 하하하. 시덴 공, 농담은 적당히 하셔야지요."

"그, 그렇소. 아무리 급하다 한들 어떻게……."

기브와 캄비즈의 두 군주가 저도 모르게 핀잔을 늘어놓다가 허둥지둥 입을 다물었다. 반사적으로 반대를 위한 소리가 나와 버렸지만, 오히려 적임일 수도 있겠다는 판단이 들어서였다.

"어째서 저 사람이 적합한 인선인가, 여러분 모두 잘 알고 계실 터이나 군이 설명드리도록 하겠소. 연방군은 설립되는 대로 즉각 바하르와 정면으로 전투를 치러야 하오. 저자는 지난 코임브라 대 바하르의 전쟁에 참가하여 흑양기와 싸운 경험이 있소. 그리고 이번 결기에서는 북코임브라의 에벨, 남코임브라의 마들레스를 함락했을 뿐 아니라 나아가서는 바하르의 대관이자 장군 발자크의 수급을 거두었지. 무용과 통솔력은 물론이고 백성들의 평판도 더할 나위가 없소. 이만한 적임자가 달리 또 있지는 않을 듯싶소이다."

시덴의 말에 복잡한 표정을 짓는 군주들. 무력은 분명 검증되었다 말할 수 있겠지만, 기사일지언정 평민 출신의 여인이 자신들과 동등한 위치에 올라선다는 사실을 인정하기 어려웠다. 그러나 괜한 고집을 부릴 상황도 아니었다.

"……시덴 공께서 추천하는 이유는 알겠습니다만. 저자는 여인의 몸, 과연 대군을 통솔하여 전쟁을 수행할 수 있겠습니까?"

"이런, 이상한 말씀을 하시는구려. 귀신에게 나이와 성별이 대체 어떠한 상관이 있단 말이외까. 게다가, 중요한 것은 결과이거늘. 저자가 여태껏 세운 다대한 공을 돌아보고도 다른 말이 나오시오?"

"그, 그야, 그렇습니다만."

"그러나 여러분께서 염려하는 마음은 이해가 되오. 하면 각국에서 감찰관을 파견하시는 게 어떻겠소이까?"

"으, 으음. 그렇다면 나는 이의 없습……."

"우리 해방 전선은 전혀 이의 없습니다. 악귀 노엘 공의 소문은 바하르의 구석구석까지 퍼져 나갔지요. 적은 분명히 두려워서 몸이 떨릴 겁니다. 원군을 맡아준다면 정말이지 든든하겠군."

번즈가 힘 있게 고개를 끄덕였다. 악귀의 두려움을 몸소 겪어서 알게 된 한 사람이다. 몇 년 전 바하르 측 부대로 참전했을 때 노엘의 전투력을 목격했었다.

"조금 전부터 말이 없으시군, 엘가 공은 어찌 생각하시는가? 노엘 공은 코임브라의 신하이지. 귀공의 동의도 받지 않고 강제할 수는 없는 노릇이오."

시덴의 물음에 도중부터 이 사태를 예측하고 있었던 엘가는 더욱 고뇌했다.

"……저, 저는."

본심을 말하자면 결사반대였다. 절대로 싫다, 큰 목소리로 외치고 싶다. 어째서 코임브라 최강의 무인 노엘을 놓아 보내야 한단 말인가. 노엘은 의문의 여지도 없이 코임브라의 신하다. 장군의 지위를 줘서 코임브라를 함께 재건하고 싶었다. 그리고 함께 나라를 풍요롭게 발전시키고 싶었다. 그럼 곧 나라의 행복으로 연결된다는 게 엘가의 생각이다.

그러나 시덴의 말도 이해가 된다. 연방의 동포가 패퇴해서 멸망을 길을 걷게 된다면 머지않아 불길은 코임브라에도 미칠 것이다. 또 다시 사방으로 적에게 둘러싸인 채 아버지와 같은 최후를 맞이할지도 모른다. 그런 사태는 결단코 회피해야 한다.

'나는, 어찌하면 되는가. 여기에서 노엘을 정말로 놓아 보내도 되는가? 이제 다시는 안 돌아올지도 모른다.'

놓아 보내고 싶지 않은 이유는 단지 코임브라를 위함은 아니었다. 사적 감정이 다분히 포함되었음을 자각하고 있다. 그리고 그런 마음가짐이 더는 용납되지 않는다는 사실도. 자신에게는 이룸이라는 혼약자가 있지 않은가. 이제 와서 파혼이 가능할 리도 없었다. 달리 무엇을 바라든 이제는 죄다.

이미 노엘은 자신을 위해 충분히 활약해줬다. 약속은 코임브라를 탈환함으로써 완수되었다. 남은 약속은 행복해지기 위한 방법을 함께 찾아내는 것. 그 약속은 연방을 위해 자신과 노엘이 힘을 다하는 방법으로도 이루어 낼 수 있다.

그렇게 자신을 납득시키고자 타일러본다. 끓어 넘치는 감정을 억누르기 위해서.

'함께 있으면 나는 못내 노엘을 특별 대우하게 된다. 알면서도 멈출 수 없겠지.'

엘가가 노엘을 너무 중용하는 까닭에 가신들 사이에서 파문이 발생했음은 알고 있었다. 사정을 알아차린 페리우스가 에둘러서 다짐을 두고자 온 적도 있다. 뒷수습으로 바쁜 지금은 별 사건이 일어나지 않는다만, 앞으로도 쭉 무탈하리라는 보장은 없다. 한도를 넘어서면 천칭은 곧장 무너져버린다. 이 상황이 머지않아서 노엘에게 불행을 가져다주리라는 예감도 든다.

그래서 엘가는 자신을 억지로 납득시켰다.

"……노엘."

"네?"

졸려서 눈을 비비고 있는 노엘에게 조용히 말을 건넸다.

눈이 살짝 붉은 것 말고 평소와 다를 바 없는 노엘의 표정. 감정이 흘러넘칠 뻔했지만, 안간힘을 다해서 견뎠다. 자신은 코임브라의 지도자니까. 사심은 버려야 한다. 백성을 위해 진력하고, 일하고, 죽어야만 한다.

"너라면 이 막중한 임무를 훌륭하게 완수할 수 있다 여긴다만, 어떻게 생각하나?"

절대로 놓아 보내고 싶지 않은, 놓아 보내서는 안 되는 보물을 연방에 내맡기겠다는 결단. 훗날 죽도록 후회할 것을 이미 각오하고서.

"……으음. 그러면 도련님을 위해 활약하겠다는 약속은 어떻게 하고?"

"연방을 위해 활약하면 코임브라, 그리고 나를 위한 활약도 되지. 우리는 리베리카 연방의 백성이 될 테니. 그것은 네가 총대장의 자리에 오른 뒤에도 바뀌지 않아."

"으음."

노엘은 아직 고민 중이었다. 그게 엘가는 이미 기뻤다.

"너는 코임브라를 위해서 충분히 활약해줬어. 돌아가신 아버님, 그리고 나까지 2대에 걸쳐서. 네가 행복해지고 싶다는 마음을 지금도 갖고 있다면 이 막중한 임무를 받아들이는 게 옳다고 나는 생각한다."

엘가가 힘주어 단언하자 노엘은 그제야 고개를 끄덕였다.

"응, 알았어. 그럼 총대장은 내가 맡을게."

노엘이 별일도 아닌 양 대답하기에 엘가는 무심코 웃고 말았다. 역시 긴장감이 티끌만큼도 없다. 이제껏 고뇌했던 자신이 우스워질 만큼. 어떤 지위에 올라설지라도 아마 노엘은 바뀌지 않는다. 살짝 부럽다는 생각이 들었다.

한편 이대로 가만 넘어갈 순 없다는 분위기로 얼굴을 찡그린 채 시덴이 대화에 끼어들었다.

“……잠시 기다리시게, 노엘 공. 총대장의 지위를 수락하기 전에 우리와 약속을 해줘야겠소. 리베리카 연방을 위해, 그리고 백성을 위해 진력하겠노라고. 귀공이 동료들을 소중히 아끼듯 우리의 백성들 또한 지켜주기를 바라기 때문이오.”

“응, 알았어.”

노엘이 고분고분 대답해도 시덴은 인정하지 않았다. 노엘의 성격과 버릇을 꿰뚫어 보고 있기 때문이다. 지킬 마음이 없고 아무래도 좋은 말을 들었을 때는『응, 알았어.』라는 말로 가볍게 넘겨버린다. 카이를 불러 물어본 바에 따르면 당신의 말을 알아듣기는 했는데 별로 지킬 생각은 없습니다, 이런 의미라고 한다. 귀가 잘 들린다는 말과 같은 뜻이라던가.

그 설명을 떠올렸던 시덴은 두통을 견디면서 다시 한 번 다짐을 놓았다.

“그런 대답은 절대 받아들일 수 없군. 약속하겠다고 분명하게 소리를 내어 선언해주게. 이 지위는 몹시 막중하니. 결코 얼버무린 채 넘어갈 수는 없소.”

“시덴 공, 그렇게까지 해야 할 필요가 있습니까?”

“아니, 나는 기필코 약속을 받아 내야겠소. 이자에게는 반드시 필요한 의식이기에. 추후의 화근을 없애기 위해서라도 지금 못을 박아야 하오.”

노엘과 교류하면서 몇 번인가 골탕을 먹은 시덴은 주의에 또 주의를 기울이고자 했다.

노엘은 3분쯤 팔짱을 끼고 고민한 끝에 떨떠름한 얼굴로 선언했다.

"내가 총대장의 지위에 있는 동안은 리베리카 연방에서 살아가는 백성을 위해 힘을 다하고, 또한 지켜주고자 노력하겠다고 약속합니다."

노엘은 한쪽 손을 치켜들고 엄청나게 또박또박 책 읽는 말투로 약속했다. 그 발언을 들은 일동은 터무니없는 불안감에 사로잡혔다만, 더는 어쩔 도리가 없었다. 재차 마음을 다잡은 시덴이 장내의 분위기를 잘 수습해준 덕에 지도자들이 불안에 짓눌리는 사태만큼은 피할 수 있었다.

—이렇게 3일간에 걸친 프레즈노 제후 회의가 종료되었다.

『우리 4개국 및 바하르 해방 전선은 리베리카 연방의 수립을 선언한다. 아울러 연방의 백성들을 오랜 세월에 걸쳐 학대하고 부당한 착취를 일삼았던 홀시드 제국에 선전 포고를 하는 바이다. 또한 연방은 제국과 맞서 싸우기 위한 첨병이 될 연방군의 설립을 발표한다. 초대 총대장으로 노엘 보스하이트가 취임한다.』

연방에 속한 각국에서 대대적으로 고시와 포고가 이루어졌다.

리베리카 연방의 수립과 홀시드 제국에 맞서겠다는 선전 포고. 그리고 가장 공들여서 선전한 내용은 초대 연방 총대장으로 평민 출신의 노엘 보스하이트가 취임했다는 사실이었다. 황제 아밀, 그리고 제국의 주에도 이 정보는 즉각 전파되었다.

연방의 주민들은 경악과 함께 평민 출신의 새 영웅이 탄생했다는데 기쁜 마음으로 환영해줬고, 제국의 백성들은 무시무시한 악귀의 부활에 마음속 깊이 두려움을 느낄 수밖에 없었다.

한편 노엘 본인은 시덴이 미리 준비해 놓은 총대장 갑옷과 망토를 착용하고 무척 흐뭇한 기분이었다. 연방의 깃발처럼 적색을 기조로 하는 갑옷, 그리고 백색 망토에는 두 철퇴의 문장을 그려 넣었다. 갑옷에는 전투에 도움이 될 것 같지도 않은 장식이 여러 개 붙어 있었지만, 이렇게 붙여 놓고 보니까 꽤 멋있다. 노엘은 새 보물의 탄생을 기뻐했다. 기분도 좋겠다, 곧장 성벽에 달려 올라가서 프레즈노 주민의 환희와 축복의 목소리에 두 손을 들어서 답해줬다.

"내가 리베리카 연방의 총대장이구나. 어쩐지 엄청 높은 사람이 된 기분이야. 있잖아, 대장군이랑 어느 쪽이 더 굉장할까?"

자기 영지는 없어도 굉장하다는 데 변함은 없다. 이런저런 결정을 자기 스스로 내릴 수 있었다. 뭔가 실패를 저지르면 아마도 곧장 경질당하겠지만, 그렇게 되지 않도록 노력하면 된다. 노엘은 긍정적으로 생각했다.

이렇게 높은 사람이 됐으니까 다른 동료들도 기뻐해줄 것이다. 언제 태어났는지는 전혀 알 도리가 없는 만큼 그렇다면 오늘을 자기 탄생일로 삼아도 좋다는 생각까지 든다. 그만큼 기쁘고 또 기뻤다.

"네, 네가, 연방군의 초대 총대장이라니. ……내가 꿈이라도 꾸고 있는가."

"그럼 확인해줄까?"

노엘이 웃음 지으면서 주먹을 쥐었기에 신시아는 허둥지둥 거부했다. 특별히 원망은 안 했더라도 평소 얻어맞던 철권의 보답을 해주겠다고 장난질을 꾸미고 있을 가능성은 충분하다.

"아, 아니, 괜찮다. 아주 살짝, 현기증이 났을 뿐이니. 음, 아무 문제도 없군."

"그래? 그래도 다들 놀라겠지. 돌아갔을 때가 기대되네!"

"……정말로 괜찮은 건가."

"분명 괜찮을 거야. 자, 하늘을 봐. 노을이 엄청나게 예뻐!"

노엘이 손가락질하는 방향을 바라본다. 새빨갛게 타오르는 태양이 산 너머로 떨어지고 있는 참이었다. 그러나 신시아는 다른 대상에 눈길을 빼앗기고 말았다. 늠름한 얼굴로 저녁노을을 바라보고 있는 노엘에게. 성벽에 한쪽 다리를 걸치고 의기양양하게 허리에다가 손을 얹어 놓았을 뿐이건마는 어째서인지 평소와 다른 사람처럼 보인다.

온몸에 붉은빛을 받으며 타오르는 적발이 바람에 나부끼는 그 모습은 마치 동화에 나오는 영웅 같았다.

노엘이 잠시 귀환했을 때 마들레스 성에는 통일 코임브라의 적륜천칭기와 막 수립을 선언한 리베리카 연방 깃발이 게양되어 있었다. 앞으로 코임브라는 연방의 일원으로서 재건을 목표로 나아가야 한다. 물론 제국의 반격에도 대비해야 할 필요가 있다. 아직은 전도다난이다.

그리고 노엘 일행을 맞이해준 것은 마들레스의 주민과 코임브라의 장병들이었다. 군주 엘가, 아울러 소문의 신임 총대장을 보고자 다들 줄지어 기다리고 있었다.

그들의 선두에서 기다리는 사람들은 자랑스러운 표정의 도르커스와 동료들. 가슴에는 총대장의 첫째 부하라고 지저분한 글씨로 써 넣은 훈장이 달려 있었다. 노엘이 준 물건은 아닌지라 자기들끼리 알아서 만들었나 보다.

"노엘 대장, 아니, 총대장 각하! 총대장 취임 소식을 들었을 때는 놀라서 아주 나자빠지는 줄 알았소이다. 진심으로 축하드리오!"

"응, 고마워!"

"총대장이 돼도 우리의 대장이라는 건 변함없지. 흰개미당 모두 앞으로도 잘 부탁드리겠소!"

"물론이야! 아, 선물 사 왔어. 사람들한테 나눠 줘. 물론 술도 있어."

"헤헤, 고맙소! 이놈들아, 총대장 각하께서 간식을 나눠 주신단다! 고맙게 받아먹어라!!"

『노엘 총대장, 감사합니다!』

『노엘 총대장 만세!』

『악귀 님 만세!』

윌라 섬 출신 장병은 누가 뭐라든 악귀 님이다. 뭐랄까, 이제는 별로 신경도 안 쓰이고 좋아하는 대로 불러주면 되는 게 아닐까.

—그때 노엘은 마침 좋은 기회다 싶어 새롭게 만든 연방식 경례로 답해주고자 마음먹었다. 회의에서 막 결정된 사안인지라 처음으로 선보이는 셈이다. 등을 쭉 펴고 오른손을 비스듬하게 기울여서 머리 옆쪽에 가져다 댔다.

"응? 총대장, 그건 도대체 뭔 동작이오?"

"새로 만든 경례야. 이제 우리는 연방군이잖아. 제국식 경례는 폐지하고 앞으로는 이렇게 바꾼다더라. 모두들 아주 중요한 건 아니지만 잘 기억해줘."

"그건 또 갑작스러운 소식이군. 어쨌든 알겠소이다. 이놈들아, 노엘 총대장 각하께 경례다!"

도르커스가 큰 목소리로 호령하자 전원이 노엘을 향해 경례했다. 일사불란한 행동이 제법 장관이라 말할 수 있는 광경이었다. 개성 넘치는 면면인데도 통솔은 제대로 이루어지고 있다.

"응, 아주 제대로야. 불만 없음!"

"헤헤, 거 고맙소!"

"그럼 이따가 봐."

"막사 대식당에서 기다리고 있겠소. 오늘은 아침까지 축연이다!"

도르커스와 병사들에게 떠들썩한 전송을 받고, 주민들 북새통에 시달리고, 높은 사람들에게 실컷 축복의 말을 듣고, 헤아릴 수 없을 만큼 악수를 나눈 뒤 노엘은 간신히 성에 도착했다. 어느 틈인가 뒤쪽에 따라붙은 신시아도 어쩐지 진이 쭉 빠진 표정을 짓고 있었다.

"아, 진짜 지쳤어!"

"……으음, 나도 같은 의견이다. 사람들의 기대는 사무치도록 느끼는 바이다만, 저 기세에 둘러싸이자니 아무래도 좀 피곤하군."

"이제부터 대연회인데 신시아는 어떡할래?"

"보고서를 정리한 다음 얼굴을 보이도록 하지. 나도 이제껏 싸워준 병사들을 치하하고 싶군."

"그렇구나. 그러면 이따가 봐!"

"그래, 알겠다. ……아니, 알겠습니다. 노엘 총대장 각하."

신시아가 불쑥 말투를 수정하는지라 노엘은 진심으로 싫단 표정을 지었다.

"평소처럼 말해줘도 돼. 뭔가 엄청나게 이상한 느낌이야."

"그래도 말이다. 네가 이제는 총대장이 되었는데."

"에이, 괜찮다니까. 괜히 무리하면 새치랑 잔주름만 늘어나는걸."

일순간 날카로운 눈매로 노려보다가 신시아가 한숨을 쉬고 고개를 살짝 끄덕였다.

요즘 들어서 리그렛에게 영향을 받은 탓인지 쓸데없는 한 마디를 더 보탰다가 혼나는 경우가 많아진 것 같다. 잔주름 소리는 굳이 필요 없었다. 좀 조심해야겠다고 노엘은 자신을 꾸짖었다. 아마 곧 잊어버리겠지만.

"네가 굳이 원한다면야 평소처럼 대하도록 하지. 실은 말이다, 코임브라의 감찰관은 내가 임명되기로 결정났다. 즉 너를 교육하는 임무는 앞으로도 쭉 계속된다는 말이지."

"와, 정말? 힘들겠다. 분명히 고생할 거야."

"당사자가 말하지 마라. 총대장에게 걸맞은 언사와 예의를 가르쳐주마. 물론 군무를 소홀히 하고 놀러 다니면 용서하지 않겠다."

"으엑. 여기서 더 바빠지는 처지는 사양하고 싶은데."

노엘은 혓바닥을 내밀고 두 손을 들어서 항복 자세를 취했다.

"……풉. 총대장의 지위에 있는 인물이 딱한 푸념을 늘어놓지 마라."

신시아가 웃음을 터뜨리는지라 노엘도 함께 웃었다. 역시 이래야 좀 마음이 놓인다.

노엘의 총대장 취임이 결정된 이후, 곧이어서 갖가지 제약을 붙이기로 결정됐었다. 자유방임으로 대군을 맡길 만큼 녹록한 사람들은 아니었다.

군사 행동을 일으킬 때는 긴급 상황을 제외하고 필히 각국의 군주에게 연락할 것. 또한 총대장으로서 부적격하다고 제후 회의가 판단했을 경우 노엘은 즉각 총대장의 지위에서 해임된다. 이 결정을 거부했을 경우 노엘의 신병은 강제적으로 구속된다.

또한 조언과 감시를 임무로 맡는 「감찰단」이 연방군에 배치된다. 각국에서 몇 명씩 파견하여 노엘의 행동 하나하나를 본국에 보고하는 의무가 주어졌다.

이 감찰단에게는 큰 권한이 부여됐다. 감찰단은 해임 동의를 발동할 권한을 갖고 노엘에게서 불온한 동향이 적발될 경우 과반수의 찬성으로 총대장을 해임시킬 수 있다.

사실은 이 발동권을 노엘 자신도 갖고 있었다. 서류에 몰래 덧붙였다. 질리거나 귀찮아지면 스스로 해임 동의를 발동할 계획이다.

어째서 이런 잔꾀를 부렸냐면『그만두고 싶을 땐 어떻게 하면 돼?』라고 태평하게 시덴에게 물어봤더니 엄청나게 무시무시한 눈빛으로 노려봤기 때문이다. 시덴은 화나면 음험하게 심술을 부리는지라 주의가 필요하다. 식사의 양을 줄인다거나 간식을 빼버린다거나 귀찮은 일거리를 잔뜩 떠넘긴다. 이제는 덜컥 총대장의 자리에도 앉은 터라 당분간 못 도망친다. 정말이지 위험한 사람이다.

노엘은 무관, 문관들에게서 또다시 수많은 축복의 말을 듣다가 막사로 향하기 위해 혼자서 느긋하게 걸어 나왔다. 지금 복장은 겐부에서 마련해준 적색 기조의 군복이다. 위아래를 붉게 맞춰 놓은지라 상당히 눈에 띄었다.

그래도 커다란 훈장이 달려 있고 태양처럼 밝아서 멋있다. 붉은 머리카락에 붉은 옷까지 색이 겹쳐버렸지만, 딱히 불만은 없다. 지금은 머리카락도 단정하게 뒤쪽으로 묶어 내렸기에 이대로 어딘가의 식전에 참가해도 문제없겠다고 신시아에게서 보증을 받아 놓았다. 거울 앞쪽에 서면 확실히 어엿한 군인이 비쳐 보인다. 왠지 모르게 다른 사람 같아서 히죽히죽 웃어봤더니 역시 노엘이었다. 다른 사람들도 응응, 고개를 끄덕여줬으니까 문제없다. 인간이 지위와 복장만 갖고 변할 수 있다면 고생할 까닭이 무엇이겠는가.

'총대장답게 의젓한 모습을 보여주고 싶지만, 계속 표정을 만들려면 지치니까 역시 그만둬야겠어. 무리하는 건 좋지 않아.'

그런 생각을 하면서 술병을 한 손에 들고 하품하며 걸어 나가다가 벽에 기대어 서 있는 리그렛을 발견했다. 여전히 헌병복 차림이고 용건도 없는 사람은 접근하지 말라는 양 온갖 짜증을 표출하고 있다. 이쪽을 발견하더니 안경을 재빨리 고쳐 쓰고는 등을 쭉 펴서 경례했다.

"어서 오십시오, 노엘 총대장 각하."

"음, 수고가 많네. 내가 없는 동안에 성의 상황은 어떠했나?"

"네, 전혀 문제없었습니다."

"그런가, 아주 만족스럽군. 임무 수행에 고생 많았네, 오늘은 물러가도 좋다!"

노엘이 그대로 경례한 뒤 지나쳐 가려고 하자 뒤쪽에서 있는 힘껏 옷을 잡아챘다. 이대로 방치해도 재미있겠다 싶었는데 역시 안 되는가 보다.

"잠깐만, 거기 서! 나는 볼일이 있기 때문에 굳이 이런 곳에서 기다렸던 거야. 도대체 언제까지 기다리게 만들 셈이야, 이 바보가!"

"왜 혼자 기다려, 말도 안 하고."

"알아, 말 안 했어! 그러니까 기다렸잖아!"

"아하하. 앞뒤가 하나도 안 맞네."

노엘이 저도 모르게 쓴웃음을 짓자 이를 갈면서 리그렛이 멱살을 틀어잡았다. 설마 때리지는 않을 테지만, 일단 회피 준비는 했다.

섣불리 반격하면 뜻하지 않게 중상을 입힐 수도 있는지라 주의한다.

"도대체가 말이야, 이상하잖아. 어째서 느닷없이 총대장이 된 건데, 네가! 도저히 이해가 안 돼!! 정말이지 전혀 아무것도 이해가 안 된단 말이야!"

숫제 발광하면서 발을 동동 구르고 혀를 차는 리그렛. 뭔가 좀 귀찮아졌다고 노엘이 난감해하던 차에 역시나 또 불평이 쏟아졌다.

"흰머리 원숭이한테 지긋지긋하게 자랑을 들은 내 기분을 알 수 있겠어? 코임브라의 장군을 훌쩍 뛰어넘어서 리베리카 연방의 초대 총대장이라니? 사악한 제국에 대항하고자 일어선 위대한 영웅의 탄생! 평민 출신 주제에 어째서 이런 출세가 가능한 거야!"

"그러게, 어째서일까?"

"젠장, 젠장, 젠장! 정말이지 인정이 안 돼!"

"음, 저기, 왜 화내는 거야? 내가 뭔가 나쁜 짓이라도 한 걸까?"

그제야 멱살을 놓아주기에 노엘이 어깨를 쓰다듬어주려고 하니 리그렛은 세차게 뿌리쳤다.

"시끄러워! 그냥 질투야!"

"그렇구나."

"어째서 너 혼자 자꾸자꾸 이렇게 빛을 보는 거냐고! 나랑 너는 뭐가 그렇게 다르단 건데! 타고난 재능의 차이? 아니면 뭐야, 설마 신의 뜻? 젠장, 젠장!"

"저기, 혹시 괜찮으면 바꿔줄까? 시덴한테 부탁하면 어떻게든 될걸?"

아마도 안 된다. 휙휙 바꿔줄 수 있는 위치가 아닌 줄은 노엘도 잘 알았지만, 달리 위로의 말이 안 떠올랐다.

"이 바보! 누굴 누구로 바꾸는 게 말이나 되냐! 더 곰곰이 생각하고 지껄여, 이 빨간 머리야! 아니지, 다 생각하고 일부러 나를 약 올리자는 심보야! 에잇, 진짜로 화딱지 나네!"

리그렛이 더는 못 해먹겠다는 듯이 안경을 바닥에 내동댕이쳤다. 의외로 튼튼한 물건인지 금은 가지 않았다.

"내가 어떻게 하면 될까? 내가 사과하는 것도 좀 이상한데."

리그렛은 한껏 숨을 들이마셨다가 내쉰 뒤 말투를 수습하고 냉정한 가면을 뒤집어썼다. 입가는 실룩거린다만.

"물론입니다. 단지 화풀이였으니까요. 위대한 영웅님께 불평을 쏟아부었더니 후련해졌습니다. ……진심으로 사죄드립니다. 앞으로는 주의하겠습니다."

"응. 자, 받아. 안 망가져서 다행이야."

노엘은 안경을 주워 건네줬다. 리그렛이 아무 일도 없었다는 듯이 받아서 썼다.

"……사실은 기쁜 마음도 아주 없지는 않아요. 일단 당신은 저의 지인에 해당합니다. 그중에서 연방을 상징하는 영웅이 탄생할 줄은 미처 상상도 못 했습니다. 같은 여자로서 자랑스러운 마음도 아주 조금은 있군요. 정말 아주 조금입니다만."

짜증이 묻어나지 않는 투명한 눈빛. 이런 표정은 처음으로 본 터라 노엘은 살짝 놀랐다.

"아하하. 오늘은 되게 솔직하네. 평소에도 이러면 친구가 더 많이 늘어날 텐데."

“오늘뿐입니다. 또 내일이 오면 음험하고 비뚤어진 안경 여자로 돌아가겠죠. 그보다 훈계하고 싶은 게 있는 관계로 잠시 와주시겠습니까?”

“총대장한테 훈계를 하려 들다니 리그렛은 대단하구나. 그래도 오늘은 기분이 안 내키니까 나중에 다시…….”

훈계가 길어지는 신시아병에 감염되었을까? 노엘은 즉각 도망치려다가 어깨를 콱 붙들리고 말았다.

“딴소리 말고 빨리 따라와요!”

리그렛은 주변을 주의 깊게 둘러보다가 노엘의 팔을 붙잡은 채 걸음을 뗐다. 그대로 고용인들이 쓰는 곳으로 짐작되는 창고까지 데려가더니 이제껏 본 적이 없는 진지한 표정으로 물었다. 그 눈에는 결의와 각오와 같은 감정이 역력하게 떠올라 있었다.

“갑작스럽게 저지른 무례, 변명의 여지도 없습니다. 그러나 절대 누구에게도 들려줄 수 없는 질문인지라.”

“그건 괜찮은데. 이렇게 인기척 없는 곳에서 대체 뭐가 궁금한 걸까?”

“당신의 본심이 무엇인지 묻고 싶습니다.”

“나의 본심?”

“네. 당신은 각국의 지도자에게서 무용과 공적을 인정받아 총대장으로 취임했고 연방의 상징이 됐죠. 이것은 그야말로 위업이라고 평가할 수 있겠습니다.”

“응, 뭐, 그런가?”

노엘도 일단 동의했다. 자만에 빠질 마음은 없다만, 자랑할 만한 사건이기는 하다. 지난 역사를 돌이켜봐도 이토록 출세에 성공한 평민 출신의 인물은 없을 테니까.

당연하게도 자신이 총대장을 맡게 된 이유를 노엘은 이해하고 있다. 지도자들은 평민층의 지지를 모으고 싶어 한다. 그리고 현재 뒷배가 엘가뿐이라는 것도 괜찮은 조건이었겠지. 젊은 엘가에게는 노엘을 써서 무엇인가를 획책할 만한 정치력이 없다고 시덴은 판단했으리라.

그리고 실패했을 때 잘라 버리기도 쉽다. 제국과 결전을 벌여 패배라도 한다면 노엘은 즉각 경질될 것이다. 자기 영지를 갖고 있지 않으므로 패전의 책임을 떠넘기기가 수월하다. 각국에 대한 영향을 최소한으로 억제할 수 있었다. 그다음은 제2의 영웅을 만들어서 신임 총대장으로 취임시키면 된다.

그 사실을 뻔히 짐작하면서도 노엘은 수락했다. 높은 사람이 되고 싶었기에.

"당신은 각국 지도자와 당당하게 맞상대할 수 있는 지위에 올라섰습니다. 각국에서 정예 병력을 모아들인다면 아마 5만 정도는 지휘할 수 있겠죠."

"응."

"이 숫자는 일국의 군사력에 해당하는 병력입니다. 제후들에게 연락이 필요할지라도 당신 하나의 판단으로 그 대군을 움직일 수 있는 거죠. ……제가 어떠한 말을 하고 싶은지 이제 짐작이 되십니까?"

얼굴을 가까이 대는 리그렛. 노엘은 시선을 맞출 뿐 질문에 대답하지는 않았다.

"……."

"……당신은, 잘만 처신한다면 대륙의 패권자가 될 가능성이 있어요. 무력, 통솔력, 운수, 무엇보다도 패권자의 그릇을 갖고 있다는 게 저의 생각입니다. 이런 사실이야 말해주지 않아도 벌써 깨닫고 있었겠죠. 당신은 바보일지언정 앞날을 내다보고 손을 쓸 줄 아는 사람이니까요."

눈에 번뜩번뜩하는 야심을 띠어 보이는 리그렛.

"……."

노엘은 아무 대답도 하지 않는다. 아슬아슬한 수준을 넘어 대단히 위험한 내용이었다. 적어도 총대장의 측근이 꺼내도 될 만한 발언은 아니다.

"당신은 병사들에게서 신뢰를 얻는 기묘한 특성이 있죠. 일찍이 대륙을 제패했었던 태양제 베르기스도 같은 자질을 갖고 있었다고 합니다. 출신을 불문하고 누구 할 것 없이 어느 틈인가 매료시키는 자질. 그자의 휘하에서 싸운 병사는 모두 충성을 맹세하고 죽음을 두려워하지 않은 채 앞으로, 앞으로 전진했다죠. 그 압도적인 힘을 지휘해서 베르기스는 대륙을 제패했습니다. ……당신에게는, 지난 역사를 재현할 만한 가능성이 있어요."

"……."

노엘은 주위의 기척을 살폈다. 다행히 아무도 없다. 누군가가 듣고 있었다면 입을 막아야만 했다. 리그렛을 위해서.

"당신이 결의를 굳힌다면 엘가 님과 코임브라는 틀림없이 이쪽으로 돌아섭니다. 시기를 보아 제3세력을 일으킨다면 대륙의 정세는 평형 상태가 되겠죠. 아뇨, 그렇게 만들겠습니다. ……한 번만 여쭙습니다. 연방, 그리고 제국을 발판 삼아서 대륙을 제패하겠다는 야망을 당신은 갖고 있습니까? 만약 갖고 있다면 이제부터 저도 각오를 다지고 임하겠습니다."

"……잠깐만, 기다려줄래? 고민해볼 테니까."

리그렛의 표정은 극히 진지했다. 그러니까 노엘도 진지하게 고민해보기로 했다. 패권자가 되고 싶냐는 야망의 유무로 말하자면 전혀 없었다. 그러나 높은 사람이 되고 싶다는 바람은 있다. 그래서 총대장 자리를 받아들였다. 높은 사람이 되고 싶다는 바람을 끝까지 추구한다면 대륙의 지배자가 정점이기는 하다. 그 이상으로 높은 자리는 없다. 달리 더 있다면 아밀처럼 대륙 바깥으로 진출해야겠지만, 노엘에게 괜한 야심은 티끌만큼도 없었다.

'……으음, 제3세력이라. 그런데 그렇게 잘 풀릴까?'

실현 가능한지 여부를 따진다면 어렵다고 말할 수밖에 없겠다. 그러나 객관적으로 봐서 2할 정도의 가능성은 기대할 수 있지 않을까. 먼저 제국부터 회전을 벌여 격파한 뒤 근방의 세력을 포섭해서 제3세력으로 독립한다. 혹은 시덴을 암살하고 괴뢰 정권을 세워서 겐부를 탈취해도 되겠다. 리그렛이 말한 기묘한 특성 어쩌고 발언이 사실이라면 실현 가능성은 더욱 높아진다.

'이게 그냥 놀이였다면 아무것도 신경 안 쓰고 해봤을 텐데.'

병기 연습이라면 기쁘게 도전했을 것이다. 세계가 혼돈에 빠져서 무척 재미있을 테니까. 그러나 이것은 놀이가 아니다. 노엘의 동료와 친구가 잔뜩 희생된다. 시덴은 심보가 좀 고약해도 딱히 싫지는 않다. 다른 군주들도 죽도록 거들먹거리지만, 막상 대화를 나눠보면 꽤 재미있는 사람들이었다.

리그렛의 제안을 받아들이는 길은 피투성이의 선택이다. 자신이 즐거움은 차치하고 다른 사람들의 목숨을 짊어지고 있는 사람으로서 고민해야 한다.

어느 쪽이든 간에 거기까지 다다르는 여정은 틀림없이 몹시 괴로울 것이다. 전투가 끊임없이 이어질 테니. 리그렛의 말대로 엘가와 신시아가 같은 편이 되어줄 가능성은 높다. 그러나 시덴 및 카이와는 결별하게 된다. 자국으로 돌아가는 병사도 많을 것이다. 무엇보다도 노엘을 따르는 사람들이 수없이 죽게 되리라. 수상쩍은 특성 덕분에 기꺼이 죽어줄지라도 전혀 기쁘지 않다. 그런 선택은 싫다. 함께 놀거나 떠들 사람들이 줄어버린다.

무수히 많은 주검의 산을 넘어선 끝에 간신히 영광의 자리를 거머쥐었다고 치고, 그 장소에 정말 행복이 기다리고 있을까?

'아마 아무것도 없을 거야. 그럴 것 같아.'

근거는 없다지만 자신한다. 그동안 황제가 벌였던 짓을 돌아보면 예상할 수 있었다. 그들의 행복은 대륙의 지배자가 된 단계에서 이미 달성되었잖은가.

현상 유지로는 만족하지 못하는 게 인간이다. 그래서 황제 아밀은 다음 행복을 찾아 무모한 대륙 원정에 착수했다. 황제 베프남은 자신들을 실험 재료로 썼고, 인간의 다음 단계를 만들어 내고자 광기서린 터무니없는 꿈에 파묻혔다. 자기 행복을 위해 아군과 적군을 가리지 않고 불행에 빠뜨리는 작태가 과연 『행복』일까? 그렇지는 않을 터이다. 분명 영문을 알 수 없는 초조감만이 몸에 들어찰 게 틀림없다.

자신은 그렇게 되고 싶지 않았다. 그 빌어먹을 장소에서 죽어 갔던 친구들. 그런 사람들을 더 늘린다는 것은 절대로 싫다. 그렇게 되지 않겠다고 다짐하고도 막상 정점에 올라서고 보면 바뀌어버릴지도 모른다. 그러니까 바뀌고 싶지 않았다. 이대로가 좋다.

"나는, 이 이상 높이 올라갈 생각은 없어. 나는, 대륙의 패권자 따위는 되고 싶지 않아."

"어째서죠? 역사를 자기 손으로 움직이고 싶다는 생각은 안 하는 겁니까? 아무나 다 이룰 수 있는 위업이 아니잖아요?"

집요하게 묻는 리그렛. 뜻을 뒤집으라고 재촉하는 말인지, 단지 확인을 위한 질문인지는 모르겠다.

"얻는 것보다 잃는 게 더 많을 것 같아서. 간단한 계산이잖아. 그리고 이 질문은 두 번 다시 꺼내지 말자."

노엘은 입에 집게손가락을 가져다 대고 여기에서만 나눈 이야기로 흘려보내기 위해 강하게 못을 박았다.

"……."

"총대장도 충분히 높은 사람인걸. 봐, 이 군복만 해도 엄청나게 멋있어. 게다가 사람들 모두 나를 각하라고 불러주잖아. 아하하, 정말 굉장하지 않아?"

노엘이 빠른 말투로 떠들어 대자 리그렛은 거하게 한숨을 쉬고 혀를 차더니 평소의 음험한 표정으로 돌아왔다.

"……뭐야. 이래저래 계획을 궁리했던 내가 바보 같잖아. 네가 패도를 나아갈지도 모르니까 이것저것 방법을 연구했었는데. 거의 잠도 안 자고 고민했거든? 전부 헛수고가 됐어."

"아하하, 그럼 그 계획은 얼른 잊어버리는 게 좋겠어. 미련만 남겨 봤자 좋은 일은 없다잖아!"

"안 보채도 나중에 술이나 진탕 마시고 머릿속을 싹 비울 거야. 에잇, 진짜 바보 같은 여자라니까. 기껏 대륙의 정점에 설 권리를 얻어 놓고서."

"정점에 서서 영토랑 재산을 잔뜩 가져도 특별히 좋은 일은 없지 않을까? 이것저것 할 일이나 고민거리도 늘어날 테고. 게다가 너무 넓으면 청소가 힘들잖아!"

"이 빨간 머리가! 집이랑 나라를 똑같이 취급하지 마! 어휴. 됐다, 됐어. 목이 다 쉬겠네. 오늘은 잔뜩 먹고 마시고 늦잠이나 푹 자야겠어. 쓸데없는 건 전부 잊어버려야지!"

리그렛이 노엘의 손에 들린 술병을 빼앗아서 병나발을 불었다. 헌 병복에 술이 떨어져서 스며들었다.

"그럼 서둘러서 막사로 돌아갈까? 술이랑 건어물은 갖다가 차려 놨을 거야. 이제부터 다 같이 신나게 떠들자."

"예예. 기쁘게 함께하겠습니다, 노엘 총대장 각하."

"흠, 그러면 가도록 하지, 리그렛 참모."

노엘이 넉살을 떨자 리그렛이 짜증스럽다는 듯이 혀를 찼다. 유감스럽게도 기세가 좀 별로였다.

막사의 대식당에 갔을 때 연회는 이미 시작되어 있었다. 다들 즐겁게 술을 따라 마시고 얼굴을 붉힌 채 연방의 미래에 대해 이야기했다. 지금만큼은 난항을 겪는 코임브라의 부흥 작업에서 해방된 것 같았다.

그들은 노엘이 도착했음을 깨닫고 박수로 맞이해줬다. 다시 한 번 흥을 돋우기 위해 건배 선창을 해달라고 요청받았다.

"잘 들어라, 이놈들아! 우리 경애하는 총대장 각하께서 건배 선창을 해주신단다! 입 다물고 집중해서 듣도록! 시끄럽게 떠들어 대는 놈 있거들랑 낯짝을 콱 날려버리겠다!"

"두령이 제일 시끄럽잖소!"

"총대장이 안 보이니까 썩 물러나라! 숨 막힌다!"

"물러나라, 물러나라!"

타박이 쏟아져도 전혀 아랑곳 않고 도르커스는 술병을 치켜들었다.

"시끄러워! 나는 괜찮다고, 바보 자식들아! 자, 거기 음험한 여자도 얼른 앉아라!"

"쳇, 여전히 시끄럽네, 흰머리 원숭이가! 안 보채도 알아서 앉았어! 비켜, 걸리적거려!"

"아앙?! 늦게 와서 뭐하는 짓이냐!"

"뭐야. 나한테 불만이라도 있어?"

흰개미당과 리그렛이 잠시 툴툴거렸다. 노엘이 제지를 위해 손뼉을 치자 그제야 장내가 조용해졌다.

"음, 이번에 리베리카 연방의 초대 총대장이 된 노엘 보스하이트입니다."

노엘이 모두의 앞에 서서 인사말을 건네자 큰 환성이 터져 나왔다. 그 광경을 보고 노엘은 가만히 웃었다.

“축하해줘서 정말 고마워. 이렇게 동료가 잔뜩 늘어나서 나도 정말로 기뻐.”

“대장! 축하드립니다!”

쏟아지는 환성 속에서 노엘은 일단 진지하게 얘기하고자 결심했다. 어쩌면 두 번 다시 이런 기회가 없을지도 모른다. 그러니까 전해야 할 말을 온전하게 전해야 한다.

“진짜 중요한 말이니까 잘 들어주면 좋겠어. 나는, 준비가 갖춰지는 대로 바하르 서부에 가서 연방군을 설립할 거야. 그리고 최전선에서 제국군과 싸워야 해. 즉 제국의 최정예라고 불리는 흑양기와 다시 한 번 싸워야 한다는 뜻이지. 그뿐 아니라 분명 수많은 적과 오래도록 싸울 수밖에 없어. 그게 총대장의 임무니까.”

노엘의 말을 열심히 듣는 병사들. 신나서 외치던 목소리는 이제 완전히 사라졌다.

“나는 전력으로 노력하겠다고 다짐했어. 그게 총대장이 되면서 한 약속이니까. 그래도 나 혼자서는 이길 수 없어. 혼자서는 해낼 수 있는 결과에는 한계가 분명하다는 걸 잘 알아.”

노엘은 거기에서 일단 멈췄다가 다시 발언을 이어 나갔다.

“그래도 모두와 함께라면 상대가 누구라도 마지막까지 싸울 수 있을 거야. 그러니까 나와 함께 마지막까지 싸워주면 좋겠어. 이 말은 명령이 아니라 부탁이야. 그래도 자기한테는 무리라는 생각이 들면 안 와줘도 괜찮아. 전쟁이잖아, 전사자가 잔뜩 나올 거야. 내 명령에 따르는 게 아니라 스스로 고민해서 스스로 결정해. 오늘은 축하

연회인 동시에 작별의 연회이기도 해."

노엘이 그렇게 말하자 도르커스가 곧장 일어섰다.

"나는 대장을 따라가기로 결정했다! 뭐가 어떻게 되든, 누가 상대라 하든 말이다! 그러나 네 녀석들에게 강제하진 않는다. 광산 시절과 마찬가지로 자기 머리로 고민해서 결정해라! 결정한 다음 불만을 늘어놓는 놈은 냅다 걷어차줄 테니까 단단히 명심하도록!!"

"뭘 이제 와서. 우리가 살아갈 곳은 대장과 두령의 곁 아니겠소."

"우리는 악귀 님과 마지막까지 싸우기로 결심했다. 어디라 해도 따라가리다!"

"나, 나도! 더는 도중에서 되돌아가지 않는다! 자기 터전은 자기 손으로 지켜야지!"

흰개미당, 월라 섬 장병, 그리고 밀트도 일어섰다. 자신도 뒤질 수 없노라고 전원이 잇따라 일어선다. 리그렛, 거기에 신시아, 엘가도 어느 틈인가 참석해 있었다.

짐작하건대 단지 기세에 휩쓸린 인물도 많을 것이다. 높은 사기는 인간을 휩쓸리게 한다. 그래도 노엘은 기뻤다. 따라와 달라고 부탁을 했고 거기에 알겠다는 말로 답해줬으니까. 그렇다면 지금은 이 기분을 간직하자.

"그렇구나. 다들 정말로 어쩔 수 없네. 잔뜩 죽는다고 말했는데. 돌아가도 된다고 말했는데."

"헤헤, 그게 언제나 제일 먼저 전선으로 뛰쳐나가는 대장이 할 소리요?"

도르커스의 말에 노엘은 쑥스러움을 감추고자 코를 긁적였다.

“그러게. 나는 성격이 급한가 봐.”

“그럼 성격이 급한 김에 건배나 부탁합시다. 이제는 목이 바짝바짝 말라서 못 기다리겠소.”

도르커스가 유리잔에 술을 따라줬다.

“알았어. 다들, 건배 준비는 됐어?”

“언제든 외쳐주십쇼!”

“좋아. 그러면, 여기에 있는 모두와 연방의 전우들에게 건배!!”

『노엘 총대장 각하께 건배! 리베리카 연방 만세!』

건배 선창과 함께 방금 전 이상의 떠들썩한 소리가 막사를 뒤흔들었다. 취한 여성 병사들 틈에 끼여서 당황하는 엘가를 신시아가 허둥거리며 떼어 낸다. 도르커스는 리그렛이 던진 술병에 얻어맞아서 버럭버럭 화낸다. 밀트와 케르는 분위기에 휩쓸리면서도 홀짝홀짝 술을 마신다. 페리우스, 로이에는 구석 쪽에서 가만가만히 대작하고 있다. 어느 틈에 왔는지 모를 이루반과 이룸 부녀, 그리고 이루교도들은 기묘한 축문을 읊으면서 술잔을 주고받았다. 분명 오늘은 온 마들레스가 이런 느낌이겠지.

‘여러 나라에서 모여든 여러 사람들이 신나게 떠들고 있어. 세계가 이런 식으로 바뀌면 더 많이 즐거워질까?’

지위, 나라, 인종, 종교의 벽을 넘어서 모두가 친구처럼 즐겁게 지낼 수 있다면. 그렇게 살아가기는 무척 어렵겠지만, 눈앞에 있는 장면은 노엘이 상상했던 광경을 쏙 빼닮았다. 조금씩, 조금씩이라면 혹시 가능하지 않을까.

그런 생각을 떠올리자니 노엘은 즐거워졌다. 그리고 몸을 날려서 병사들 틈에 힘차게 뛰어들었다.

노엘은 출발 준비를 마친 뒤 엘가에게 작별 인사를 전했다. 영원한 작별은 아니어도 만날 기회는 줄어든다. 약속은 완수되었고 이제는 함께 연방을 발전시키자는 말로 바뀌었다. 그래도 변함없이 소중한 친구다.

“이제 갈게, 도련님. 건강해야 돼.”

“노엘도, 건투를 기원하겠다. 무슨 일이 나거든 곧 연락을 다오. 어디에 있을지라도 반드시 도우러 달려가겠다.”

“아하하, 그건 내 역할이야. 결혼식, 꼭 참석할 테니까 잊지 말고 불러줘.”

“……이룸도, 너와 대화를 나눠보고 싶다더군. 무용담을 듣고 싶다던가.”

“언젠가 친구가 될 수 있을까? 아직 한 번도 만난 적이 없어서 궁금했었는데.”

“그 녀석은 얌전한 성격이지만, 리그렛마저도 친구로 만든 너라면 괜찮을 테지. ……예식 때는 꼭 와다오.”

엘가가 뭔가 말하고 싶은 표정을 지었다가 곧 평소의 표정으로 돌아갔다. 항상 나라와 백성의 안위를 염려하는 진지한 얼굴로. 미간에 진 주름을 보면 고민하는 소년이라는 표현이 몹시 잘 어울린다.

“예전부터 말해주려고 했는데 말야. 그런 표정만 짓고 다니면 행복이 도망친다?”

“나는 아직도 너무 미숙한 사람이니까. 이렇게라도 마음을 단속하지 않으면 다른 사람들이 따라오지 않아.”

“그러다가 금방 마음에 여유가 생겨날 거야. 나도 마찬가지였거든. 분명 괜찮아.”

“……그래, 고맙구나. 나도 따라 노력해보겠다.”

노엘은 마지막으로 가장 큰 걱정거리에 대해서 말을 꺼냈다.

“음, 그리고 말야. 과오초 때문에 하는 말인데. 그건 시기를 봐서 어떻게든 처분하는 게 좋겠어. 늦어지면 늦어질수록 뿌리가 깊어지니까. 잘못 사용만 안 하면 굉장한 약이지만, 너무 의지하면 안 되는걸.”

노엘도 다가올 전투에 대비하여 얼마간 갖고 나왔다. 어디까지나 약으로 쓰기 위해서다. 통증을 마비시키는 효과는 전투에서 대단히 유효할 테니까.

“……그래. 네 말이 옳다.”

“이런저런 사정 때문에 힘들면 태워버리는 게 좋아. 싹 없애버리면 더는 의존도 못 하고.”

“……알고는 있다. 그것은, 정말 위험한 식물이지. 페리우스에게도 같은 충고를 들었어. 그러나 법으로 제한하기에는 지금도 비밀리에 재배가 이루어지는 터라 어렵군. 게다가 아주 포기할 만한 여유가 아직은 없어.”

“해치울 때는 불러줘, 도와줄게. 그러니까 절대로 잊지 마.”

"하하, 너도 총대장이 돼서 여러모로 힘들 텐데 내 걱정을 해줘서 고맙구나. 기쁘게 받아들이마."

"에이, 뭘. 친구잖아."

노엘이 머리를 쓰다듬어주자 엘가는 지친 표정을 짓고 고개를 끄덕였다. 울고 싶은 마음을 애써 달래는 얼굴이었다. 섬의 아이들은 과자를 주면 기뻐해준다만, 공교롭게도 갖고 있는 게 없었다. 그러니까 노엘은 쓰다듬어줄 수밖에 없었다. 이런 때 어떻게 하면 되는지 모르겠다. 아직 공부할 거리가 많다.

마들레스를 떠난 노엘 휘하의 연방군 일행은 바하르 서부의 도시 라르도에 진입한 뒤 쉴 시간도 없이 참전했다.

도시에 공세를 펼치고 있던 바하르 군을 발견하고 직속 수하로 강습에 나서, 무용에 나름의 자신을 갖고 있었을 적장을 일격에 찔러 죽였다. 적 세력이 위축되었을 때 총공격을 벌이자 패주했다. 더욱이 추격을 거듭하여 일거에 적을 토르드 주변까지 쫓아내는 데 성공했다. 연방군의 첫 출진치고는 화려한 전공이었다.

"이다음은 인원이 다 갖춰지고 나서. 억지로 점령해도 곧 다시 빼앗길 테니까 의미가 없어."

토르드를 곧장 공략하자는 의견을 물리치고 노엘은 깊게 들어가길 피했다. 분명 토르드는 요충지이나 그 뒤쪽에는 주도 베스타가 위치하고 있다. 그곳에 적의 주력이 있는 이상 토르드를 점령한들 곧 반격을 맞아들여야 한다.

쓸데없이 전투를 치러 피로에 시달릴 바에 라르도의 방비를 굳힌 채 각국에서 보내줄 증원군을 기다리는 게 낫다는 판단이었다. 베스타를 노릴 시기는 연방군의 병력이 충실하게 갖춰진 이후다.

무엇보다도 노엘의 앞을 확실하게 흑양기가 가로막고 나설 것이다. 그들은 살려 놓아서는 안 된다. 살려 놓으면 동료들이 잔뜩 죽는다. 그러니까 이곳 바하르의 땅에서 필히 괴멸시키겠다.

노엘은 결선의 땅이 토르드와 라르도의 중간에 펼쳐져 있는 평원—알트베르 평원이 되리라 확신했다. 적은 반드시 이곳에서 요격에 나선다. 완만한 초원이 펼쳐지는 지형인 터라 대군을 전개하기 수월한 데다 최정예 흑양기의 힘을 마음껏 발휘할 수 있어서였다.

이곳을 우회하는 길도 있지만, 언젠가는 베스타에서 격돌하는 처지가 된다. 적의 수를 줄이려는 목적뿐 아니라 연방의 힘을 나타내기 위해서라도 이 평원에서 제국군을 무찔러야만 했다. 전투 시기는 가을의 중반, 아마도 수확을 마친 이후가 되리라.

한편 홀시드 제국도 베스타에 병력을 집결시키고 있었다. 선견대가 패주당했음을 안 파리드는 라르도 공략을 일시 중단, 토르드의 방위에 주력하는 동시에 주변에서 병력과 물자를 대량으로 끌어모았다.

아무러면 황제 아밀이 리베리카 연방 수립을 인정할 리도 없었기에 진압에 임하기 위한 병력을 조속히 갖추고 있는 와중이다. 연방을 자처하는 역적에게 가담하는 자는 신분에 관계없이 삼족을 몰살하겠노라 성명을 냈고 각 주의 태수에게는 즉각 역적을 토벌하여 제국에 대한 충성을 나타내라는 격문을 날렸다.

—리베리카 연방과 홀시드 제국. 대륙 중앙의 요충지 바하르를 사이에 둔 결전의 때가 다가오고 있었다.

도시 라르도에 설치된 연방군. 노엘은 동료들을 모아 결전을 치르기에 앞서 회의를 열었다.

참가하는 인원은 도르커스, 리그렛 등등 직속의 부하. 감찰단 자격으로 신시아에 카이, 기브 및 캄비즈에서 파견되어 온 무관들. 그리고 밀트와 케르와 같은 인원들이었다.

"아군은 순조롭게 모이고 있어. 이제는 슬슬 도시가 꽉 차는 거 아니야?"

"맞다. 미처 못 들어온 자는 바깥에서 야영 중이지. 다행히 물자는 충분하기에 괜찮다만, 줄곧 이대로 가만둘 수는 없군."

신시아의 말에 노엘도 고개를 끄덕거렸다.

"전투가 끝나면 병사들도 농사일을 시키자. 일하지 않는 자, 먹지도 말라. 겐부의 격언이었지?"

"흠, 맞네. 잘 기억하고 계시군."

"멋진 말이야. 연방군의 표어로 지정할까?"

"각하, 제발 부탁이니 자제해주십시오. 저희 군주님께 꾸중을 듣는단 말입니다."

캄비즈의 무관이 죽는소리를 한다.

"아하하, 알겠어. 그렇게 울먹이는 얼굴을 할 일도 아니잖아."

이른바 둔전(屯田)이라 불리는 제도, 몸도 단련할 수 있고 식량이 늘어날뿐더러 잘만 운영하면 장점뿐이다. 다만 지역 주민의 허가를 얻을 필요가 있다. 그들의 재산이라고 말할 수 있는 토지를 장기간에 걸쳐 대여해야 하니까. 일단 번즈의 허가는 받아 놓았지만, 여하튼 승리를 거두지 못한다면 전부 허사로 돌아간다.

그렇다, 사전 교섭은 중요하다. 나중에 통보하기보다는 미리 양해를 구하는 과정이 무척 중요하다. 이루반이 다른 사람들의 위에 선 인물을 위한 조언이라며 간단하게 가르쳐줬다. 그도 여러모로 고생을 겪어왔었나 보다. 어깨를 두드려서 위로해줬더니 한숨을 흘리며 씁쓸하게 웃었다. 리그렛이 혀 차기의 달인이라면 이루반은 한숨의 달인이다. 조만간에 비결을 가르쳐달래야겠다고 마음속으로 다짐했다.

"제국은 얼마나 많은 병력을 끌어모았을까. 밀정은 보냈지?"

"예이, 차례차례 정보를 보내도록 명령했소이다. 지금 상황을 보면 틀림없이 10만은 갖춰서 올 거요. 억지로 마구 징병하면 15만에 달할 수도 있겠군."

"아군은 연방군의 병사가 5만, 통일 코임브라에서 1만, 겐부에서 2만, 바하르 해방 전선의 1만으로 예상된다. 기브와 캄비즈는 전투 중인지라 더 이상의 증원은 어렵겠지. 즉 연방군은 대략 9만의 규모로 전투를 치러야 한다. 숫자상은 열세군."

신시아가 보고서를 낭독하자 회의 참가자들이 심각한 표정을 지었다. 노엘은 괜찮아, 괜찮아, 말하면서 손뼉을 쳤다.

"그렇게 신경 쓸 거리는 아냐. 중요한 건 전선의 전황이니까. 전원이 동시에 싸우는 게 아니잖아. 전황이 기울어지면 뒤쪽의 병사가 얼마나 많든 한꺼번에 도주하면서 끝나. 뭐, 물론 우리도 마찬가지지만."

"흠, 혹여 노엘 총대장은 뭔가 책략을 갖고 계시는가? 괜찮다면 소관에게 들려주시오. 감찰단의 역할은 수행해야 하는 터라."

"아하하, 그렇게 딱 좋은 책략은 특별히 없어."

노엘이 대책 없다는 듯이 두 손을 들어 올리자 장내에서 한숨이 새어 나왔다. 신시아는 아예 관자놀이를 매만지며 고개를 가로젓고 있다. 자기들도 명안은 없는 주제에 태도가 꽤 야박하다. 그러나 이 또한 총대장의 숙명이기에 노엘은 가만 받아들이기로 했다.

"일단 생각이 있기는 해. 이 많은 대군을 다음 전투까지 빠릿빠릿하게 통제하기는 어려울 것 같거든. 다들 정말로 열심히 훈련해주곤 있지만, 훈련만 해서 전쟁을 이길 순 없어. 괜히 노련하게 움직이려고 들거나 요란한 기책을 쓰려고 하면 무조건 빈틈이 생겨. 그 틈을 가만히 봐줄 만큼 흑양기는 녹록하지 않아. 그러니까 지금은 정공법, 정면에서 제대로 맞부딪치는 게 정답이야."

"흐음, 확실히 옳은 말이오만……. 그들의 돌파력을 감당할 수 있을는지."

"그 부분은 연구해봐야지."

"거마목 및 말뚝을 동원해서 어떻게든 버틸 수밖에 없는가."

카이가 팔짱을 낀다. 당연히 노엘도 여러모로 고민했다.

"중요한 건 어떻게 공격을 펼칠지, 그 시기와 장소야. 상대가 먼저 덤벼들면 맞받아 물리치지 못하는 한 왕창 구멍이 뚫릴 테니까. 당연한 소리지만 말이야."

노엘이 의견을 말하자 확실히, 라고 동의의 말이 들렸다. 딱히 반론은 없는 듯싶다. 결전은 1개월, 혹은 2개월쯤 뒤에 벌어지리라. 그때까지 가능한 일은 뭐든지 다 할 작정이다.

당연하지만 상대의 동향에는 항상 주의를 기울여야 한다. 기병은 기동력이 뛰어나다. 언제 어떠한 수작을 부린다 해도 놀라울 것 없다. 최악은 흑양기가 돌격을 감행해서 아군이 겁먹어 엉거주춤할 때 적이 대공세를 펼치는 경우다. 단박에 결판이 날 수도 있겠다.

일단 소규모 기습 및 교란 작전은 실시할 계획이지만, 본대가 치를 전투에 영향을 끼치기는 어려웠다. 10만에 가까운 병력이 맞부딪치는 전투는 이제껏 겪은 경험과 전혀 다를 것이다. 노엘도 경험한 적이 없는데 말을 들어보면 완전히 다르다고 한다. 최후에는 사기와 기세가 승패를 판가름한다. 겁먹은 병사가 많은 쪽이 서서히 떠밀리다가 패주까지 몰리게 된다. 그 반응은 전군에 연쇄되어 눈사태가 일어나는 것처럼 붕괴되리라. 피해가 아주 거대하지는 않다 하여도 한 번 패주했던 군세가 다시 일어서기는 불가능하다.

"……그렇다 해도 가능한 일은 전부 다 해봐야지. 도르커스, 좀 부탁할 게 있는데."

"넷!"

"흰개미당에 기승 훈련을 시켜줘. 일정 수준만 갖추면 돼. 자잘한 기술은 다 필요 없고 전력으로 달려서 도망치는 방법만 주입시켜. 해방 전선의 기병들한테도 도와주라고 할게."

"그야 상관없소. 한데 우리가 말을 탄다고 한들 흑양기와 맞붙기는 어려울 거요. 나는 어쨌든 간에 흰개미당은 본래 광부에 불과하잖소."

“아하하, 무리한 요구는 안 할 테니까 걱정하지 마. 휙 달려갔다가 돌아오는 연습만 하면 돼. 멋있게 말하면 투척 기병이 되어달라는 거야. 이건 흰개미당밖에 못 해.”

노엘은 그렇게 말하며 격려했다. 이미 꽤 어려운 요구가 됐다. 하지만 연소석을 쓴 투척탄을 능숙하게 다룰 줄 아는 인원은 흰개미당뿐이다. 연습에 써서 허비할 수도 없었다. 지금은 흰개미당의 경험을 의지할 수밖에 없는 상황이었다.

“헤헤, 그런 말씀이라면야 알겠소이다. 제게 전부 다 맡겨주십쇼. 그 바보 놈들에게 철저히 주입시키리다! 물론 나도 기합 단단히 넣고 훈련하겠소!”

도르커스가 위세 좋게 대답을 하기에 노엘은 만족스럽게 고개를 끄덕였다.

“고마워, 도르커스. 신시아랑 다른 사람들은 해방 전선의 지휘관과 긴밀하게 연계를 취할 수 있도록 신경 써줘. 이게 되게 중요하거든? 출신이 다르다든가 시시한 고집은 버리고 같은 연방의 병력으로 싸우겠다는 의식을 심어줘야 돼. 그래도 불만을 늘어놓는 사람이 있다면 내 앞으로 끌고 와도 좋아.”

“알겠다. 내게 맡겨다오.”

“명심하겠습니다!”

“정말로 잘 부탁할게. 아군끼리 발목을 붙들다가 지는 신세는 싫단 말이야.”

노엘이 눈매를 가늘게 하여 당부하자 무관들은 등을 꼿꼿이 펴고 경례했다.

“분명 시시한 구실을 붙여 분쟁을 일으키는 일당이 있는 것은 사실이군. 철저하게 교육할 테니까 걱정은 접어 둬라. 게다가 병사들은 의욕이 가득 흘러넘치고 사기는 충분하지. 이제는 통제력과 훈련의 수준을 높일 뿐.”

“응, 그럼 잘 부탁할게. 신시아 천인장.”

“내게 맡겨라, 노엘 총대장.”

기본적으로 감찰단에게는 경어는 불필요하다고 말해 두었다. 그래야 노엘이 더욱 편하기 때문이다. 뭐, 원하는 대로 놓아둬도 괜찮기는 한데 신시아에게 존댓말을 들으면 등이 근지러워진다. 「다른 사람들 앞에서는 아무래도 안 좋잖나」라며 떨떠름해하는 신시아에게 내 전투력이 확 떨어지니까 반말해주세요, 애원해서 철권과 함께 승낙을 받아 냈다.

“해방 전선의 번즈한테는 유언비어 공작을 맡긴다고 전해줘. 제국의 악평을 여기저기에 퍼뜨리면 돼. 바하르 독립의 기세를 높여서 우리가 불리해질 건 없잖아. 비겁한 짓인지도 모르겠지만, 사전교섭은 중요하니까.”

“넷, 전달하겠습니다!”

“……그리고, 리그렛이랑 카이는 부탁이 좀 있어서 남아줄래? 그러면 다른 사람들은 해산. 임무를 시작해줘.”

모두가 직무를 수행하러 복귀한 뒤 노엘, 리그렛, 카이만 회의실에 남았다. 신시아는 부탁 내용이 신경 쓰이는 기색이었지만, 총대장의 명령에 따라 쫓겨났다. 역시 높은 사람은 여러모로 편리하다.

"그래서, 총대장 각하. 굳이 사람들까지 물리면서 도대체 무슨 용건이죠? 연방의 영웅 되시는 분께서 못된 일이라도 꾸미려는 건가요?"

"소관이 할 수 있는 일이라면 뭐든 다 말해주게. 어떤 더러운 임무든 사양하지 말고."

"응, 두 사람이 아니면 부탁할 수 없는 일이야. 분명히 둘 다 싫다고 말하겠지만, 그래도 꼭 받아들여줘야겠어. 그러니까 먼저 사과할게. 모든 죄는 내가 짊어질 테니까."

노엘은 사죄한 뒤 어느 부탁의 말을 두 사람에게 털어놓았다. 상세 내용을 듣고 두 사람 모두가 과연 얼굴이 굳어져서 난색을 표시했다. 반론하려고 드는 카이에게 반드시 실행해야 하는 이유, 결과로 획득할 수 있는 보상을 설명했다.

리그렛은 노엘의 말이 진심이고 절대 철회할 뜻이 없음을 알자 마지못해 수락해줬다.

카이는 그럼에도 반발을 나타내다가 결국은 받아들여줬다. 노엘의 각오와 결의가 전해졌을까.

높은 사람이 되면 수많은 목숨을 짊어져야 한다. 무조건 죽는다는 사실을 알면서도 명령 내려야 할 때가 있다. 그것이 최고 지휘관의 책임이다. 그러니까 노엘은 그렇게 했다. 가장 희생을 줄일 수 있고, 또한 승리를 거머쥘 수 있는 책략을 준비했다.

'어쩔 수 없다는 말은, 사실은 좋아하지 않아. 그래도 전쟁이니까 어쩔 수 없어.'

연방군이 전투 준비를 개시하고 1개월 뒤, 노엘에게 한 통의 편지가 도착했다. 신원을 감춘 제국 사절의 손에 의하여.

보낸 사람은 홀시드 제국의 원수, 파리드 아라인. 노엘이 가장 골치 아픈 적으로 간주하고 있는 흑양기의 지휘관이었다.

—내용을 요약하면 아래와 같다.

노엘 각하, 리베리카 연방 총대장 취임을 진심으로 축하드린다. 지금은 서로의 적이 되어서 어긋났으나 리베리카의 백성을 염려하는 마음에는 차이가 없다는 것이 나의 믿음이다. 무고한 백성, 그리고 병사들의 희생을 피하기 위해서라도 불행한 전쟁을 회피할 방도가 정녕 없는가 속내를 터놓고 대화하고 싶다. 혹여 가능하다면 노엘 보스하이트 총대장 각하께서 와주시기를 간절하게 바란다. 리베리카 대륙의 미래, 그리고 우리의 꿈에 대하여 대화 나눌 수 있기를 기원한다.

그 뒤에는 뭔가 쓸데없는 수식문이 줄지어 있다. 노엘은 이 편지를 동료들에게 숨김없이 보여주고 나서 거부하겠다고 뜻을 밝혔다.

"이제 와서 만나도 달라질 게 없는걸. 그러니까 나는 안 가겠어."

"……유감스럽지만 그게 현명할 테지. 대화하자는 구실을 들어 꾀어낸 뒤 불쑥 기습을 가할 가능성이 높군. 황제 아밀은 우리의 삼족을 죽이겠다고 선포까지 한 마당이니까. 대화의 여지가 있을 리 없어."

"동감일세. 전생을 피하고 싶다는 말이 진심인가 판단할 근거도 없을뿐더러 이미 회피도 불가능한 상황이잖나. 소관도 신시아 공과 같은 의견이군. 가지 않음이 옳네."

신시아와 카이가 노엘의 말에 맞장구쳤다.

“그뿐 아니라 또 터무니없는 의혹을 살 가능성도 있다고요. 적과 내통한다는 유언비어라도 퍼져 나간다면 얼마나 황당하겠어. 안 그래요? 경질 경험자 노엘 총대장 각하.”

“거야 네년의 아비 짓이잖냐! 뭘 남 일처럼 지껄이는 거야!”

“나는 그란블이라는 성씨를 버렸어. 그러니까 이제는 무관계한걸. 애당초 죽은 인간한테 흥미도 없고. 다만 사실을 말했을 뿐이야.”

“거참, 진짜 박정한 작자로군!”

서로 으르렁거리는 도르커스와 리그렛. 유감이지만 오늘은 노엘도 둘을 놀릴 기력이 없다. 생각하는 데 집중하고 싶었다.

“……아무튼 나는 안 만날 거야. 리그렛의 말대로 여러 문제가 일어날 것 같고 말이야.”

경질 경험자 노엘은 그렇게 판단했다. 자신이 알지 못하는 곳에서도 소문은 퍼져 나가는 법이고, 악의를 가진 자는 그 소문을 최대한으로 이용하려고 든다. 그렇게 되면 노엘에게 가능한 대처 방법은 없다. 또 자신 혼자서 싸워야 하는 처지로 몰리겠지. 총대장이 된 만큼 처세도 꼬박꼬박 신경 써서 행동해야 한다. 노엘이 배운 교훈 중 하나다.

다만 답변은 보낼 작정이었다. 편지에는 전장에서 직접 대화를 나누고 싶다고 적당히 써서 훗날의 포석으로 삼겠다. 이용 가능한 수단은 뭐든 이용할 테다.

“……그나저나 뭔가 묘한 편지로군. 후반을 보면 마치 연애편지 같잖나. 마들레스에서 나눴던 약속이 어쩌고 친애하는 노엘 각하가 저쩌고 당장에라도 노래를 부를 것 같은 분위기가 느껴지는군.”

"이봐요, 흰머리 아저씨. 너 진짜 바보 아니야? 상대는 제국 원수, 무시무시한 흑양기의 지휘관이거든?"

"거 시끄럽다. 나는 솔직한 감상을 말했을 뿐이라고. 사내라면 그런 감정이 느껴지는 법이지. 안 그런가? 카이 공."

"흠, 그 말을 듣고 보니까, 소관도 그리 느껴진다는 기분이 아예 안 들지는 않군. 확실히 묘한 정취가 있어."

동의하는 카이를 보며 도르커스는 기쁘게 손뼉을 쳤다.

"그렇지, 그렇다고! 헤헤, 사내만 아는 정취도 있다는 말씀이지!"

"아, 그러셔? 웃기지도 않아. 근육 뇌끼리 아주 못 하는 말이 없네. 흥, 흰머리 원숭이의 말에 대답해준 시간이 죽도록 아까워졌어."

"헹, 어딘가의 암여우는 평생 모를 감정이고말고. 어쨌든 남자 소식이 아예 없잖냐. 제발 부탁이니까 내 부하는 건드리지 마라? 그 녀석들을 불행하게 만들고 싶지는 않단 말이다."

"이게? 한번 죽어볼래!"

노엘도 리그렛과 마찬가지로 정취에 대해서는 잘 알 수 없었다. 그러나 만나서 대화를 나눠보고 싶다는 마음은 무척 와닿았다. 이해를 초월해서 자신과 만나고 싶은 심정일 테지. 그게 아니라면 제국군 원수가 이런 편지를 보낼 이유가 없다. 책략이라기에는 허술하다.

그러나 이미 늦었다. 어쩔 도리가 없었다. 흑양기는 무찔러야 하는 적. 파리드와는 적과 아군으로 갈라진 만큼 이미 끝났다.

—전쟁이니까, 어쩔 수 없다.

CHAPTER 13

소녀는 바뀌었고, 소년은 바뀌지 아니하였다

동란이 이어지던 리베리카 대륙은 간신히 수확의 가을을 맞이했다. 그러나 안식의 나날은 아직 찾아들지 않았다.

물자 보충을 끝낸 홀시드 제국은 아밀의 호령 아래에서 도합 12만을 거느리고 바하르 서부를 향해 출진했다. 바하르 장병뿐 아니라 제도, 리벨덤, 그리고 산하에 있는 동부의 주에서 병력을 끌어모은 출진이었다. 이는 바하르 해방 전선 한 곳을 괴멸시키기 위한 전쟁이 아니다. 연방군을 박살 낸 이후 곧바로 반역한 코임브라를 재차 탈환하기 위해서 갖춘 군세였다. 황제 아밀은 후방에 진지를 구축했고 실제 지휘는 원수 파리드 아라인이 수행한다. 그야말로 필승을 기하는 태세였다.

한편 리베리카 연방도 노엘 보스하이트 총대장을 총대장으로 출진. 알트베르 평원에 진을 펼친 뒤 제국군을 요격하기 위해 태세를 갖췄다. 겐부에서는 시덴, 통일 코임브라에서는 엘가가 증원군을 데리고 참전. 적의 위협이 완화된 기브, 캄비즈에서도 병력을 보내준 덕에 결과적으로 당초의 예상보다 많은 10만 군세가 갖춰졌다.

제국군 12만, 연방군 10만. 홀시드 제국이 대륙을 통일한 이후 최대 규모의 전쟁이 이제 막 펼쳐지려고 한다.

—알트베르 회전의 개막이었다.

전선에서 지휘를 맡은 파리드는 남북에 걸쳐 기다랗게 진을 펼치고 우선 상황을 지켜보겠다는 태세를 취했다. 그에 대하여 노엘도 제국군에 맞춰서 진을 전개. 양측 군대는 평원에서 마주 보는 형태가 됐다.

노엘이 가장 두려워했던 상황, 초전의 흑양기 강습은 없었다. 제국도 느닷없이 도박을 벌이는 위험은 감수할 수 없는 처지였기 때문이다. 파리드는 기선을 꺾어 놓자며 정예 병력을 동원하는 기습 작전을 제안했다가 아밀에 의해 각하당했다. 애지중지하는 흑양기를 초반부터 잃는 사태가 두려워서였다.

두 지휘관은 주력을 온존한 채 적은 병력을 앞서 보내서 전투를 되풀이했다. 이렇듯 진형을 갖춘 이상 대군을 움직이면 필시 빈틈이 발생한다. 그곳에 타격을 받아 분단, 혹은 돌파당한다면 치명상으로 작용함을 이해하고 있기 때문이었다.

검을 맞부딪치는 것처럼 양군의 탐색전은 이어졌다. 우익이 병력을 증강하여 공격 태세를 보이면 상대도 곧장 증원군이 달려와 맞서 대치한다. 기세를 믿고 몰아붙여서 선진을 격파한들 곧 후방의 부대가 빈자리를 메우고 되밀어낼 것이다. 소규모 부대끼리 전투를 벌인들 결판은 나지 않는다.

파리드가 기병의 기동력을 활용해서 군량고 습격을 노리면 연방의 복병이 미리 대기하고 있다가 요격. 그 이후 추격해서 깊숙이 따라가면 역시 사전에 대기하고 있던 제국 궁병이 마구 쏘아서 쫓아 버린다. 양군, 일진일퇴의 공방이 이어졌다.

정정당당하고 떳떳하게 돌격할 것을 주장하는 우직한 겐부 무관도 있었지만, 노엘은 일축하고 지구전을 고집했다. 지금은 먼저 움직이는 쪽이 불리해진다. 게다가 제국에는 기동력과 돌파력을 두루 갖춘 흑양기가 대기하고 있다. 지금 아군이 먼저 손을 뻗친다는 것은 절대로 말도 안 된다.

파리드도 강습의 유혹을 견디는 데 안간힘을 썼다. 흑양기와 자신들이 한 지점을 치면 무너뜨릴 수 있다는 자신감은 물론 넘친다. 그러나 만에 하나라도 함정이 설치되어 있다면. 적장은 다름 아닌 노엘이 아닌가. 어떤 행동에 나설지 모른다. 따라서 어서 공세를 펼치자는 장병들의 빗발치는 재촉에도 고개를 끄덕여줄 수가 없었다.

양군의 기력과 체력 갉아먹기는 끝없이 이어졌다.

차츰차츰 깎여 나가는 소모전은 개전 이후에 1개월이 지나도록 계속됐다. 아밀, 시덴 등등도 더는 못 견디고 타개책을 궁리하기 시작했지만, 파리드와 노엘은 아직껏 움직이지 않는다. 망원경으로 상대의 움직임을 하루 종일 관찰하면서 병사의 피로, 사기 따위를 면밀하게 살폈다.

시기가 가깝다는 것은 서로 느끼고 있었다. 그때를 가늠하기 위해 두 인물은 집중력을 극한까지 끌어올린 채 적진을 줄곧 주시했다.

—그리고 전투가 2개월을 지나려고 하던 때, 노엘은 방침을 홱 뒤

집어서 먼저 움직이고자 결단했다. 준비하던 책략을 드디어 실행에 옮길 때라고 판단해서였다.

"연방군 본진을 최전선으로 이동시켜서 교두보로 삼을 요새 구축에 착수할 거야. 본진 호위 및 작업 병력은 리그렛이 뽑은 인원에게 맡겨. 내 휘하의 병력은 임시로 다른 부대에 나눠 배치하겠어."

노엘이 몇 번째인지 모를 군사 회의 자리에서 갑자기 발언했을 때 시덴과 엘가는 놀라서 소리 높였다.

"도대체 웬 황당무계한 소리인가. 대치하는 상황에서 요새를 구축한다는 말 따위 들어본 적이 없군. 무사히 작업을 마친들 그런 요새에 전략적인 의미가 과연 얼마나 있겠나."

목적은 단순하다. 일부러 틈을 내보임으로써 적이 물어뜯게 만드는 것. 일찍이 대륙을 제패했었던 태양제 베르기스가 특기로 삼은 계책이기도 하다. 요새 자체에는 딱히 의미가 없다. 완성한들 즉석 구조물인지라 방어력은 기대할 수 없었다.

적도 당연히 이쪽의 의도를 간파하리라. 먹이는 노엘 본인. 적은 넘어올까, 넘어오지 않을까.

"그야 그렇기는 해."

"알고 있다면 생각을 고치게. 자네는 연방의 상징으로 설립한 연방군의 수장이잖나. 만에 하나라도 변고를 당한다면 사기는 눈 깜짝할 새에 곤두박질칠 테지. 도발이 목적이라면 다른 수단도 있네."

시덴의 의견은 옳다. 그러나 다른 수단으로는 이 교착 상태를 타파할 수 없었다. 적이 뭔가 행동에 나서기 전에 아군이 선수를 쳐서 주도권을 쥐고 싶었다. 노엘은 흑양기를 최대의 위협으로 경계하고 있다.

“시덴 공의 말씀이 옳다. 노엘, 네가 최전선에 나설 필요는 없어!”

“그래서 더욱 내가 나서야 하는 거야. 맛있는 먹이를 준비해 놓지 않으면 피에 익숙한 짐승은 절대 달려들지 않아.”

“자네 생각도 이해는 되나 실패한다면 전군이 붕괴할 수도 있잖은가. 애당초 흑양기가 걸려든다는 보장이 없어. 내가 제국 지휘관이라면 다른 병력을 희생해서라도 정탐을 보낼 걸세. 애지중지하는 흑양기를 투입한다는 것은 절대로 허락지 않아. ……노엘, 지금은 신중해야 할 때라네.”

시덴이 집요하게 충고해도 노엘은 고개를 가로저었다.

“괜찮아. 내가 움직이면 분명히 흑양기도 움직여. 그때 결판을 낼 거야. 지금은 내가 총대장이지? 이번만큼은 절대로 양보하지 않겠어.”

여느 때와 다르게 강한 어조로 단언하는 노엘.

실제로는 비슷한 계책을 시덴도 구상하고 있었다. 이토록 위험도 높은 작전은 아니었다만, 일부러 틈을 만드는 것도 하나의 수단으로 고려하고 있었다.

“설령 유인책이 성공할지라도 어중간한 복병이 통할 상대가 아니잖은가. 흑양기는 실로 두려운 적이니……. 혹은 무엇인가 계책이 따로 있는가?”

시덴의 우려 섞인 물음에 노엘은 깊숙이 고개를 끄덕거렸다.

“물론이야. 골칫거리 파리드와 흑양기는 나한테 전부 맡겨줘. 총대장은 나잖아. 다른 사람들은 적의 상황을 정신 차리고 살피다가 공격의 기회를 판단해주면 돼. 적에게 틈이 생겨나면 무슨 일이 있어도 기필코 공세에 나서는 거야."

노엘은 평온한 어조로, 그러나 분명하게 말했다. 맨 처음부터 노엘이 최전선에 나가서 적을 유인하는 수법도 쓸 수 있었다. 그러나 불쑥 앞질러 나간다면 아군의 반발이 클 것이라 판단해서 자제했다. 방금 전 시덴처럼 어째서 위험을 무릅쓰냐는 의견은 반드시 제시된다. 그리고 그럼에도 자기 의사를 밀어붙인다면 아군끼리 연계에 균열이 발생할지도 모른다. 저번 코임브라 · 바하르 전쟁의 경과를 노엘은 아직 기억하고 있다. 다른 사람을 납득시키려면 그만한 근거가 필요한 법이었다.

그래서 노엘은 기다렸다. 체력과 군량만 줄어드는 소모전으로 적과 아군의 정신이 한계까지 아슬아슬한 지점에 도달하는 때를. 노엘은 적뿐 아니라 아군도 관찰했었다. 그리고 지금이야말로 행동에 나설 때라고 판단했다.

아군에게서 약한 소리가 슬슬 나온다는 것은 적도 거의 동일한 상태라는 뜻. 그런 상황에서 노엘이 위험을 무릅쓴 채 본진을 앞쪽에 두고 여봐란듯이 요새를 건설하면 모종의 동요를 가져다줄 수 있다.

그렇게 되면 파리드는 분명히 움직인다. 함정이 있는 줄 알면서도 움직일 수밖에 없다. 이것은 노엘의 도발이니까. 가만 방치하면 겁쟁이라고 비난을 받을 뿐 아니라 병력이 실망하여 사기가 떨어지는 결과를 면치 못한다.

"그렇게까지 각오를 굳혔다면 나 또한 마음을 정할 수밖에 없겠군. 자네를 총대장으로 추천한 사람은 바로 나이니까."

"……노엘."

시덴과 엘가는 마지못해서 납득해줬다. 더는 반론하지 않는다. 이제 상대의 선택에 달렸다.

그리고 더욱 압박을 가하기 위해 노엘은 도르커스에게 명령했다.

"도르커스, 투척 기병으로 적 중앙 진지에 접근해서 도발을 반복하고 와. 후퇴에 문제가 없게 충분히 거리를 두고 자극하면 돼. 절대로 무리해서 접근하지 마."

"알겠소! 우리 흰개미당에게 맡겨주십쇼! 헤헤, 보아하니 가장 멋진 임무를 낚아챘군그래!"

"도르커스. 다시 한 번 말하겠는데 절대로 무리하지 마. 적에게 큰 타격을 주려는 게 아니라 끌어내는 것이 목표니까. 자기 임무를 정확하게 이해하도록."

"두 번 말씀 안 하셔도 정확하게 알아먹었소이다! 내게 맡겨주십쇼, 총대장 각하!"

노엘은 도르커스의 대답을 듣고 고개는 끄덕거렸지만, 왠지 모르게 불길한 예감에 휩싸였다. 한곳에 세워 놓은 이지창에 시선을 준다. 창의 흑색이 평소보다 더 아찔한 빛을 발하는 것 같았다.

도르커스도 저 창을 만졌던 적이 있다. 섬에 유배되기 전에 노엘이 맡겨서였다. 불길한 예감이 든 이유는 그 때문인지도 모르겠다.

저 창이 보물이기는 한데 좋지 않은 물건임은 틀림없었다. 그래도 소유주를 불행하게 만든다거나 만진 사람을 죽음에 다다르게 하지는 않는다. 실제로 깜빡 손댔다가 화상을 입었던 밀트도 살아 있다. 어느 쪽이든 간에 모종의 조치를 취할 필요는 있겠다.

—파리드는 고집스럽게 움직이지 않았다. 사흘 밤낮으로 흰개미 당의 도발을 받고도 움직이지 말라며 부대를 단속했다. 연방군은 욕설을 퍼부었고, 나팔을 불어 울렸고, 불과 쇳조각을 흩뿌리는 투척탄을 집어 던졌다. 중앙 전선에 위치하는 레베카 부대는 미쳐 날뛰는 와중에도 파리드는 줄곧 대기를 명령했다.

"왜 말리는 건데! 저 빌어먹을 놈들을 쳐 죽이면 우리 기세가 뻗쳐오르잖아! 언제까지 거북이처럼 틀어박혀 있어야 돼! 기병의 본분은 진격에 있다고 형도 말했잖아!!"

"그게 적의 목적이기 때문이다. 구태여 뻔히 들여다보이는 유인책을 받아줄 필요는 없어."

"납득이 안 된다고!! 대륙에서도 우리는 항상 이겼어! 저 귀신 년도 한 번은 이겼잖아. 겁먹을 필요가 전혀 없어!"

"대열을 흩뜨리는 행위는 용서하지 않는다. 물러가라!"

"뭐냐고, 젠장!"

레베카는 근처의 의자를 걷어차고 자기 진영으로 돌아갔다. 그 모습을 씁쓸하게 지켜봤지만, 레베카의 마음도 모르는 바는 아니었다. 조바심에 휩싸인 것은 다른 장병들도 매한가지일 테지. 적은 어떻게든 아군을 움직이고 싶은가 보다. 그 때문에 야습인 척 꾸며서 매일 밤마다 도발 행위를 벌이고 있다. 전투 본능만을 높여 놓은 새벽 강화병, 그리고 흑양기 등등은 인내가 한계에 달한 듯싶다.

'……이대로 가만히 지켜보기만 할 수도 없는 처지인가. 뭔가 대처를 안 한다면 아군의 사기가 떨어진다.'

무엇인가 획책하자면 적이 방심했을 그때다. 노엘의 요새 구축을 이대로 용납할 수도 없는 노릇이다. 저런 구조물에 의미는 없어도 가만히 방치하면 제국의 장병들이 위축된다. 함정이 있음은 뻔히 예측됐다. 단지 저지가 목적이라면 후퇴 불가를 각오하고 병력을 투입해서 처리할 수 있다.

그러나 파리드는 그 판단을 보류했다. 아밀은 적당한 병력을 빨리 투입해서 노엘의 계책을 저지하라며 재촉하고 있다. 아밀에게 받은 명령을 보류하기는 파리드도 처음이었다.

'……폐하의 의중은 잘 이해가 된다. 그렇지만 노엘은, 가능하면 내 손으로 처단하고 싶다. 아니, 그 전에 한 번만이라도 대화를…….'

문득 시선을 들어 올렸다. 새빨갛게 물든 하늘이 보였다. 시간은 이제 곧 황혼이다.

—그때, 무시무시한 폭음이 파리드의 귀까지 와 닿았다. 그리고 그 후에 이어지는 비명과 출격을 알리는 뿔피리 소리.

"무슨 일인가! 나는 공격 명령을 내리지 않았다!! 도대체 어느 부대인가!"

"보고드립니다! 레베카 부장의 부대가 진격을 개시했습니다! 현재 적 기병대를 거센 기세로 추격 중입니다!"

"멍청한 녀석, 제멋대로 움직이다니!"

파리드는 보고서를 집어 던졌다. 그러나 곧 생각을 고쳤다. 오히려 지금이 좋은 기회일 수도 있겠다고. 적이 교착 상태에 지쳐서 너무 깊숙이 파고들었을 가능성도 있다. 그렇다면 움직일 때는 지금밖에 없다.

파리드는 한쪽 눈을 감고 재빨리 검토를 진행했다.

어떻게 하는 게 좋은가. 무엇이 제국을 위해, 자신을 위해 최선인가. 출진하겠다면 지금 흑양기를 투입해서 적 기병을 추격, 파리드의 부대는 노엘의 본진을 강습해야겠지. 만에 하나 함정이 있다고 쳐도 소수 복병이라면 격파할 수 있다. 많은 병력일지라도 흑양기의 돌파력을 발휘한다면 생환은 가능하다.

—그리고.

무엇보다도.

'노엘이, 나를 부르고 있어. 이번이 직접 이야기할 수 있는 마지막 기회일지도 몰라. 그렇다면 갈 수밖에 없지.'

파리드의 사고에 미세하게 흐트러짐이 발생했다. 정신적인 피로 때문인가, 혹은 무엇인가 특별한 감정 때문인가. 어느 쪽이든 간에 아밀의 명령이 아닌 자신의 의사를 우선하고 말았다. 깊숙한 곳에 잠들어 있어야 하는 본래의 자신이 희미하게 나타나고 말았다.

지금 자신이 출진하면 노엘을 직접 상대할 수 있다. 평소였다면 결단코 하지 않았을 선택. 황제에게 충실하라는 다른 한 명의 자신이 그만두라며, 함정이라며 격렬하게 경종을 울린다. 아밀도 흑양기의 소모는 피하라고 엄명을 내리지 않았던가. 지휘관 된 인물로서 무용과 만용을 잘못 판단해서는 안 된다.

그러나 그 경고를 무시한 채 파리드는 유인에 넘어가는 길을 택했다. 파리드의 지난 삶을 다 돌아봐도 자기 의지로 결정한 첫 번째 선택이었다.

"좋다, 우리도 레베카 부대를 뒤따른다! 목표는 연방군 노엘 본

진! 흑양기 출진의 뿔피리를 불어라!!"

"넷! 전원 출격이다! 역적 놈들을 한 명도 남김없이 밟아 죽여라!"

『오오!!』

묵직한 소리가 울려 퍼지고 중앙 진지에서 흑양기가 출격을 개시. 붉게 물든 평원을 힘차게 달려서 저 멀리 보이는 건축 도중의 요새로 나아간다. 아직껏 요새 형태를 갖추기에는 단계가 얼마 되지 않아서 목재 등등의 물자가 방치되어 있는 상태다. 저것으로 기병을 막아 내기는 절대로 불가능하다.

파리드는 흑양기의 중단에 위치해서 창을 꽉 부르쥐었다. 부대가 내걸고 있는 것은 제국의 태양 깃발. 목표는 홍백으로 나뉘어 있는 연방 깃발. 그 백색 부분이 저녁노을에 물들어서 마치 붉은색 일색처럼 보인다.

『……노엘 님에게는 갈 수 없다.』

"방해다!!"

기병을 막으려고 나선 연방군 보병과 접촉했다. 적의 움직임은 지친 탓인지 대단히 완만한 터라 순식간에 십수 명을 해치웠다.

"이대로 전진하라! 목표는 노엘 단 한 명! 그자를 처단하면 이 전쟁은 승리한 것이나 다름없다! 역적 놈들에게 흑양기의 힘을 보여 줘라!"

『오오!』

파리드가 고무하자 전원이 창을 들어 올린다.

—저 멀리에서 폭음과 함께 불길 솟아오르는 광경이 보였다. 레베카가 나아간 방향이었다.

노엘 본진. 흑양기가 들이닥치는 모습은 망원경으로 확인했다. 이미 이쪽의 보병과 전투를 개시했다. 이제 몇 분도 지나지 않아서 여기까지 도착하리라.

"각하, 도르커스 님이 중상을 당하셨습니다. 투척탄의 여파에 휩쓸려서 오른쪽 다리를 잃어버렸다고 합니다!"

"……살아는 있어?"

"네, 그러나 도저히 싸울 만한 상태가 아니랍니다. 흰개미당의 지휘는 어떻게 하면 되겠습니까?"

"흰개미당의 고란이 인계하라고 전해줘."

"넷!"

전령이 급히 달려간다.

도르커스는 도발이 효과를 거두지 못했다고 판단했을 것이다. 그래서 밤이 찾아들기 전에 적진으로 가서 위험한 줄 알면서도 깊숙이 파고들었다. 그 보람이 있어서일까, 적의 기병과 더불어 흑양기를 끌어내는 데 성공했다.

분명 죽음을 각오했겠지. 그래서 노엘은 미리 카이에게 겐부 기병을 원호로 붙여달라고 부탁했다. 목숨을 부지한 것은 행운이었다. 아이도 태어난 만큼 도르커스는 꼭 살아남아야 했다. 아버지의 얼굴을 기억하지 못하는 삶은 너무나 가엾잖은가.

노엘은 수중에 있는 이지창에 눈길을 줬다. 창이 도르커스의 위험을 가르쳐줬을까, 아니면 창의 흉조를 노엘이 가만 지나치지 않은 게 다행이었을까. 어느 쪽인지는 모르겠다.

"각하, 적군이 접근 중입니다!"

"너는 리그렛과 카이에게 가서 명령을 전해. 작전이 시작되면 절대로 손을 늦추지 말라고 다짐을 받아. 어중간하게 하면 전부가 허사로 돌아가니까. 뒷일은 시덴과 도련님에게 맡길 거야."

노엘은 일어서서 이지창을 손에 쥐었다. 그리고 전령에게 장비하고 있었던 철퇴를 건네줬다.

"각하. 왜 제게……."

"응. 조금이라도 몸을 가볍게 안 하면 저 녀석은 못 이기거든. 잃어버리기도 싫고. 그러니까 맡아주겠어?"

노엘은 철퇴 대신에 단검을 허리춤에 매달고, 그리고 기다렸다. 하늘은 진한 붉은색을 띤 저녁노을. 그러나 조금은 번져 보이는 게 착각 때문은 아니리라.

흑양기의 일반적인 유린은 계속됐다. 파리드가 마상에서 창을 찔러 박으면 연방군 병사는 입으로 피를 토하며 숨이 끊어졌다. 너무나도 약하다. 아무리 이쪽이 정예 부대일지라도 이토록 무력할 수 있을까. 적군은 다른 누구도 아닌 악귀 노엘의 병력이다. 야비츠에서 싸웠을 때보다 약체화됐다.

'이상하군. 뭔가 준비한 게 있겠어.'

파리드의 뇌리에 불길한 예감이 스쳐 지나갔다. 그러나 공세가 순조로운데도 물러난다는 것은 더없이 어리석은 행동. 어중간한 공세는 절대 피하라고 그 장소에서 배웠다. 그러니까 배운 가르침을 파리드는 지키기로 했다. 어떤 사태가 벌어지든 물어 찢을 뿐이다.

기마병 다수가 적 병사를 휩쓸어버리며 요새 내부에 진입해서 노엘의 본진에 공세를 개시했다. 쌓여 있었던 목재를 방벽처럼 써서 검을 휘두르는 연방군에게 들이닥친다. 건설 도중의 요새 중앙에 두 철퇴의 깃발이 드높게 걸려 있었다. 연방군 총대장, 노엘의 천막이다. 그 안에서 노엘이 천천히 걸어 나왔다. 얼굴에는 미소를 띠고.

"노엘."

"틀림없이 올 줄 알았어."

노엘은 미소를 거두지 않고 왼손을 들어 올렸다.

―그 순간. 요새를 향해 무시무시한 숫자의 불화살이 쏟아졌다. 파리드는 서둘러 창을 회전시켜서 화살을 떨어뜨렸다. 흑양기도 마찬가지다. 이 정도 공격에 당할 병력들이 아니었다. 희생은 오히려 연방군에 발생할 뿐. 몸에 불화살이 꽂혀 박히자 화르르 불이 붙는다. 아니, 이글이글 불타올랐다. 인간의 몸을 연료 삼아서 잇따라 불기둥이 솟아난다. 그 불길이 요새의 토대, 물자 따위에 옮겨붙었다. 나아가서는 시체에도. 이토록 불길의 기세가 강한 것은 비정상적이다.

"뭐, 뭐가 어떻게 된 거야?!"

"머, 멈춰라. 오지 마, 다가오지 마라!"

곤혹스러워하는 파리드의 귓가에 비명 지르는 흑양기의 목소리가 들렸다. 불꽃에 감싸인 연방군 병사가 미소를 머금은 채 흑양기에게 달라붙는다. 기름이라도 둘렀을까, 불꽃은 흑양기의 머리카락과 몸에 곧바로 옮겨붙어서 불기둥을 만들어 냈다.

그와 똑같은 광경이 본진이 위치하는 장소에서 벌어지고 있다. 군마는 공황 상태에 빠져 주인을 지면에 떨어뜨렸고, 그러면 곧장 불꽃을 두른 연방군 병사가 달라붙어서 화염을 만들어 낸다. 파리드가 손수 훈련한 정예병들이 차마 들어줄 수 없는 비명을 지르면서 차례차례 죽어 갔다.

정신을 차렸을 때는 요새를 감싸는 형태로 불꽃의 원이 만들어져 있었다. 요새 외곽과 인간의 시체를 재료로 써서 건설한 불꽃의 장벽. 하늘까지 가 닿을 기세로 불꽃이 활활 타오른다.

"……뭐란 말인가, 이것은. 노엘, 너는 도대체 무엇을……."

"화공이야. 역시 이게 제일일 것 같아서."

"자기 진영에 불을 붙이다니 제정신으로 할 짓이 아니다!"

"전쟁에서 제정신을 찾는 거야?"

"그게 아니다. 그럼에도 이것은 명백하게 잘못되었어. 너는 자신의 병사에게 죽으라고 명령한 거다!"

"응, 맞아. 있잖아, 왜 다들 기꺼이 죽어줬을까? 이상하지 않아? 약을 썼어. 다들 아픔을 잊어버렸던 거야. 아마 그쪽에도 돌아다니고 있지 싶은데."

아밀을 고뇌케 하고 있는 과오초를 두고 한 말이리라. 제국령에서 만연하여 피해를 일으키고 있는 독초다. 그 식물에는 강력한 환각 작용 말고도 아픔을 잊게 해주는 효과가 있다고 했다. 통각을 마비시키기에 자해 행위를 감행하다가 죽음에 다다르는 사람도 있다.

"그게 지휘관이 할 짓인가? 너는, 너는 자신의 동료를 버림패로 썼다는 말인가?"

“내가 지휘관이니까. 싸우면 사망자가 나오는 건 당연해. 이게 성공하면 최종적으로 희생은 더욱 줄어들고. 게다가 이 사람들은 가만 놔둬도 곧 죽었을 테니까 결과는 같아.”

“곧, 죽었다?”

“응, 이미 장기가 다 썩었거든. 그렇게 된 건 너희가 대륙에서 갖고 들어온 역병이 원인이야. 그러니까 나는 선택지를 줬어. 내 작전에 협력해주면 남은 가족이 잘 생활할 수 있게 돌봐주고, 보스하이트 집안의 일원으로 받아들이겠다고. 그랬더니 다들 기쁘게 참가해 줬어. 아하하, 나도 마지막에 잔뜩 가족이 늘어나서 기쁘네.”

노엘은 내리쏟아지는 불티를 쳐내면서 의기양양한 얼굴로 설명했다. 도리를 벗어난 계책인 줄을 뻔히 알면서도 사용했다는 뜻이다. 저 얼굴에는 일절의 망설임도 후회도 없었다.

“……우리를 함정에 빠뜨리기 위해 곧 죽을 병사를 다수 준비해서, 자기를 미끼 삼아서 이런 작전을.”

“흑양기도 막 죽여 가면서 만든 부대잖아. 그러니까 치사한 건 피차일반이야. 그리고 이곳은 모두의 목숨으로 만든 태양의 중심. 내가 만들어 낸 『태양 작전』이야. 오로지 너희를 태워 죽이기 위해 연구했어. 짐승은 불을 제일 무서워하지?”

“……태양.”

요새가 불꽃의 원을 그리며 인간의 목숨을 양식 삼아서 격렬하게 타오르고 있다. 연방군과 흑양기는 불타 죽었고 마지막으로 남은 것은 여명(黎明)의 괴물 두 사람.

“이제 너와 내가 결판을 내면 전부가 끝나. 나는 이대로 가만있어도 별로 상관없지만, 너는 아마도 아닐 테니까."

노엘이 이지창을 겨눈다. 정신을 차린 파리드도 재빨리 창을 들어 올렸다.

이 불꽃은 당분간 사그라들지 않을 것이다. 아마도 카르나스 요새를 불살라버렸던 연소석이라고 불리는 무기가 사용됐겠지. —아니, 그게 전부가 아닐지도 모르겠다. 뭔가, 별개의 힘이 더해졌다는 예감마저 든다. 이글이글 불타오르는 불티는 마치 죽은 자의 혼령이 헤매는 광경처럼 보였다.

"……처음부터, 나와 맞대결을 벌일 작정이었나? 이 거센 불길 속에서는 너도 도망치지는 못할 텐데."

"친구에게 검을 겨눌 때에는 자기도 죽을 각오를 다진 뒤 나서라고 배웠거든. 그러니까 나도 네 뒤를 따라가줄게. ……정말로 오랜만이야, 『8번』."

"하, 하하. 뭐야, 알고 있었구나. 그러면 만나줘도 괜찮았을 텐데. 내 편지는 읽어봤잖아? 『13번』."

파리드는 씁쓸하게 웃음 지었다.

"안 간다고 답장 보내줬잖아."

분명 답장은 받았다. 전장에서 다시 만나자고 쓰여 있었다. 돌이켜보면 그 답장도 노엘의 유인책 중 하나였겠다. 이번밖에 직접 대화할 기회가 없다는 인식을 파리드에게 심어주기 위해서.

"……그렇다 해도 나는 만나고 싶었어. 만약 네가 다시 기억해준다면 다른 길을 나아갈 수도 있지 않았을까."

실제로는 어려웠겠지만. 아니, 회담 자리에서 신병을 구속한다면, 어쩌면. 그런 생각을 떠올리다가 파리드는 쓴웃음을 지었다. 그래서 노엘은 오지 않았구나.

“정말 미안해. 나랑 너는 친구였지만, 지금은 적군이고 아군이니까. 너는 제국에서, 나는 연방에서. 화해는 절대 어림도 없어. 그렇잖아? 파리드 원수.”

이렇게 되는 사태를 피하고 싶었다. 그래서 파리드는 윌라 섬에 있었던 노엘에게 거듭 귀순을 권유했다. 적대 관계에 놓이지 않도록.

“……어쩌다가, 이렇게 됐을까.”

“…….”

“이런 나날을 바란 게 아니었어. 사실은 모두 행복하게 살기를 바랐는데. 그래서 나는 열심히 온 힘을 다해서 노력했어. 그런데도, 다들, 전혀 행복한 것 같지가 않아. 어째서일까.”

선생의 말을 따라서 파리드는 노력해왔다. 황제의 말에 틀림은 없을 테니까. 모든 것이 잘 이루어져야 했을 텐데.

노엘은 곤란한 표정으로 미소 지었다. 파리드는 그리움이 담긴 눈길로 그 얼굴을 보다가 깜빡 넋을 잃고 말았다.

“파리드는 제국의 원수님이잖아. 그날 이후로 잔뜩 노력했겠지. 정말 대단해. 다른 친구들도 기뻐할 거야.”

“……정말 그럴까? 다들, 나를 원망하는 게 아닐까? 왜냐하면, 나 혼자 아밀 님의 곁에서.”

“괜찮아. 다들 화나지 않았어. 열심히 노력한 파리드를 축하해주고 있어.”

“하하, 네가 말하니까 어쩐지 진짜처럼 들리는구나.”

“당연하지, 진짜 사실이니까. 모두가 우리를 줄곧 지켜봐줬어.”

파리드는 그 말에 조금이나마 마음이 편해짐을 느꼈다. 줄곧 마음 속 깊숙한 곳에 숨어 있었던 죄책감. 자신 혼자만 살아남고 말았다는 부담감. 만약 노엘의 말이 진실이라면 얼마나 큰 구원일까.

“……이제까지 쉬지 않고 죽을힘을 다해서 달려왔어. 아밀 님을 섬기는 게 모두의 행복으로 이어진다고 믿고서. 그런데 뭔가 잘되지가 않더라. 나는 무엇을 잘못했던 걸까. 노엘, 너라면 혹시 알고 있을까?”

파리드가 표정에서 힘을 빼내자 노엘도 그에 맞춰서 어깨를 으쓱거렸다.

“아마도 목적은 같았을 거야. 그래도 길이 좀 달랐던 게 아닐까. 분명히 운이 나빴던 거야. 그러니까 어쩔 수 없겠네.”

“……맞아, 맞는 말이야. 정말 유감스럽게도 세상은 원래 이런 법이니까.”

두 눈을 감고 장탄식을 토한 뒤 살기를 담아 노엘을 쏘아본다. 노엘은 창을 꽉 쥐고 있었지만, 아직 살기는 느껴지지 않았다.

“나는, 아밀 님을 위해서라도 죽을 순 없어. 너라는 영웅 한 명만 사라진다면 흐름은 제국으로 기울어지겠지. 홀시드 제국을 위해서, 나는 승리하겠어.”

“나도, 여기에서 너를 놓아줄 수는 없어. 절대, 절대로. 총대장을 대신 맡아줄 사람은 또 있지만, 네가 사라지면 모든 제국군이 무너질 거야. 함께 죽기만 해도 훗날의 결과는 내 승리야. 그러니까, 너를 여기서 죽이겠어. 리베리카 연방 모두의 행복을 위해.”

눈부시게 불타오르는 연옥 속에서 파리드와 노엘은 무기를 겨눈 채 대치했다. 차츰차츰 작열이 피부를 태우고자 다가듦을 느낀다. 더 이상은 몸이 버티지 못한다. 파리드는 과거의 친구, 동료, 그리고 지금은 연모하는 사람을 죽이겠노라 결의를 굳혔다.

'나는, 패배해선 안 돼. 무슨 일이 있어도, 패배할 수 없어!!'

노엘을 처단하고 목을 베어서 아밀에게 갖고 돌아갈 테다. 연방의 영웅이자 상징인 노엘이 죽는다면 연방의 사기는 곤두박질친다. 그리고 그때 전군으로 돌격하면 단번에 붕괴로 몰아넣을 수 있다. 분기점은 바야흐로 지금 이 순간이었다.

"간다, 13번!!"

가까이에서 불꽃 덩어리가 터져 나가는 동시에 파리드는 열풍을 베어 가르며 단박에 노엘에게 달려 나아갔다. 노엘의 움직임은 완전히 꿰뚫어 볼 수 있다. 반대로 노엘은 자신의 움직임을 미처 포착하지 못한다. 노엘의 창은 절대로 자신에게 적중하지 않는다.

지난날의 연습 시합 때처럼, 지난날의 일대일 대결 때처럼. 파리드는 절대로 지지 않는다.

이제 세 걸음이면 창의 사정거리에 들어온다. 노엘은 창을 겨눈 채 움직이지 않았다.

이제 두 걸음. 노엘은 움직이지 않는다.

이제 한 걸음. 노엘은 움직이지 않는다.

완전히 사정거리에 들어왔다. 이해할 수 없게도 노엘은 스스로 창을 놓아버렸다. 이제 와서 투항할 작정일까? 그러나 이미 공격 태세에 들어섰다. 이대로 찌를 수밖에 없었다. 이미 멈추기는 불가능하다.

—그런데, 정말 그래도 될까.

"……크!!"

파리드는 잡념을 잘라 내고자 발을 힘차게 내딛고 몸을 비틀어서 생애 최고의 찌르기를 선사했다. 수많은 적장을 처단했던 신속의 찌르기. 뻗쳐 나가는 창끝은 사냥감의 몸을 확실하게 꿰뚫었다. 주위에 핏방울이 흩날렸다.

"……크, 크윽."

입에서 피가 쏟아진다. 몸이 갑자기 무거워지고 다리가 부들거렸다. 어째서인지 손에서 힘이 빠져나간다. 뇌에 타오르는 듯한 통증이 전해진다.

자신의 복부를 봤다. 노엘이 왼손으로 단검을 찔러 박았다. 칼날은 갑옷 빈틈을 통해 깊이깊이 틀어박혀서 파리드의 장기를 꿰뚫었다. 명백한 치명상이다. 생명 유지에 필요한 장기가 심각하게 손상됐다.

이것은 일찍이 야비츠 고개에서 썼던 파리드의 전법을 쏙 빼닮았다. 다른 점은 공격을 받을 때까지 끌어들여서 혼신의 일격을 상대에게 가했다는 것.

파리드의 창은 노엘의 오른쪽 어깨 부위를 꿰뚫었다. 노엘의 붉은 갑옷과 머리카락은 피에 젖어 있었다. 분명 심장을 겨냥했는데도 어찌 된 영문인지 빗나가버렸다. 글쎄, 어째서일까. 마지막 순간에 어쩔 도리도 없이 연약했던 자신이 나와 버렸는지도 모르겠다.

"……노엘."

"미안해."

노엘의 손이 파리드의 등으로 돌아들었다. 왼손에 쥐여 있는 단도가 더욱 깊숙이 몸속을 찔러 들어온다. 확실하게 생명을 거두기 위해서다.

저항하려고 들면 저항할 수 있었다. 저세상에 함께 데려갈 여력은 남아 있었다. 그러나 그러지는 않는다. 파리드도 노엘의 등에 손을 둘러서 끌어안았다. 피투성이의 포옹이 되고 말았다만, 왠지 모르게 기뻤다.

"……내가, 마지막에, 주저한다고, 알고 있었구나?"

"정말 미안해. 이 방법밖에 안 떠올랐어. 제대로 대결하면, 나는, 너를 못 이기니까. 나보다, 네가 더 강하니까."

"하, 하하. 말은, 잘하는구나. 13번."

파리드는 노엘을 덮어 누르듯 쓰러졌다. 그대로 몸을 굴리자 두 사람은 그 자리에서 나란히 하늘을 올려다보는 형태가 됐다.

"이것이, 그때 했었던, 약속이란 말이군."

"응. 서투르지만, 검으로 승부를 내고 싶었어. 속임수나 부린 셈이야. 미안."

아밀을 위해서 검을 휘두르겠다는 약속. 그리고 함께 싸우자는 다짐. 아밀의 승리를 위해서가 아닌 패배를 위해 휘둘러졌다. 완전한 궤변인데도 화낼 마음은 들지 않았다. 13번이니까 어쩔 수 없다. 그런 기분이었다.

"이, 이상한 데서, 고집스러운 건, 정말 변함없구나. 그러니까, 선생님들한테, 맨날 혼났던 거야."

"그, 그런가?"

"그렇다고. 너는, 고집쟁이야."

서로 마주 본 뒤 씁쓸하게 웃었다.

"이제, 승부는, 무승부일까?"

노엘이 숨을 헐떡거리며 중얼댔다. 불꽃의 소용돌이가 다가들고 있었다. 머지않아서 두 사람을 집어삼키리라. 지금 돌이켜보면 방금 전 길고 긴 대화를 받아준 까닭도 시간 끌기가 목적 아니었을까. 자신을 확실하게 죽이기 위해. 그래도 지금은 아무래도 상관없다. 마지막으로 잔뜩 대화를 나눴으니까. 이대로 둘이서 죽는 것도 썩 나쁘지는 않을 듯싶다.

"이길 수 있는 승부를, 못 이겼으니까, 내 패배가 맞아. ……너는, 그때보다, 영리해졌구나. 아니, 강해졌다고 말하는 게 옳겠어."

"이것저것, 공부했거든. 게다가, 많은 사람들과 대화 나눴어. 즐거운 일도, 괴로운 일도 경험했고."

"그랬, 구나. 정말로, 네가 부러워. 그때부터, 줄곧 부러웠지만 말이야."

파리드는 진심에서 우러나온 말을 전했다. 공부했던 내용을 말해보자면 전투에 관련된 것뿐. 노엘은 정말 다양한 공부를 했을 텐데. 어떻게 하면 이리도 자유롭게 살 수 있을까. 교회에서 지내던 시절부터 노엘은 자유로웠다.

"……역시, 불타 죽는다는 게, 뭔가 좀, 뜨거울 것 같아. 전에도 생각했지만."

"하하, 너, 네가 짠 작전이잖아. 그 말은, 두 번이나 화공을 당한 내가 해야할 대사라고."

"그렇긴, 하네. 지금은, 아주 살짝, 후회된다, 응."

"하하, 정말로 너답구나."

파리드는 기막히다는 듯이 웃었다. 피가 튀어서 노엘의 얼굴에 닿았다.

"……친구들도, 용서해줄까? 이제, 전부 다, 끝이 나버리는, 셈인데."

"괜찮아. 아직 끝나지 않아. 전혀, 끝나지 않았어. ……내가, 끝을 허락하지 않겠어."

파리드는 기력을 쥐어짜서 일어났다. 노엘의 이지창을 주워 들었다. 손바닥에 작열이 퍼져 나갔다. 그러나 곧 아무것도 느껴지지 않게 되었다. 기합 소리와 함께 불꽃의 장벽을 향해 전력으로 집어 던졌다. 요새 외벽이 부서져 나가면서 약간이나마 빈틈이 드러났다. 그 너머로 노엘의 이름을 부르짖는 여기사가 보였다.

파리드는 방향을 확인한 뒤 노엘의 손을 잡아 들었다.

"……뭘 하려고?"

"저자는, 네 친구일 테지? 이제 가봐. 나는, 다른 친구들 곁에, 먼저 가서 기다릴 테니까."

"안 돼, 8번. 나도……."

"작별이야, 13번. 아니, 노엘 보스하이트 총대장. 네가 직무에서 해방되었을 때, 또 만날 수 있다면 좋겠어. 그때는, 더 이상 제국도 연방도 상관없을 테니까."

파리드는 최후의 힘, 모든 생명력을 쥐어짜서 노엘을 방금 전 뚫어 내었던 방향으로 집어 던졌다. 던질 때 노엘의 몸에서 아찔한 소리가 울렸지만, 그 정도는 참아줘야 한다. 골절을 겪더라도 목숨을 부지할 수 있다면 별것 아니잖은가. 이렇게 하면 친구들의 소망은 계속 이어진다. 파리드의 소망도, 분명.

살짝 아쉬운 기분이 드는 까닭은 죽기 직전에 간신히 손에 넣었던 보물을 놓아 보내고 말았기 때문이겠지. 그래도, 이 또한 멋있지 않느냐고 자신을 납득시키기로 했다.

"왠지, 지치는구나. 그래도, 괴롭지는 않아. 어째서일까."

힘을 모조리 써버렸던 파리드는 제자리에서 허물어졌다. 결국 불꽃이 몸을 감싼다. 뜨거워서 절규를 쏟아 내도 이상할 것이 없지만, 딱히 아무 감흥도 느껴지지 않았다. 마지막만큼은 조금 운이 좋았나 보다. 노엘을 죽이지 않고 끝나서 정말 다행이었다.

불꽃에 감싸이면서 저녁노을에 물든 하늘을 올려다봤다. 올려다본다는 생각을 했다. 이미 아무것도 보이지 않는다. 아밀에 대한 사죄가 일순간이나마 머리를 스쳐 갔다. 그래도 이제까지 정말 열심히 노력했으니까 분명 용서해준다. 게다가 무엇이 옳았는가, 어떻게 해야 했는가, 지금의 자신은 더 이상 판단할 수 없었다. 생각하고 싶지 않다. 후회하고 싶지 않기에.

"……태양 작전이라니. 하하, 역시, 너무 영리해졌어. 왜냐면, 그런 작전, 나는, 배운 적이……."

불꽃에 감싸이면서 피식 웃음 지었다. 마지막 순간에 파리드의 뇌리를 스친 영상은 기쁨에 차서 승리를 자랑하는 노엘의 활짝 핀 미소였다.

노엘 구출에 성공한 신시아는 곧장 후퇴한 뒤 군의관을 불러 치료를 맡겼다.

노엘의 오른쪽 어깨 부상은 상당히 심각했고 출혈량도 많았다. 게다가 화상까지 입은 상태다. 그럼에도 군의관은 생명은 부지할 수 있다고 진단했다.

살짝 안도한 신시아의 팔에 느닷없이 강한 악력이 느껴졌다. 의식마저 몽롱한 상태에 있을 노엘이 말을 건넨다.

"저, 전군에, 공격 명령을. 기회는 지금뿐이야. 당장, 공격 명령을……."

"염려하지 마라. 이미 시덴 공께서 전선의 지휘권을 이어받아 공세를 개시하셨다. 제후로서 엘가 님께서도. 너는 잠자코 회복에 전념해라. 여기까지 와서 덜컥 죽는다면 용서 안 한다!"

"……응, 알았어."

"자기 몸까지 던져 화공에 이용하다니, 터무니없는 짓이나 하고! 너는 도대체 뭔 생각을 하는 거냐! 어째서 내게 말없이 이런 짓을!!"

"그보다, 도, 도르커스는?"

"괜찮다! 딴생각 말고 네 몸이나 추슬러라!"

"……미, 미안해."

한 마디를 겨우 중얼거린 뒤 노엘은 잠들려는 듯이 눈을 감았다. 체력의 한계가 왔을 것이다. 검댕이 낀 뺨에 눈물방울이 끊임없이 흘러내린다. 물에 적신 수건으로 닦아주고 신시아는 전장으로 시선을 보냈다.

새빨간 저녁노을이 전장에 내리비치고 있다. 붉은 깃발을 내건 대군이 평원을 달려 나아간다. 하얀 천 부분이 태양의 색깔을 띠고 붉은색으로 변화한 까닭이다. 붉은 군단이 붉게 물든 초원을 전진, 또 전진하면서 나아간다.

'……마치, 태양의 깃발 같구나.'

—적색은 태양, 백색은 민중. 스스로의 피를 흘려서 연방의 깃발은 붉게 물들었다. 노엘이 이 광경을 봤다면 과연 어떠한 감흥을 느꼈을까. 그런 생각을 떠올리고 말았던 신시아는 한 차례 숨을 토했다가 다시 지휘를 맡기 위하여 전선으로 되돌아갔다.

—전장 중앙에 느닷없이 피어올랐던 연옥을 본 순간 바하르 장병들은 악귀의 공포를 다시 떠올렸다. 그리고 그 후에 연방군 진영에서 울려 퍼지는 열광의 함성. 연방군 총대장 노엘의 생환, 흑양기 지휘관 파리드 원수를 처단했다는 크나큰 환호.

실제로 연방군 본진을 강습했던 흑양기는 거의 돌아오지 않았고, 사람이 타는 냄새가 바람을 타고 전장을 떠다녔다.

사기가 대폭 상승한 연방군은 밤이 찾아들기 이전에 총공격을 개시. 제국군도 질 수 없노라 반격에 나섰으나 사기 저하의 영향이 눈에 띄게 나타났다. 무엇보다도 자신의 오른팔이자 가장 신뢰했던 파리드의 죽음은 황제 아밀에게 격렬한 동요를 불러일으켰다. 지휘 계통의 혼선으로 인해 각 장수는 연계를 취하지 못했고 서서히 밀려 나갔다. 적의 기세를 감당할 수가 없었다. 기울어진 흐름을 되찾을 수 있는 비장의 수단을 아밀은 이미 잃어버렸다.

그렇게 결국 우익의 진영을 돌파당했고, 연방군이 측면에서 중앙 본진을 위협하기 시작하자 제국군은 완전히 공황 상태에 빠져들었다. 지휘관의 전사 보고가 잇따라 날아든다. 이 시점에 와서 아밀은 패배를 깨달았다.

"……여기까지로군. 후군을 남긴 뒤 전군을 후퇴시켜라. 토르드, 베스타는 포기한다. 전선을 도시 케델까지 축소한다."

"하, 하오나, 폐하. 그래서는……."

토르드, 베스타를 포기함은 바하르의 지배권 대부분을 적에게 넘겨준다는 말과 같은 뜻. 도시 케델은 분명 방어가 단단하지만, 규모로 말하자면 베스타와 비교도 되지 않는다.

"베스타에는, 이만한 군세를 유지할 만한 군량이 없다. 게다가 기세를 떨치는 적을 앞에 두고 농성한들 오래 버티지는 못할 터. 그렇다면 지금은 희생을 최소한으로 억눌러서 후퇴한 뒤 즉각 재정비를 실시하는 것이 최선이다. ……서둘러 전령을 보내 백성, 장병, 물자, 재보, 모든 자원을 운반하라! 가능한 한 연방에 넘어가지 않도록!"

"네, 알겠습니다!"

참모가 달려 떠나가자 천막 바깥에서 대기 중이던 무관들이 허둥지둥 움직인다.

"설마하니 내가 이렇게까지 완패를 당할 줄이야. 그런가, 이것이 나의 첫 패배인가."

아밀은 가만히 중얼거린 뒤 힘없이 의자에 걸터앉았다. 지금은 분노에 휩싸일 여력이 없다. 상실감이 더욱 거대했기에. 첫 번째로 겪은 완패. 그리고 파리드의 전사. 아밀의 정신을 압도하기에는 충분했다.

"……파리드는, 어째서 적의 유인에 넘어갔을까."

그 요새가 적의 함정이라는 사실은 파리드도 분명 잘 알고 있었다. 상황을 보기 위함이라면 다른 부대에 임무를 맡겨 보내기만 해도 충분하잖은가. 설령 흑양기 일부가 폭주했더라도 파리드가 직접 돌격하지 않았다면 큰 피해는 발생하지 않았다.

그러나 파리드는 출진했다. 자신의 명령을 처음으로 저버리고 스스로의 의지로 강습을 펼쳤다가 죽었다. 아밀의 마음에는 공허감밖에 남지 않았다.

'파리드는 악귀와 직접 결판을 내고 싶었을까. 그것도 이제는 알 도리가 없군. 녀석의, 처음이자 마지막 명령 위반이 된 셈이야.'

그리고 일찍이 아밀에 의해 목숨을 부지했던 노엘 보스하이트는 아직껏 살아 있었다. 그 악귀는 연방군 총대장으로서 이제부터 쭉 아밀의 앞을 가로막고 나설 것이다. 악귀 토벌을 맡아줬어야 하는 사내는 이제 없다.

"크, 크크큭! 어찌 된 일인가. 짐이, 과거에 단죄를 결단했었더라면! 모든 것은 짐의 오만이 초래한 결과 아닌가!!"

그게 전부가 아니다. 이 패배는 전부 자신의 방심, 자만이 낳은 결과다.

아밀은 자기 결단을 진심으로 후회하면서 입술에서 피가 배어날 만큼 꽉 깨물었다. 끓어오르는 공포를 외면하기 위해. 그 연옥의 악귀는 아밀의 목숨을 빼앗기 위해 쭉 전장에 나설 것이다. 아밀이 죽을 때까지, 영원히.

연방군 지휘권을 인계받은 시덴은 추격의 기세를 늦추지 않고 밤샌 강행군으로 병력을 전진시켰다. 항복한 자는 전원 목숨을 보장하겠다는 포고를 내림으로써 가능한 한 저항을 줄일 수 있는 조치도 실시했다. 물론 저항하는 병력에게는 자비를 베풀지 않았다.

알트베르 평원에서 제국이 패배했음을 알게 된 토르드 영주는 항복 권고를 받아들이고 성문을 개방했다.

더욱이 시덴은 번즈에게 의뢰하여 베스타에 정치적으로 압박을 가했다. 대답은 1주일의 유예를 허락한다면 무혈입성을 받아들이겠다는 내용이었다. 시덴 및 번즈를 비롯한 연방 지도자들은 이 대답을 수용했다.

그리고 약속했던 1주일 뒤 연방군은 베스타에 진입해서 적백 두 가지 색깔의 연방 깃발을 드높이 게양했다. 그 옆쪽에는 노엘의 두 철퇴 깃발도 같이 내걸렸다.

이렇듯 알트베르 회전은 대륙의 세력 판도를 뒤흔들었다. 리베리카 연방은 오합지졸에 불과한 집단이 아닌 홀시드 제국에 필적하는 전력이 갖춰졌음을 직접 무력을 동원하여 증명해 냈다. 그것은 동시에 제국, 그리고 황제 아밀의 권위가 현저하게 저하했다는 의미였다.

각 제국령에서 준동할 낌새를 보이는 반란 분자에 대처하기 위해 아밀은 연방에 정전 제안까지 하는 처지가 됐다. 위대한 황제가 반란을 일으켰던 역적에게 서찰을 보내 정전을 청원하다니. 이는 리베리카 연방을 교섭 상대로 정식 인정했다는 것. 그 지경까지 아밀은 궁지에 몰려 있었다.

한편 리베리카 연방도 전쟁이 연이어졌던 터라 피폐한 상태였다. 일거에 제국을 무너뜨리자는 강경한 의견도 나왔지만, 승리의 주역이자 중상에서 회복된 노엘이 정전을 받아들이는 편이 더 좋다고 의견을 말하자 지도자들도 동의할 수밖에 없었다.

정전 교섭이 마무리되자 서바하르는 번즈를 군주로 삼아 연방의 새로운 일원이 되어 가담했다. 주도는 저번 회전에서 무혈입성했던 베스타이다. 번즈는 같은 바하르 사람인 터라 새롭게 연방에 편입된 백성들도 특별히 큰 불만을 표시하지 않았다.

다시 제후 회의가 소집되어 추후의 방침에 질문을 들은 노엘은 당분간 현상 유지가 적절하겠다고 제안했다.

"적군을 남겨 놓는 게 여러모로 편리하거든. 증오할 상대가 있으면 사람은 의욕이 솟아나잖아? 적이 사라지더라도 알아서 또 만들어 내니까 제국은 가만 내버려 두는 게 좋겠어."

무리해서 통일한들 곧 말썽이 발생할 것이 틀림없다. 실제로 여기저기에서 조짐이 보이고 있는 상황이다. 증오의 대상을 마련해주는 게 지금은 더욱 유리하다.

"그래도 막다른 곳으로 몰린 자가 어떠한 만행을 벌일까 모르잖은가. 우리 겐부에는 궁지에 빠진 쥐가 고양이를 문다는 말이 있다네. 손을 늦추지 말고 단번에 숨통을 끊는 게 낫지 않겠나?"

"그런 체력이 과연 남아 있을까? 제국은 우리와 정전해도 저쪽 대륙에서 계속 싸움질을 이어 나가야 하는걸. 아무리 자업자득이래도 진짜로 많이 힘들 거야."

"……그러나."

"괜찮아. 지금은 서두르지 말고 천천히 가자. 아직은 갈 길이 멀잖아."

시덴이 우려를 표시해도 노엘은 괜찮다면서 웃고 자신감을 드러냈다.

지금 연방은 오로지 국력 회복에 전념하는 게 좋다. 이제 아군이 먼저 큰 전투를 벌일 필요는 없다. 반대로 제국은 항상 두려움에 시달려야 한다. 각 주에서 달아오르는 독립의 기치, 연방의 재침공, 그리고 문도노보 대륙에 덜컥 건설해버린 새 영토의 방어까지. 난제는 산더미, 차라리 동정하고 싶어진다.

노엘은 연방의 추후 방침으로서 독립을 바라는 세력을 지원하는 데 철저하자고 제안했다. 제국과 전쟁을 벌이자고 전면에 나설 필요는 없다. 그 주의 백성들이 진정 독립을 갈망하는 경우에 한정해서 군사 지원을 실시하면 된다. 물론 노엘의 연방군이 담당한다. 제후 회의에서 논의가 뜨겁게 이어진 결과 최종적으로는 노엘의 의견이 채택됐다. 노엘의 의견에 엘가, 시덴, 번즈가 찬성의 뜻을 표시했기 때문이었다.

무리하게 현 제국령을 점령하더라도 연방의 이익은 되지 않는다는 게 노엘의 판단이었다. 대륙을 점령해 봤자 새 지배자의 지위를 두고 연방 내에서 다시 전쟁이 발발할 뿐 그렇다면 이대로 제국의 존재를 계속 허락하는 것이 차라리 합리적이다. 당연하게도 빈사의 상태에서.

"……이제 알겠군. 불평, 불만, 원한 따위의 악감정, 그리고 대륙의 골칫거리를 전부 제국에 떠넘기자는 말인가."

"이제까지 신나게 횡포 부렸잖아, 그 정도는 괜찮을 거야. 저쪽이 반성해서 선정을 베풀어준다면 혹시 우리와 좋은 관계를 다시 만들 수도 있겠고. 그렇게 되면 리베리카 대륙에 진짜 평화의 때가 찾아들겠네."

노엘은 절대 무리인 줄 알면서도 말했다. 그들이 선정을 베풀자면 먼저 문도노보 대륙 원정을 포기해야 한다. 그러나 바다 건너의 영토를 포기한다면 황제의 권위가 더욱 추락할 뿐 아니라 성교회의 역습을 두려워해야 하는 처지로 몰린다. 연방은 먼 대륙의 지도자들과 일단 친분을 맺어 놓았다. 즉 협공의 형태가 되어버린다. 그런 사태를 피하기 위해서라도 제국은 새로운 영토를 방벽 삼아서 계속 유지해야 하는 입장이었다. 그런 정책이 언제까지 계속될 수 있을지는 알 바가 아니었다. 체력에 한계를 맞이한 주는 독립을 계획할 테고, 연방은 그들에게 협력하여 맞아들이면 그만이다.

시간 경과에 따라 상황은 물론 변화할 터이나 나중 일은 나중에 가서 고민하도록 하자.

"뭐, 우리는 우리끼리 열심히 하자. 여기저기 전부 정신없잖아."

제후 회의를 마친 뒤 노엘은 부하를 데리고 전사자들의 묘를 세웠다. 이런 석비에 기도한들 별 의미는 없을 테지만, 죽은 전우를 줄곧 잊지 않고 기억하기 위한 증표이다.

태양 작전에서 희생된 병사들에게는 약속대로 보스하이트의 성씨를 줬다. 유족의 생활은 노엘이 전부 책임질 작정이다. 그들은 이미 가족이니까 당연한 조치였다.

도르커스는 목숨은 부지했다지만, 오른쪽 다리를 잃은 까닭에 전투 수행은 더 이상 무리였다. 이제는 후진의 지도를 담당하라고 명하자 떨떠름하게나마 받아들였다. 검을 쥐지 않아도 할 일은 잔뜩 있었다. 무엇보다도 소중한 동료였다. 살아 있어줘서 정말 다행이라고 노엘은 안도했다.

그리고 몸 상태가 완전하게 회복된 노엘은 못다 한 일에 결판을 내고자 결심했다. 악착같이 보고서를 들여다보는 신시아에게 말을 건넨다.

"저기, 잠깐 다녀오고 싶은 데가 있는데."

"지금은 무리다. 인원 배치에 군비 예산 작성 등등 할 일이 산더미잖나. 너도 업무를 잔뜩 떠안고 있을 텐데."

"바쁘다는 건 알아, 그래도 가야 돼."

"안 된다. 기분 전환을 하고 싶다는 마음은 알겠다만, 감찰관으로서……."

"그곳을 끝장내지 않으면 더 큰일이 날 거야. 부상도 완전히 다 나았잖아, 빨리 해치워야지!"

노엘은 억지를 밀어붙이기로 했다. 반드시 지금 해치워야 한다고 힘 있게 역설하면서.

제도 필즈에서 조금 떨어져 있는 장소, 울창한 숲에 가려져 있는 이곳에서 교회가 하나 보인다. 새벽 계획의 수행을 위해 포로, 고아, 버림받은 아이를 데려다가 강화병으로 만드는 시설이었다.

그러나 현재는 오로지 전대 황제 베프남의 광기에 찬 욕망을 채우기 위한 목적 때문에 존재하는 뇌옥으로 탈바꿈됐다. 그곳에서는 끔찍한 인체 실험이 지금도 계속되고 있다.

광기의 실험을 거듭했던 결과, 연구는 일정의 성과를 거두었다. 놀랍게도 베프남은 인간의 노화 속도를 저하시키는 데 성공했다. 다른 목숨을 재료 삼아서 자신의 수명을 약간 연장시켰다. 먼 대륙에서 데리고 온 자들은 아밀마저도 모르는 사이에 대다수가 재료로 소모되었다. 인체를 극한까지 강화한다는 『천양 계획』은 모조리 허언일 뿐, 베프남의 불로불사를 완성하기 위한 마무리 작업을 위해서였다.

이렇게까지 빈틈없이 은폐가 가능했던 까닭은 감사역을 맡은 재상 밀즈가 베프남에게 협력했기 때문이다. 그는 본래부터 태양제가 남긴 유산을 조사해서 손에 넣고 싶다는 야망을 갖고 있었다. 새벽 계획의 성공에 따라 유산이 실재함을 확인, 베프남의 환심을 사기 위해서 재상이 된 이후 온갖 편의를 다 봐줬다. 최종적으로 모든 성과를 약탈하기 위해서.

"밀즈 님. 성인 남성 재료가 바닥났는데 어찌하시렵니까? 적당한 아이를 대신 사용하시겠습니까?"

"아, 그래요? 금방 마련해줄게요. 저쪽 대륙에서 얼마든지 데려올 수 있잖습니까. 그 때문에라도 폐하는 원정을 계속 고집해주셔야 돼요. 후후, 정신이 타올라서 끊어질 때까지도 그분은 황제의 자리에 앉아 계실 수 있을 겁니다."

불로불사는 이제 곧 완성된다. 베프남에게는 성과를 넘겨주지 않고 밀즈가 전부 강탈할 예정이다. 그리고 시기를 가늠하여 선택받은 인간으로 제국의 실권을 탈취. 그대로 대륙을 석권하면 되겠다. 서두를 이유는 아무것도 없었다. 비법이 완성되면 시간은 무한히 확장된다.

"……음?"

밀즈의 귀에 이상한 소리가 들려온다. 아래층, 교회의 입구 주변에서. 이 교회는 견고한 장벽으로 완전히 둘러싸여 있고, 지하는 5층에 걸쳐서 실험실이 설치되어 있었다. 경호는 새벽 계획으로 제작된 정예를 배치한 만큼 도둑이 들어올 만한 틈은 절대로 없다.

"밀즈 님! 스, 습격입니다! 아, 아, 아아……."

"뭡니까. 진정하고 말해보세요. 알아들을 수가 없군요."

"악귀가, 악귀 노엘이……."

병사의 머리가 깨져 나갔다. 뇌수가 밀즈의 얼굴에 쏟아졌다. 머리를 잃은 병사가 허물어지고 그곳에는 붉은 갑옷을 착용한 여자, 연방군 총대장 노엘 보스하이트가 입가를 비뚤어뜨린 채 우두커니 서 있었다.

정전 교섭에 입회했던 밀즈는 노엘의 얼굴을 알았다. 그때는 연방의 지휘관에 걸맞은 늠름한 인상이었다만, 지금 표정은 사나운 늑대가 사냥감을 앞에 두고 입맛을 다시는 듯한 분위기였다. 손에는 녹슨 자국이 눈에 띄는 철퇴, 그리고 쇠못이 몇 개나 쥐여 있었다.

"아이고, 이런. 설마하니 연방의 영웅 되시는 노엘 각하께서 이리 누추한 장소에 납실 줄이야. 본래는 성대한 환영으로 맞아들여야 했을 텐데 말입니다."

놀라움을 눌러 죽이면서 밀즈는 부드러운 표정을 유지하고자 노력했다.

"딱히 필요 없는데? 금방 끝날 테니까."

"……사정은 잘 이해되지 않습니다만, 저희 제국은 연방과 정전 협정을 맺었습니다. 어떤 목적이든 이러한 처사는 중대한 협정 위반이고요."

"에이, 걱정하지 마. 지금 제국령은 어디든 혼란에 빠져 있잖아. 그러니까 박살 내려면 지금밖에 없을 것 같았어. 안 들키게 살살 왔으니까 괜찮아. 힘들게 맺은 정전인데 당분간은 평화가 이어지는 게 좋은걸."

"바, 박살이라뇨. 갑자기 뒤숭숭한 말씀을 하십니다. 애당초 어째서 당신이 이 장소를 알고 계신 겁니까? 이곳은 제국에서도 극히 일부밖에 모르는 곳인데!"

"응? 궁금해?"

"그, 그럼요."

"너한테는 안 가르쳐줘. 왜냐면 가르쳐줘도 금방 죽을 테니까 시간 낭비인걸."

노엘은 급히 도망치려고 하는 밀즈의 목덜미를 붙잡아서 바닥에 넘어뜨렸다. 죽기 살기로 저항하고 몸부림친들 무시무시한 힘에 압박된 밀즈는 꼼짝도 할 수 없었다.

"어차피 또 꼴같잖은 연구를 하고 있었겠지? 그게 계속 진행되면 사람들 전부 민폐니까 여기에서 관두고 죽자."

"자, 잠깐, 잠깐만 기다려주십시오! 이, 이, 이곳의 연구는, 불로불사를 실현하기 위한 연구입니다. 잘 들으세요. 완성이 머지않았습니다. 물론 당신께도 성과를 바치겠습니다! 그러니까, 저를 죽이지 말고 놓아주십시오! 게다가 저는 재국 재상입니다! 이용 가치가 대단히 크단 말입니다!"

"으음, 딱히 필요 없는데? 영원히 쭉 살다가 도중에 질려버리면 지옥이잖아. 게다가 지금은 꽤 즐거우니까 이미 충분하고. 그리고 네 힘은 별로 필요하지 않아. 성격 고약한 사람을 둘이나 데리고 다니려면 나도 힘들거든."

노엘은 웃으면서 밀즈의 머리에 쇠못을 가져다 댔다.

"머, 멈춰. 멈춰라! 제, 제발 부탁이니까, 죽이지 마……."

"에잇!"

기합 소리와 함께 노엘은 쇠못을 세 개, 밀즈의 머리에다가 단박에 때려 박았다. 혹시나 싶어 목뼈도 부러뜨렸다. 움찔움찔 경련하는 밀즈의 몸을 창문 바깥으로 집어 던졌다.

두 손을 부딪쳐서 먼지를 털어 내고 있자니 신시아, 카이, 리그렛, 그리고 흰개미당의 병사들이 다가왔다.

"총대장. 교회 점령을 완료했습니다. 감히 저항한 놈들은 죄다 처

죽였습니다."

새로 흰개미당의 지휘를 맡게 된 고란이 보고했다. 직책은 두령 대리라던가. 아직 익숙하지 않은 모습이지만, 자기 역할을 수행하고자 온 힘을 다하여 노력하고 있다.

"꽤 강하지 않았어?"

"완력은 분명 대단했습니다만, 움직임이 신병이나 다름없더이다. 독칼을 먹여줬더니 낙승이었습니다."

"역시 흰개미당은 잘 싸운다니까."

"흐흐, 감사합니다! 멍청하게 실수라도 저질렀다간 도르커스 두령에게 거하게 얻어맞을 테죠."

노엘은 어깨를 두드려서 칭찬해줬다. 그리고 신시아가 대화에 끼어들었다.

"이곳이 무엇을 하는 곳인가 나는 전혀 모르겠다만, 필시 떳떳한 시설은 아닌 듯싶군. 피 냄새가 지독하다."

"응, 당장 태워버리는 게 좋겠어. 흔적도 남기지 말고 불살라버려야지."

"그리고 지하에 오십 명 정도 아이들이 잡혀 있더군. 그 아이들은 어찌할 텐가?"

"일단 토르드까지 데려가고, 그다음은 자기가 결정하라고 하자. 도시에 남고 싶다면 내가 후원자가 되어줄 수도 있어."

노엘의 말에 신시아가 눈을 동그랗게 뜨면서 놀랐다. 리그렛은 또 시작이냐고 귀찮다는 듯이 혀를 찼다. 아이들의 피난 및 추후의 생활 터전을 마련해주는 것은 리그렛의 역할이 될 테니까.

"……별일이군. 네가 이런 소리를 꺼낼 줄이야."

"뭐, 그냥 좀. 다른 건? 뭔가 없었어?"

"으음. 노엘 공께서 말씀하셨던 검은 돌은 발견하지 못했군. 게다가 선제 베프남의 신병도 역시. 주변을 더 수색하는 것이 바람직하다면 병사를 남겨 두고 가도록 하지."

카이의 제안을 노엘은 잠시 천장을 올려다보며 고민한 끝에 사양하기로 마음먹었다. 아마도 더는 문제가 되지 않을 테니까.

"아냐, 그쪽은 됐어. 이제는 괜찮을 거야."

"그러나 화근이 될 우려가 있다면 주의 깊게 찾아보는 게 낫지 않겠나? 소관이 홀로 남아도 상관없다만."

"에이, 괜찮다니까. 다들 새 장난감이 찾아왔다고 기뻐하거든. 이제 연소석을 설치해서 전부 태워버리자. 서류라든가 약이라든가 시체라든가. 이 세상에 흔적도 남지 않도록 깔끔하게 싹 다 날려버려야지!"

"그, 그렇게까지 해야 하나? 눈에 띌 테고, 곧장 추적대가 따라붙을 텐데."

"응, 미안해. 그래도 친구들한테 꼭 보여주고 싶어. 아주 요란하게 해치울 거야."

"그렇다면 흰개미당에 맡겨주십쇼. 저희가 안전한 장소까지 물러난 뒤에 싹 날아가도록 손봐 놓겠습니다. 물론 효과는 염려 마시길. 제국 놈들, 볼기짝에 불침을 놓은 듯 기겁할 겁니다."

"와, 정말? 기대된다. 그럼 준비해서 높은 지대로 가자!"

노엘이 교회를 습격했던 순간, 지하에 숨어 있었던 베프남은 비밀 통로를 지나 혼자서 도망쳤다. 만에 하나의 사태를 대비하는 것은 당연한 조치이다. 베프남은 누구보다도 교활하게, 아울러 조심성 깊이 처신함으로써 황제의 자리를 쟁취했던 인물이기에.

숨을 헐떡이며 사다리를 타고 올라서 우물의 덮개를 연다. 이곳은 교회의 뒤편에 있는 묘지와 연결된 통로. 아마도 정면에서 대기하고 있을 습격자들은 눈치채지 못할 것이다.

'누구인지 모르겠군. 이곳을 어찌 알고 쳐들어왔나. 설마 아밀의 수하인가? 그렇게까지 어리석다 여기고 싶진 않다만.'

혹시 궁지에 몰린 아밀이 연구소를 자기 수중에 거두기 위해 실력을 행사했을까. 어쨌든 결과는 이렇듯 실패했고, 새벽 계획은 완전히 상실됐다. 아밀에게는 아무것도 남지 않는다.

베프남은 아들을 가장 먼저 의심했다. 어느 쪽이든 간에 당분간은 몸을 숨겨야 한다. 그리고 은닉해 놓은 자금, 물자를 써서 연구소를 재건한 뒤 연구를 속행하겠다. 이미 이 신체는 노화를 극단까지 늦추는 데 성공했다. 아마도 수명은 세 배 정도로 늘어났다. 유아를 이용한 실험의 성과였다.

베프남의 손에는 불로불사를 실현하기 위한 열쇠, 흑색의 비석(秘石)이 쥐여져 있다. 태양제 베르기스가 남긴 제국의 비전— 태양의 유산. 이것만 갖고 있다면 베프남은 다시 지배자가 되어 화려하게 피어날 수 있다.

"크큭, 연방이 지배권을 넓히든 제국이 멸망하든 전혀 상관없다.

나만 살아 있다면 얼마든지 재건할 수 있단 말이다. 크크크, 대륙의 지배자는 이제까지도 앞으로도 나 한 사람이면 족하다!"

베프남은 웃으며 묘지를 빠져나왔을 때 움직임을 멈췄다. 아니, 멈출 수밖에 없었다. 무엇인가가 다리를 옭아맸다. 혹여 식물일까.

"제길, 걸리적거리는군!"

베프남은 발치를 봤다. 살점이 들러붙은 시체, 뼈가 보이는 손이 다리를 붙잡고 있다. 거기에서 바글거리는 구더기가 실로 추하다. 시체의 눈구멍은 텅 비어서 아무것도 비추지 않았다. 악취가 코를 찔렀다.

"뭐, 뭐냐! 뭐란 말이냐, 이것들은!!"

그 손에서 벗어나고자 아득바득 다리를 움직여도 시체의 손을 도무지 뿌리칠 수가 없었다. 별수 없이 손을 뻗어서 떼어 내려다가 흑색의 비석을 떨어뜨리고 말았다. 허둥지둥 비석을 줍고자 몸을 구부렸을 때 질퍽거리는 땅속에서 무수히 많은 손이 기어 나왔다.

"히, 히이이익!!"

그 손들이 베프남의 몸에 달라붙어서 땅속으로 끌고 들어가려고 한다. 흑색의 비석은 여러 뼈다귀 손에 부딪혀 산산조각으로 부서지고 말았다. 베프남의 야망이 실로 맥없이 무너지는 순간이었다. 그러나 절망은 아직 끝나지 않았다.

깔깔 웃는 아이의 목소리가 베프남의 뇌에 직접 울려 퍼진다. ―놀자, 놀자, 같이 놀자, 우리, 우리가 질릴 때까지, 영원히 놀자. 너에게는 책임이 있어. 온몸을 바쳐 죗값을 치러라. 자기 소행을 깨달아라― 그렇게 베프남을 놀리고, 또한 매섭게 탄핵하는 목소리가.

"우, 웃기지 마라! 괴물 놈들아, 나는 황제다. 나는 황제란 말이다!"

『퇴물 황제 주제에 추하게 굴지 마라.』

한층 낮은 목소리를 내뱉는 수급. 뼈 속에 안긴 머리가 말소리를 낸다. 일찍이 인체 실험에 썼던 프레서라는 이름의 젊은이였다. 대단히 튼튼했던 터라 머리만 갖고도 생존했기에 기억에 남아 있었다. 최후에는 베프남이 약의 투여를 그만둠으로써 죽음을 맞이했다. 그때 보여줬던 두려움에 찬 모습은 베프남의 가학심을 한껏 채워줬었다. 그랬던 프레서가 지금 눈앞에 있다. 말도 안 되지만 현실에 다시 나타났다.

"아니다! 너희들 같은 망자가 아니다! 나, 나는 살아 있다!"

『너도 이제는 망자가 될 거야.』

그렇게 말한 뒤 썩어 문드러진 시체들이 베프남을 단박에 땅속으로 끌고 들어갔다. 다른 조그만 시체 무리는 일단 땅 위로 나와서 교회가 불타오르는 광경을 만족스레 지켜보다가 스스로 구멍 속에 되돌아갔다. 그리고 다시 정적이 찾아들었다.

노엘은 교회를 내려다볼 수 있는 높은 지대에서 불꽃이 활활 타오르는 광경을 바라봤다. 신시아와 다른 사람들도 마찬가지다. 리그렛은 이제부터 어떻게 철수해야 하는가 골머리를 앓고 있었다. 짐이나 다를 바 없는 일행이 대략 오십 명이나 늘어나버렸기 때문이다.

"저곳은, 대체 뭐였던 거지?"

"후후, 뭐였을까? 그래도 저곳을 박살 낸 것은 연방에 무척 좋은 일이야. 총대장에게 어울리는 업적을 이룩했다는 느낌이 들어."

"……말하고 싶지 않다면 상관없다. 어떻게 봐도 제대로 된 시설은 아니었잖나."

"그러게. 정말 빌어먹을 장소였거든."

노엘은 힘껏 기지개를 켰다.

"이제 무엇을 할 셈이지? 총대장 지위를 더 맡을 마음은 있나?"

신시아는 불안한가 보다. 얼마 전 노엘이 지겨워지면 총대장을 그만두겠다고 발언한 이후부터 기운이 없다. 별 뜻도 없는 농담이었는데 효과가 너무 뛰어났다. 이제 와서 거짓말이었다고 불쑥 둘러댄다면 머리를 얻어맞을까 봐 얼버무리기로 했다.

"아직도 할 일이 잔뜩 널려 있잖아. 게다가 새 가족도 오십 명이나 늘어날 것 같고."

"설마 또 보스하이트 가문의 일원을 늘릴 작정인가!"

"뭐, 어때. 닳는 것도 아닌데. 같은 성씨를 쓰는 사람이 늘면 가족이 늘어나는 것 같아서 즐거워."

"그렇게 말하면서 이미 천 명을 넘어서지 않았나. 가족들 이름은 다 말할 수 있나?"

"물론이야. 한 명씩 말해줄까?"

"아니, 다음 기회로 미루도록 하지. 시간이 없고, 리그렛 공이 노려보는군."

그 말대로 리그렛이 이쪽을 노려보고 있었다. 혀 차는 소리도 들린다.

"……아아."

"왜 그러나. 묘한 한숨을 쉬고. 골칫거리는 다 타버렸잖은가."

"나는 행복을 손에 넣었을까 궁금해져서."

"영웅이 되었는데도 아직 손에 넣지 못했단 말인가?"

"잘 모르겠어. 가능하면 눈에 보이는 형태가 좋았을 텐데."

"여전히 엉뚱한 말을 늘어놓는군."

신시아는 쓴웃음 지었다.

"그래도 뭐가 행복인지 완벽하게 알아냈으니까 나중에 수첩에다가 꼭 적어 놔야겠어."

"이 녀석아, 내게도 가르쳐준다고 약속했잖나!"

"내가 죽은 다음에 보물 상자의 내용물을 보면 돼."

"불길한 소리는 하지 마라!"

오랜만에 철권을 얻어맞고 말았다.

"그러면 날씨도 좋고, 연방군으로 돌아가자! 분명히 다들 목을 길게 빼고 기다리고 있을 거야."

"또 얼렁뚱땅 말을 돌리는군."

"연방군에는 성격 고약한 사람이 있잖아!"

"잠깐, 나 들으라는 소리야?"

"리그렛이라는 말은 한 마디도 안 했는데."

"눈짓으로 가리켰잖아. 도대체가, 왜 내가 이런 고생을 하고 있는데!"

"으앗~ 음험 안경녀가 쫓아온다! 다들 도망쳐~!"

노엘은 아이들을 데리고 숲속에 미리 준비해 놓은 짐마차를 향해 달려 나갔다. 리그렛이 얼굴을 새빨갛게 붉힌 채 쫓아온다. 그 뒤쪽으로 호위 임무를 맡은 카이, 신시아, 흰개미당의 인원들도 열심히 따라 달렸다.

그 후 노엘에게는 다대한 공적을 기리기 위해 바하르 지역 안에서 영지가 수여되었다. 개인이 아닌 어디까지나 총대장령으로 받은 영지이지만, 본래 영주는 연방군의 일원으로 맞아들이도록 조치한 덕에 특별히 분쟁이 일어나지도 않았다.

연방군 직할령이 된 도시 토르드를 거점 삼아서 제국에 압박을 가하는 한편 노엘은 놀이와 업무에 전력을 다했다.

재차 제국과 전쟁이 발발했을 때는 전선의 맨 앞에 나가서 싸우고 싸우고 또 싸웠다. 당연하게도 승리할 때가 있으면 패배할 때도 있다. 수많은 동료가 죽었고 수많은 적을 죽였다. 그럼에도 노엘은 모두의 목숨을 짊어지고 줄곧 싸워 나갔다. 노엘의 총대장 재임 중 연방은 지배권이 확대된 적은 있어도 줄어든 적은 없었다.

『지금이라면 제국을 멸하고 우리가 대륙의 지배자가 될 수 있다.』 라는 등 교만하게 구는 군주들에게는 협박에 가까운 경고를 주고, 총대장의 책무를 빈틈없이 수행했다. 진짜 지배자가 된다면 총대장의 일거리가 더욱 늘어나고 힘들어진다는 염려도 조금 있었지만, 대륙 전 주민의 목숨을 책임지기는 아무래도 무리여서 엄두가 안 났다는 것이 본심이다.

인간에게는 가능한 일과 불가능한 일이 있다. 그 간극을 가늠하는 것도 중요한 일이다. 그러니까 노엘은 동료들과 친구들을 의지했고 너무 무리하지 않았다.

보좌해주는 사람들은 평소의 면면. 그에 더하여 잔뜩 늘어난 보스하이트 가문의 일원들. 노엘은 전원의 이름을 외우고 장단점을 파악한 뒤 적당한 임무를 할당해줬다. 물론 자신이 편하게 지내기 위해서였다. 제멋대로 정한 생일날에는 총대장 해임 동의를 스스로 제출했다가 신시아에게 혼나기를 연례행사처럼 치르는 것은 잊지 않았다. 다 같이 떠들고 즐길 수 있기 때문이다. 온 도시가 떠들썩해지는 큰 축하제였다. 이날만큼은 성실한 사람, 음험한 사람도 즐겁게 떠들어 댔다.

물론 즐거운 일과 기쁜 일이 전부는 아니었고 슬픈 일, 괴로운 일도 잔뜩 있었다. 행복과 불행은 표리일체잖은가. 아마 날씨와 마찬가지였다. 자신에게 가능한 일은 최대한 많이 즐거운 시간을 보낼 수 있도록 노력하는 것뿐이다. 그럼에도 긴 시간이 흐르는 동안에는 안타까웠던 경험도 무척 많았다.

예를 들자면 코임브라 통일 10년 후에 발생했던 과오(過誤)의 난이 있겠다. 난리 때 전투 중 부상을 입은 엘가의 너무나 빠른 죽음, 슬픔을 주체하지 못한 이룸의 중독사, 아들 이룬의 군주 취임. 후견인은 이루반과 페리우스가 임명됐다.

엘가가 죽을 때 노엘은 바싹 여윈 손을 붙잡고 임종을 지켜봐줬다. 엘가는 필사적으로 무엇인가 말을 건네려고 했었지만, 그게 무엇이었는지는 지금도 알지 못한다. 노엘은 유품으로 철퇴를 받았다. 이런 것은 바라지 않았는데도 보물이었던 철퇴가 다시 되돌아왔다. 두 개의 철퇴를 꼭 쥐고 노엘은 아무도 보지 못하도록 남몰래 울었다.

노엘은 엘가의 유지를 실행하기 위해 철저한 과오초 근절을 개시했다. 제조에 관련된 백성들은 격렬하게 저항했지만, 코임브라가 스스로 뿌렸던 씨앗을 결국은 전부 뽑아냈다. 그 가차 없는 기세는 실로 악귀라 불리기에 모자람이 없었다고 한다.

도르커스도 과오의 난 이후 병에 걸려서 죽고 말았다. 오른쪽 다리의 상처가 도졌기 때문일까. 그러나 죽어 가는 얼굴에는 만족스러운 기색이 떠올라 있었다. 도르커스는 노엘에게 감사의 말을 전한 뒤 전부를 이루었노라는 표정으로 떠나갔다. 그래서 노엘도 웃는 얼굴로 배웅해줬다. 사실은 슬펐지만 이렇게 하는 게 좋다고 생각해서였다.

그의 딸은 아버지의 유지를 이어받아 연방군에서 열심히 일하고 있다. 어엿한 성인이 됐을 때 보스하이트의 이름을 받는 게 꿈이라고 했다.

노엘의 총대장 재임 중 몇 번인가 제국을 멸할 수 있는 기회가 찾아왔다. 이미 대륙의 6할을 제패하고 있는 상황이었다. 측근 및 감찰단 중에도 지금이야말로 제국을 멸한 뒤 대륙에 평화를 되찾자고 소리 높이는 자가 많았다. 그러나 노엘은 굳이 방치하는 의미를 강조하면서 결착은 피하자는 방침을 고수했다.

제국을 멸망시킨들 그다음은 연방 내부에서 분쟁이 일어날 것이 훤히 내다보였으니까. 인간은 적을 만들어 낼 수밖에 없는 생물이다. 이게 수많은 인간을 관찰해왔던 노엘의 결론이다. 그렇다면 살리지도 말고 죽이지도 말고 제국이 원수 역할을 하며 줄곧 존재해주는 게 좋다. 언젠가 파탄 날 때는 올 테지만, 연방민의 「평화」로운 시간을 길게 연장시키는 것은 자신이 있는 동안이나마 가능하다. 그게 총대장의 지위를 수락할 때 했던 약속이었다. 가능한 일은 전부 해주고 싶었다.

"제국을 멸망시키고 연방이 대륙의 지배자가 됐다고 치자. 정말로 평화가 찾아올까?"

노엘이 자기 생각을 군주들에게 털어놓았을 때 정면으로 맞대답할 수 있었던 자는 나타나지 않았다. 실제 역사는 거듭 반복되었다. 현재의 우세를 유지하면서 일종의 대항 상태를 지키는 것이 더욱 큰 이익이 된다. 군주 중에는 은밀하게 야심을 갖는 자도 있었지만, 역전의 영웅 노엘을 적으로 돌릴 만한 배짱까지 갖추지는 못했다. 연방군의 군세가 이제는 연방의 중심 기둥이라고 부르기에 모자람이 없는 존재로 자리매김했으니까.

연방 성립으로부터 10년 후, 되풀이되던 전쟁에 잠시나마 종지부를 찍을 때가 도래했다. 도시 레베에서 연방, 제국 간 평화 조약이 체결되었다. 연방 대표는 노엘이, 제국 측에서는 5대 황제가 각각 조약을 승인. 이날을 기하여 오래도록 전개되었던 『태양 전쟁』은 일단 종결됐다.

제국은 대륙 성교회와도 정전 교섭을 개시. 교회 측과 교섭을 진행하자면 난항을 겪을 듯 예상했으나 배상금 지불에 따라 긴 세월 동안 계속됐던 원정은 어쨌든 종결됐다. 어째서 합의를 이룰 수 있었는가. 이유는 간단하다. 이미 제국이 바다 건너 먼 대륙에서 발휘할 영향력을 거의 잃어버렸기에. 베르단 주는 현지의 인물에 의해 지배되고 있는 상태였다. 제국의 원정이라기보다는 단순한 영토 분쟁에 빠져들었다는 것이 정확한 표현이다.

다음번의 쓸데없는 개입을 방지하고 싶었던 성교회, 악덕의 유산을 빨리 해소하고 싶었던 제국의 이해가 일치되었을 뿐. 저 대륙에서는 지금도 전쟁이 계속되고 있다.

―리베리카 연방의 역사를 언급할 때 최초로 이름이 거론되는 인물은 초대 총대장이었던 노엘 보스하이트이다. 그녀의 족적은 노엘이 자칭 쉰 살의 탄생일을 맞이했을 때 갑작스럽게 끝을 고한다. 공식 사망이 발표되었고 총대장령에서는 대대적인 장례가 거행되었다.

어찌 된 까닭인지 사인은 알려지지 않았다. 항간에 떠돌아다니는 소문을 말하자면 신시아의 아이와 정신없이 놀던 중 깜빡 발을 헛디뎌서 머리를 부딪쳐 죽었다, 빵이 목을 막아서 죽었다, 나무 위에서 낮잠을 자던 중 추락해서 죽었다, 강가에서 잠들었다가 불쑥 물에 빠져서 죽었다는 등 여러 가설이 있다. 개중에는 진짜 악귀가 되어버렸다는 이야기까지 퍼져 있었다. 누군가에게 암살당했다는 소문이 나돌지 않는 까닭은 도저히 남의 손에 죽어줄 만한 인간이 아니었기 때문이리라.

아니, 사실은 죽은 게 아니라 어딘가에서 태평하게 살고 있다, 이름을 바꿔 문도노보 대륙에 건너갔다, 최후의 약속을 지키기 위해

세상을 가로질러서 여행 중이다, 등등의 억측도 남아 있다. 무엇 할 것 없이 수상쩍은 소리뿐이지만, 노엘을 경모하는 자들 사이에서는 신빙성 있는 이야기로 계속 전해졌다.

그러나 어느 쪽이든 간에 노엘은 그날 이후 역사의 무대에서 완전히 모습을 감췄다. 연방군에 있는 노엘의 개인실에는 산처럼 많은 보물이 남아 있었고, 그중에서도 엄중하게 봉인된 보물 상자는 유난히 사람들의 이목을 끌었다. 생전부터 행복해지는 방법은 가장 튼튼한 상자에 넣어 두었다고 여러 사람들에게 말하고 다녔기 때문이다. 그리고 자신에게 뭔가 일어난다면 열어봐도 된다는 말 역시 남겼다.

남겨진 자는 어떻게든 상자를 열어보려고 했으나 갖은 수단을 써도 열리지 않았다. 열쇠공을 불러도 이상하게 열 수가 없었다. 파괴를 시도한들 망치가 먼저 부서져버리는 견고함. 별수 없이 남겨진 자들은 노엘의 유품으로 온존하여 관리하자고 결정했고, 현재는 리베리카 연방의 지보(至寶)가 되어 두 자루의 녹슨 철퇴와 함께 엄중하게 보관되고 있다.

안쪽에 무엇이 들어있는지는 신시아 에드리히 총대장 보좌와 리그렛 보스하이트 연방군 헌병장이 귀중한 증언을 남겨주었다.

『그 안에는 노엘이 기록을 남긴 수첩이 들어 있다네. 행복해질 수 있는 방법을 써 놓았다고 항상 말했다만, 자세한 내용은 모르겠군. 언젠가는 가르쳐주겠다는 약속의 말만 들었더랬지. ……뭐, 대답은 저세상에 가서 물어야겠지. 나 또한 이제는 대답을 알 것 같다네.』

『잘 들어. 그게 다 바보가 남겨 놓은 시시한 장난질이야. 괜히 신경 써 봤자 시간 낭비라고. 고생해서 열어봐도 어차피 「메롱」이라고 헛소리나 적어 놨겠지. ……상자를 열 방법을 알게 되면 당장 보고해. 잊지 마, 명령이야.』

어느 쪽이든 노엘이라는 인물은 많은 수수께끼를 남긴 채 세상을 떠났다. 어디에서 태어났는가, 그토록 빼어났던 무용을 어떻게 보유했는가, 어떻게 병사들의 강한 신뢰를 얻을 수 있었는가, 평소 애용하던 이지창은 대체 어디로 사라졌는가, 어째서 나이가 들어도 젊디젊은 용모는 변함없었는가, 최후에는 어떻게 하여 죽었는가, 유체는 어디에 잠들어 있는가, 어째서 보스하이트 가문의 일원을 계속 늘렸는가, 그리고 그녀는 과연 무엇을 이룩하고 싶어 했는가.

지금도 역사가들은 수많이 존재하는 보스하이트 가문의 시조, 노엘 보스하이트의 족적을 좇아 다니고 있다. 그녀는 친자식을 두지는 않았으나 보스하이트의 성씨를 이어받은 자를 남녀노소, 인종을 불문하고 1만 명이나 남겨 놓았다.

그들의 자손도 또한 연방을 위해 싸우는 전사로서 연방군의 역사를 이어 나가고 있다.

그것이 노엘 보스하이트의 의지를 계승하는 유일한 방법이라 믿으며…….

《태양을 품은 소녀》 (완)

■ 작가 후기

처음으로 후기를 쓰게 되었습니다. 나나사와 마타리입니다. 《태양을 품은 소녀》를 3권까지 구입해주셔서 진심으로 감사드립니다.

《사신을 먹은 소녀》, 《용사, 혹은 괴물이라고 불렸던 소녀》에 이어서 소녀 시리즈의 세 번째인지라 상당히 기합을 넣어 썼습니다. 덕분에 상중하의 3부 구성으로. 삽화가 잔뜩 볼 수 있어서 글쓴이로서도 기뻤지요.

머리 나사가 휙 날아가 버린 주인공만 쓰고 있는 것 같군요. 그래도 가장 관대하달까? 그런 아량을 가진 인물이 노엘이 아닐까 싶습니다. 두 전작의 인물들은 기본적으로 적은 몰살이었죠!

작중 일부러 쓰지 않는 내용에 대해 잠시 언급하고자 합니다.

노엘이 주운 불꽃을 뿜은 이지창. 이것은 사신, 용사, 태양의 세계에 남겨져 있는 오파츠 격의 산물입니다. 도구 자신이 주인을 선택합니다. 《사신을 먹은 소녀》에 나왔던 낫도 같은 종류지요. 기본적으로 좋지 않은 물건이기에 주울 때는 각오를 다지도록 합시다.

마지막으로 잠깐 등장했던 프레서 군. 기억하십니까? 노엘과 같은 마을에 살던 청년입니다. 겨우 바하르로 도망쳤는데도 신병을 구속당한 데다가 베프남의 손에 떨어져 실험체가 되고 말았습니다.

도르커스, 레베카. web 연재본에서는 사망한 인물들입니다만, 본작에서는 살아남았습니다. 레베카는 언젠가 어딘가에 또 내보내고 싶은 마음도 좀 있군요. 그때 마음이 꺾인 상태로 나올 것은 틀림없음! 억셌던 캐릭터가 연약해진다는 게 매력적이죠.

상자의 내용물. 이것은 이래저래 설명하고 싶지만, 굳이 떠벌리면 정취가 달아나는지라 자제하겠습니다. 조금 치사해도 여러분의 상상에 맡기렵니다. 그게 정답입니다!

이제부터는 감사의 말씀을 전하고자 합니다. 멋진 일러스트를 그려주셨던 루케이치 안드로메다 님, 감사드립니다. 노엘의 매력을 최대치로 끌어내주셨습니다. (저는 리그렛도 밀어주고 싶군요.)

그리고 편집 디자인을 맡아주셨던 츠바키야(椿屋) 사무소의 관계자분들, 교정을 담당해주셨던 도쿄출판 서비스 센터의 여러분, 담당 편집자 F田 님, 감사드립니다.

마지막으로 본 작품을 구입하고 읽어주시는 독자분들, 또한 web 연재본 때부터 응원해주시는 독자분들께 진심으로 감사드립니다. 잠시나마 즐거운 시간을 보내셨다면 기쁘겠습니다.

소녀 시리즈는 3부작으로 딱히 완결이 아니온지라 또 머리가 회까닥한 캐릭터를 쓰고 싶은 마음이 있습니다. 아직껏 쓰고 싶은 이야기가 많군요. 앞으로도 정진하겠습니다!

2016년 5월 나나사와 마타리

태양을 품은 소녀 3
두 개의 태양

초판 1쇄 발행 2019년 1월 10일

지은이_ Matari Nanasawa
일러스트_ Andromeda Rukeichi
옮긴이_ 김성래

발행인_ 신현호
편집국장_ 김은주
편집진행_ 최은진 · 김기준 · 김승신 · 원현선 · 권세라
편집디자인_ 양우연
국제업무_ 정아라
관리 · 영업_ 김민원 · 조인희

펴낸곳_ (주)디앤씨미디어
등록_ 2002년 4월 25일 제20-260호
주소_ 서울시 구로구 디지털로 26길 111 JnK디지털타워 503호
전화_ 02-333-2513(대표)
팩시밀리_ 02-333-2514
이메일_ lnovelpiya@naver.com
L노벨 공식 카페_ http://cafe.naver.com/lnovel11

ISBN 979-11-278-4822-4 04830
ISBN 979-11-278-4486-8 (세트)

값 9,000원